Trás-os-Montes
(Un viaje portugués)

ALFAGUARA

Julio Llamazares

Trás-os-Montes

(Un viaje portugués)

ALFAGUARA

Torrelaguna, 60. 28043 Madrid
Teléfono (91) 744 90 60
Telefax (91) 744 92 24

• Aguilar, Altea, Taurus, Alfaguara S. A.
Beazley 3860. 1437 Buenos Aires
• Aguilar, Altea, Taurus, Alfaguara S. A. de C. V.
Avda. Universidad, 767, Col. del Valle,
México, D.F. C. P. 03100
• Ediciones Santillana, S. A.
Calle 80 Nº 10-23
Bogotá, Colombia

ISBN: 84-204-8190-4
Depósito legal: M. 4.078-1998
Impreso en España - Printed in Spain

Diseño:
Proyecto de Enric Satué

Trás-os-Montes, el extremo nordeste de Portugal, es una provincia para el viajero más osado, pues en ocasiones no se puede contar con las comodidades modernas. La palabra trás describe la región perfectamente, ya que se halla aislada del resto del país por cadenas montañosas y deficientes vías de comunicación y sufre una acuciante pobreza que ha obligado a los trabajadores de casi todos los pueblos a emigrar a las grandes ciudades o a países desarrollados del norte de Europa o de ultramar.

Es posible que esta vieja región histórica sea la más atrasada de la Europa civilizada, junto con las zonas más remotas e islas de Grecia y el interior de Cerdeña, Sicilia o Yugoslavia...

(De una guía de Portugal)

—¿Viene usted aquí a inspirarse?
—No. Vengo a recibir órdenes.
—¿De quién?
—De mis antepasados.

(Del *Diario* de Miguel Torga)

A la memoria de Nemesio Alonso, maestro.

La desdicha de los tiempos me obligará a escribir de forma novedosa una vez más.

(GUY DÉBORD)

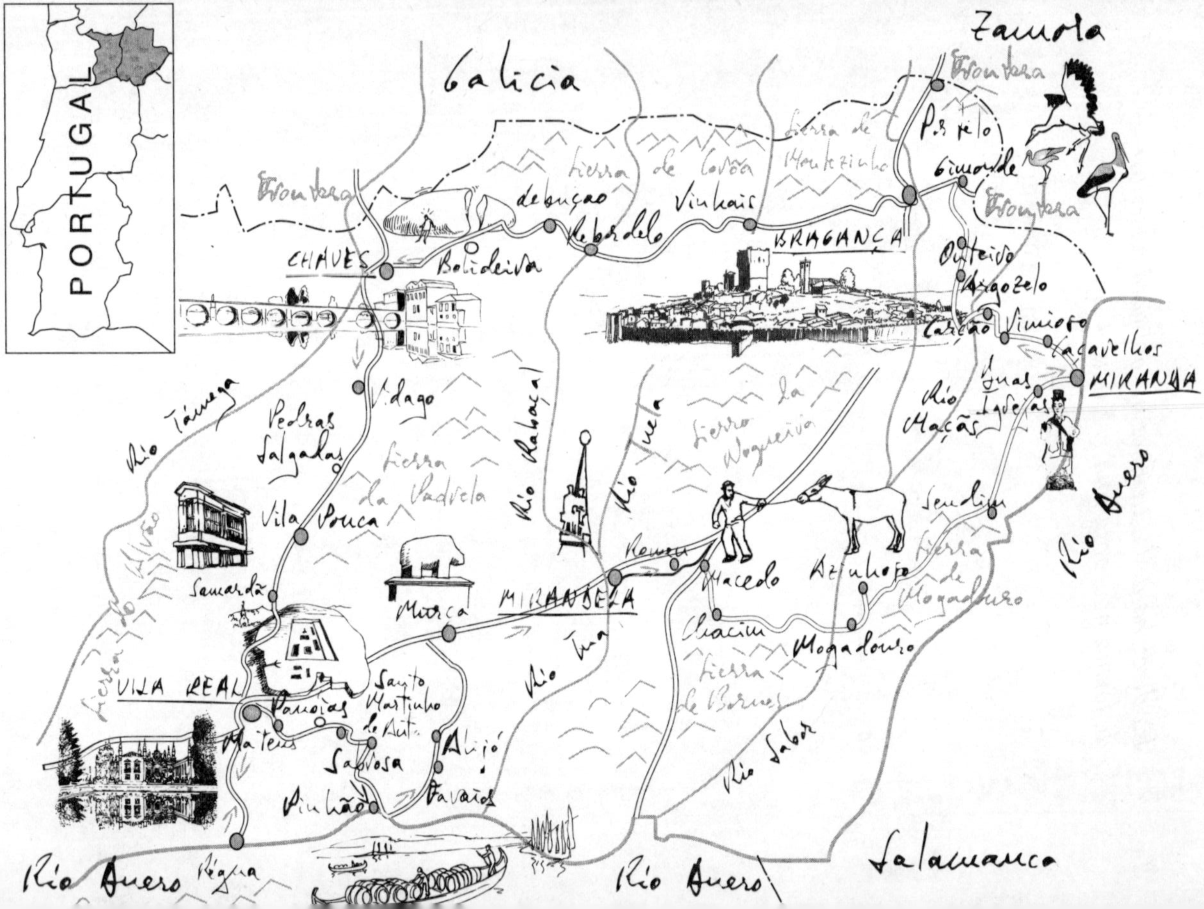

PORTUGAL
Galicia
Zamora
Frontera
Frontera
Frontera
Sierra de Montezinho
Sierra de Coroa
Portelo
Gimonde
Vinhais
Rebordelo
Bolideira
CHAVES
BRAGANÇA
Outeiro
Argozelo
Carção
Vimioso
Caçarelhos
MIRANDA
Duas Igrejas
Río Maçãs
Río Duero
Sendim
Azinhoso
Sierra de Mogadouro
Mogadouro
Macedo
Chacim
Romeu
MIRANDELA
Murça
Río Tua
Río Tuela
Sierra de la Nogueira
Río Rabaçal
Vidago
Pedras Salgadas
Sierra da Padrela
Vila Pouca
Río Tâmega
Samardã
VILA REAL
Santo Martinho de Anta
Mateus
Sabrosa
Alijó
Favaios
Pinhão
Régua
Río Duero
Río Duero
Salamanca
Sierra de Bornes
Río Sabor

Índice

TERCERA JORNADA: La Terra Quente

CUARTA JORNADA: Caminos de emigración

QUINTA JORNADA: La raya seca

Primera jornada:
LA TERRA FRIA

Los reyes de Portugal

Desde la lejanía, viniendo de España, Bragança es una estrella de piedra en la distancia, una luciérnaga inmensa que desaparece y reaparece, a cada curva de la carretera, entre las sombras de las colinas y de los pinos que la rodean. El viajero, que atravesó la raya en Portelo y ya ha dejado atrás França, Rabal, Oleirinhos, Meixedo, pequeños pueblos oscuros, dormidos bajo la noche, divisa la ciudad y acelera el coche por ver si llega a ella antes de que amanezca. Al viajero le gusta llegar a las ciudades a esa hora, bien la del alba, bien la del anochecer, en la que todavía nada es concreto.

Pero, contra su deseo, cuando el viajero llega a Bragança, ya ha amanecido y la vieja ciudad ha despertado de su sueño; del de la noche, que del de su larga historia de reyes y de batallas no despertará ya nunca por más que así lo quisieran sus habitantes. No en vano un rey la fundó, en 1187, sobre las piedras de un antiguo castro ibérico, y no en vano aquí nació, en 1640, la dinastía que reinaría en Portugal y en Brasil mientras ambos países fueron reinos. Hasta principios de siglo, en el caso de aquél, y hasta finales del anterior, en el de éste. Aunque, hoy, aquí, quizá ya nadie recuerde, por lo menos los que ahora el viajero se cruza con su coche por las calles, ni a João IV, ni a Afonso VI, ni a Pedro V, ni a Luis I, ni a ninguno de los reyes que de Bragança se apellidaron o que en Bragança nacieron.

Los que ahora el viajero se cruza con su coche por las calles (todavía pocos: aparte de ser temprano, hoy es 14 de agosto) son gente humilde, medio dormida, que se dirige a sus trabajos en el campo o camina sin prisa por las aceras. El viajero atraviesa dos semáforos, se pierde en uno de ellos, da marcha atrás, desemboca en un paseo (aquí, sí, empieza ya a ver más gente) y, con la ayuda de un plano y de las indicaciones de un policía que pasea aburrido entre los coches, se dirige hacia el castillo, cuyas torres divisa ya a lo lejos. Aparte de ser temprano, al viajero le gusta comenzar a visitar las ciudades por arriba, tanto en su topografía como en el tiempo.

El castillo de Bragança, hasta el que el viajero llega subiendo por estrechas y míseras callejas, impresiona más aún de cerca que desde lejos. Erguido sobre la roca, dominando la ciudad y la cercana frontera, para cuya defensa fue construido como la mayoría de los castillos de Trás-os-Montes, se rodea de torres y de murallas y constituye en realidad una ciudad dentro de otra. Viejas casitas blancas adosadas a los muros, como si formaran ya parte de ellos, y una iglesia también blanca, pero más alta que aquéllas, se esconden dentro de las murallas, rodeando el castillo y evocando los tiempos en los que Bragança era solamente esto: una pequeña ciudad medieval temerosa de Dios y de sus reyes. Hoy, al cabo de los siglos, algunas casas están cerradas, con el deterioro y el abandono adueñados ya de ellas, pero, en la mayoría, macetas en las ventanas y carteles para turistas (*Vénde-se mel*, *Restaurante*, *Artesanía de Trás-os-Montes*) indican al viajero que siguen habitadas, aunque, a juzgar por su tamaño y por su altura, sus habitantes deben de ser liliputienses.

Por contra, los antiguos habitantes del castillo debieron de ser más altos, a juzgar cuando menos por la altura de sus muros y por las gigantescas dimensiones de sus puertas. La fortaleza, bien conservada y con flechas señalando sus entradas y salidas, se alza en una explanada, separada de las casas y del templo, y, en su torre del homenaje, que mide 32 metros (al menos, según las guías), ondean las banderas de la ciudad y la portuguesa. Por lo que dice un letrero, el castillo es ahora un museo militar y, a la vuelta de una esquina, al asomarse a una puerta, el viajero lo comprueba por sí mismo al ver a un guarda que lee el periódico mientras espera la llegada de los primeros turistas. Todavía son las nueve y diez de la mañana y, según dice el cartel, el museo abre a las nueve.

Pero al viajero no le gustan los museos, y menos los militares. Para guerras ya tiene él suficientes con las suyas y antes prefiere ir a mirar la ciudad desde las murallas y pasear entre las casitas, algunos de cuyos dueños ya han empezado a dar señales de vida. Son bajos, como pensaba, pero ninguno es liliputiense.

—Lo que somos es muy viejos.

La señora se ríe y mira a sus compañeras. La señora lleva aquí cuarenta años, de los sesenta y tres que tiene, y está encantada en la Vila, como le llaman los bragantinos al casco antiguo, aunque no haya más que viejos. Los *novos* prefieren, dice, la ciudad nueva.

Nova, aunque ya con hijos, es, no obstante, una de ellas. Se llama Irene y es rubia y sonríe todo el rato. Como sus compañeras de charla, vive aquí desde hace años, desde que se casó en Bragança con un peón de albañil, aunque es de Mirandela. Añora, por supuesto, su ciudad, que está a sesenta kilómetros, pero dice vivir a gusto en la Vila porque es, dice, como un pueblo. Y porque, además, añade, ante la complacencia de sus vecinas más veteranas, que la miran con arrobo, como vienen muchos turistas, se entretiene hablando con ellos.

El viajero, aunque no es turista, o al menos así lo cree (turista es el que viaja por capricho y viajero el que lo hace por pasión), también está entretenido hablando con Irene y sus vecinas, pero, después de un rato, se despide y reanuda su paseo por la Vila, entre los callejones llenos de flores y gatos, hasta que, sin darse cuenta, desemboca otra vez en la explanada del castillo, al lado del edificio que se alza junto a la iglesia. Una mujer ya mayor, con una llave en la mano, se dispone en ese instante a enseñarlo a unos turistas y el viajero se une a ellos. Al viajero, al contrario que a Irene y a sus vecinas, no le gustan los turistas, pero quiere saber lo que hay ahí dentro.

—Esto es la *Domus Municipalis,* también conocida como la Casa del Agua, joya única del románico portugués y la *domus* más antigua del país —recita de corrido la señora mientras agita la llave, joya única también, al menos por su tamaño, de la forja portuguesa, en el centro de este enorme cobertizo de granito abierto a todos los vientos y bordeado de un largo poyo al que el viajero ya ha ido a sentarse. El viajero está cansado después de su paseo por la Vila y, como además no entiende el recio portugués de la señora (no sabe si porque habla bajo o porque no tiene dientes), prefiere enterarse por sus guías de lo que ésta les cuenta: que el edificio fue construido sobre un aljibe de agua allá por el siglo XII; que es, en efecto, la más antigua *domus* de Portugal; que tiene planta pentagonal; que es de raíz griega o romana y que, mientras estuvo en activo, era el foro comunal de las gentes de Bragança.

—¿Y cómo se llama usted? —le pregunta el viajero a la señora cuando acaba de leerlo.

—Matilde —responde ésta.

—Pues muchas gracias, Matilde —le dice, dándole la propina y saliendo otra vez a la explanada.

No es que el viajero no sea educado. El viajero lo es, y mucho, al menos para los tiempos que corren, pero, como ya sabe lo que es la *Domus* y ya la ha visto por dentro, prefiere seguir su ruta e ir a fumar un cigarro junto a la *porca* que hay al lado del castillo. Es un verraco de piedra, quizá de la edad del hierro (al menos, según las guías), y cuya profusión en Trás-os-Montes hace suponer a éstas que fuera un animal especialmente temido o venerado en la región. La *porca*, partida en dos por una picota, a la que sirve de base, parece, sin embargo, ya bastante muerta y el viajero se sienta a fumar su cigarro al lado, a la sombra de los tilos que han plantado en torno a ella, mientras observa el ir y venir de la gente que despierta —ya tarde— a la mañana de verano en esta ciudad dormida, como la *porca*, en la leyenda de su castillo y en el tiempo. Ellos son los verdaderos bragantinos, los verdaderos reyes de Portugal, aunque sus vecinos de abajo no lo sepan.

Segunda feira en Bragança

En las calles de Bragança (la ciudad nueva, aunque tampoco es tan nueva, por lo menos en el centro), hay ya mucha animación cuando el viajero regresa a ella. Son las diez de la mañana y la gente viene y va de un sitio a otro o se agolpa en los comercios y las tiendas. Hoy es *segunda feira,* día de mercado en Bragança, y como además es fiesta (*Nossa Senhora das Graças,* cuya festividad se conmemora mañana, pero cuyas celebraciones empiezan hoy, al decir de los carteles), los bragantinos están todos en la calle comprando o haciendo recados o, simplemente, matando el tiempo. Hay también mucha gente de los pueblos, campesinos que han venido a la ciudad a hacer sus compras o a ver al médico o al abogado y emigrantes que han venido a visitarla aprovechando que están de vacaciones en sus pueblos y a los que se les nota en seguida su condición y su procedencia. Mientras que aquéllos visten de pobre y llegan en autobuses o en camionetas atiborradas de gente hasta lo imposible, éstos visten de turistas y circulan por las calles de Bragança en sus flamantes coches de importación y con matrículas extranjeras.

El viajero, después de abrirse paso entre ellos, consigue al fin aparcar el suyo, en una acera frente a la Sé, y, tras desayunar frugalmente en el Café A Chave d'Ouro, un enorme cafetón situado en una esquina de la plaza, se dedica a pasear por la ciudad confundido entre la gente. Primero, va hacia la catedral, una modesta iglesia encalada que antaño fue de los jesuitas, sin mayores atractivos desde fuera (y, por lo que dicen las guías, tampoco dentro: *el interior posee algunos azulejos notables, un órgano con carpintería policromada y los altares del coro en madera esculpida y dorada*), y, luego, sin visitarla, da media vuelta y se pierde por las calles que confluyen en la plaza frente a aquélla. Al viajero le gustan las catedrales, pero las de verdad.

El viajero está contento. El viajero acaba de desayunar y, como, además, hoy es su primer día de viaje y está fresco todavía —pese a que el sol ya empieza a pegar—, pasea por las calles de Bragança feliz por estar aquí y deseoso de conocerla. Aunque, a decir verdad, lo que menos le atraen son sus monumentos. Lo que al viajero le atrae, y lo que mira al pasar, es la gente, esos hombres y mujeres que hablan en los portales o entretienen la mañana en las terrazas de los cafés o ante los escaparates de los comercios. El viajero no sabe portugués, pero entiende lo que dicen, aunque sea solamente por sus gestos. Por gestos se explica él, aparte de en español, cuando quiere saber algo o cuando, como ahora, entra a comprar a una tienda comida y agua para el camino, y todos le entienden perfectamente. Al fin y al cabo, piensa mientras camina, el portugués y el español son dos idiomas hermanos, aunque Portugal y España hayan estado enfrentados durante tanto tiempo.

Hay algunos, sin embargo, que, aunque les gustaría, ya no pueden entenderle. Doña María da Piedade Pires, por ejemplo, o don João Alberto Días, apodado *Bicheiro,* no podrán ya hacerlo nunca porque murieron ayer, según anuncian en las paredes unas esquelas enormes, tan grandes casi como carteles, que acompañan al viajero en su paseo por Bragança y que les dan a sus calles un aire fúnebre, sobre todo ahora que han empezado a tocar las campanas, a pesar del bullicio que hay en ellas. Aunque la mayor esquela, y la más antigua —de 1920—, la encuentra frente a una iglesia en cuya fachada un gran mural de azulejos recuerda *a o heroico bragantino tenente general Manuel Jorge Gomes de Sepúlveda,* al que los azulejos muestran arengando a sus paisanos, la tarde del 11 de junio de 1808, desde las escalinatas de esta misma iglesia (la misma iglesia, por cierto, aunque reconstruida, en la que, según la historia, se casaron siglos antes en secreto el rey Pedro I de Castilla y su amante la gallega Inés de Castro, aquella que reinaría después de muerta), con ocasión de la liberación de Portugal de los franceses. La iglesia se llama de São Viçente y la esquela es un monolito que se alza enfrente de aquélla y que recuerda a los bragantinos muertos en Francia y en África, pero no en lucha con los franceses, sino contra los alemanes, durante la Primera Guerra Mundial. La lista, que encabeza por un lado el capitán Mario Lopes Saldanha y por el otro —el de África— el cabo

Alfredo Santos, está esculpida en la piedra y la integran una treintena de hombres, de alguno de los cuales sólo se recuerda el nombre. No es extraño que a esta calle, una de las más viejas de la ciudad —aparte, claro está, de las de la Vila—, la bautizaran los bragantinos con el pomposo nombre de *Rua dos Combatentes da Grande Guerra.*

Aunque, para combatientes, los santos de la iglesia. El viajero se asoma a verlos y los encuentra solos en sus altares, sin nadie que los mire o que les rece. Ni siquiera hay turistas en esta iglesia en la que, según la historia, pasaron cosas tan importantes y tan trascendentales para los portugueses. Debe de ser el destino de esta ciudad sin consuelo que, por quedar a desmano de todos los caminos importantes, sigue dormida en el tiempo.

—¿Me compra una tirita? —le aborda un niño gitano cuando, después de mirar los santos, vuelve a salir de la iglesia.

—¿Y para qué quiero yo una tirita? —le pregunta el viajero, sorprendido.

—Por si se hiere —le dice el niño, muy serio.

Con la tirita en el bolso (por si se hiere), el viajero se despide de la iglesia (y del monolito, y del heroico general Manuel Jorge Gomes de Sepúlveda, que continúa arengando al pueblo en los azulejos) y se aleja calle arriba entre ferreterías y barberías y comercios tan antiguos como la mayoría de sus dueños. Algunos tienen de todo, como el de doña María Fernanda da Purificação Pires Texeira.

—¿Cuánto cuesta esa aceitera?

—Mil escudos.

—¿Y las jarras?

—Cuatrocientos.

—¿Y las peonzas?

—Noventa —responde ella, cogiendo una, como si calculara su precio al peso.

—Bueno, pues déme tres.

—¿Tres jarras?

—No. Tres peonzas.

Doña María Fernanda da Purificação Pires Texeira es una profesional. Doña María Fernanda da Purificação Pires Texeira, ochenta y dos años a las espaldas y sesenta detrás del mostrador, sonríe a cada pregunta y, cuando no sabe un precio, lo inventa. Doña María Fernanda da Purificação Pires Texeira es vieja y tiene mala memoria, pero sigue siendo una profesional.

—¿Quiere cuerdas?

—¿Para qué?

—Para los trompos.

—Bueno.

La vieja corta las cuerdas con una enorme tijera y las enrolla luego con las peonzas en un papel de envolver. Es un papel gordo, muy basto, de la edad seguramente de la tienda. En el comercio de doña María Fernanda todo es de la misma época.

—¿Cuántos años tiene esto?

—¡Uf! ¡Muchos! —exclama la mujer, como si le abrumara sólo el pensarlo.

—Más o menos...

—No sé, muchos, más que yo —dice la vieja, sonriendo—. Ya era del padre de mi marido y mi marido tiene noventa años...

—¿Y dónde está su marido?

—*Deitado* —dice la vieja.

Doña María Fernanda da Purificação Pires Texeira tiene a su marido enfermo. Está en la cama desde hace meses (*deitado,* lo llama ella), pero ella sola se basta y sobra para atenderle a él y llevar la tienda. Aunque cada día, dice, le cuesta más hacerlo.

—¿Me enseña la palangana?

—¿Cuál?

—Aquélla, la de latón —le señala el viajero en la estantería que hay al fondo de la tienda.

La vieja, con una escoba, le va indicando en la estantería, pero no acierta. Aparte de estar muy torpe, hay tantas cosas amontonadas que ni siquiera ella sabe ya lo que tiene. Al final, cansada de intentarlo, la mujer deja la escoba y le abre el mostrador para que entre.

—Cójala usted —le dice, como si le conociera ya de toda la vida.

El viajero, una vez dentro, aprovecha la confianza para buscar entre los estantes más cosas que le interesen. Hay de todo: palanganas, cazuelas, ollas, flaneras, hasta caretas de carnaval y jarrones de aluminio de la época de la *Grande Guerra.* El viajero coge lo que le interesa y lo va dejando en el mostrador ante la mirada complacida de la dueña. Hacía tiempo, se ve, que no tenía tan buen cliente.

Cuando termina, la vieja le hace la cuenta:

—Tres peonzas, a 90 escudos cada una, 270 escudos... Tres cuerdas, a 20 escudos el metro, 60... La palangana, 300...

—Aquí pone 35.

—Ya, pero ese precio es antiguo —dice la vieja, sonriendo.

Tan antiguo como ella. La vieja le hace la cuenta, anotando en un papel con letra torpe y menuda cada cosa con su precio, y después hace la suma repasándola cien veces. Cada una de ellas le da una cantidad distinta.

—A ver, que mire otra vez.

—Déjelo, no se preocupe —dice el viajero, pagándole la mayor ante el temor de que le dé allí la noche.

—*Obrigadinha* —responde ella.

Con su cargamento a cuestas (a la tirita del niño, ha sumado tres peonzas, tres cuerdas, dos aceiteras, la palangana, una ensaladera, dos fuentes y dos jarrones, más el papel en que van envueltos), el viajero se despide de la vieja y abandona su comercio con la satisfacción del deber cumplido y con la sensación de haber hecho la obra buena del día, aunque no sabe con quién, si con él o con la vieja. Lo más fácil, imagina, es que haya sido con ella. En cualquier caso, piensa mientras camina, ya se puede ir de Bragança sin que le echen los perros.

El barbero Manuel Costa

Echarle los perros no, pero afeitarle la barba sí, y de qué modo. El viajero, de vuelta hacia su coche, va andando tranquilamente cuando, de pronto, ve aparecer a su lado un minúsculo vehículo con un hombrecillo dentro. El vehículo se para unos metros más allá y, ante el asombro de aquél, el hombrecillo se tira de la cabina y comienza a arrastrarse por la acera, como si fuera un reptil, hasta que desaparece por la puerta de una tienda. El hombrecillo, aparte de diminuto, no tiene manos ni piernas.

El viajero, estupefacto, se queda un rato mirándolo, incluso después de que ya ha desaparecido, y piensa que lo que ha visto ha sido una ilusión óptica provocada por el sueño. Hoy ha madrugado mucho y anoche no durmió bien.

Pero no; no ha sido una ilusión óptica. Lo que ha visto ha sido cierto. Tan cierto como Bragança. El viajero lo comprueba asomándose a la tienda, que en realidad es una barbería, a tiempo de ver aún como el reptil se encarama a uno de los asientos que la barbería tiene para atender a la clientela. El barbero está solo en este instante y no tiene que esperar.

—¿Quería algo?

El viajero tarda en apercibirse de que es a él, y no al otro, al que pregunta el barbero. El viajero, sin darse cuenta, al asomarse a la barbería, ha entrado casi hasta dentro.

—Afeitarme —responde instintivamente.

—Siéntese ahí —le dice el barbero, señalándole la silla y cogiendo una toalla limpia para ponérsela. Al parecer, el reptil es amigo del barbero y ha venido simplemente a estar un rato con él.

Así que, sin pretenderlo, y casi sin darse cuenta, el viajero es ahora el único cliente del maestro Manuel Costa, que así se llama el barbero, según él mismo le dice, pues en la puerta no hay ningún letrero. El maestro Manuel Costa, un hombre muy corpulento, como de setenta años y con la camisa abierta hasta medio pecho (hace calor en la barbería), le pone la toalla al cuello y, luego, con movimientos precisos, como de cirujano, le enjabona la cara y comienza a afeitarle sin dejar de hablar mientras tanto con su amigo el *quasimodo*. El maestro Manuel Costa, por lo que también se ve, es un profesional como todos en Bragança.

El viajero, como no entiende nada de lo que hablan —y como está preocupado por no mover la cabeza (al viajero, al contrario que al barbero, le falta práctica en estas lides)—, se dedica a observar la barbería y al *quasimodo* por el espejo. Como está justo detrás, sólo le ve la cabeza; debe de ser aún más bajo de lo que le pareció al principio, cuando le vio reptar por la acera. La barbería, por su parte, tampoco es grande y parece tan antigua como el dueño. Una vitrina con frascos, un par de espejos en las paredes, una mesa y un lavabo es todo su mobiliario, aparte de los asientos. Aunque la decoración tampoco es más abundante: una imagen de la Virgen, un calendario del Café A Chave d'Ouro (con otra *virgen* en la portada, aunque de muy distinto calibre), un cartel de propaganda de colonia y un banderín de la Sociedad Deportiva Braga, el equipo favorito del barbero (fundado en 1920), es todo lo que hay en las paredes. Eso y la radio que suena en alguna parte y que al viajero, lejos de mantenerle atento, le duerme.

—¿Le arreglo también las patillas?

—Bueno.

El barbero, brocha en ristre, continúa su trabajo mientras el *quasimodo* sigue hablando detrás de él. Por lo que parece, hablan de lo que dice la radio, pero el viajero no les entiende. Así que, poco a poco, se abandona a sus propios pensamientos hasta que definitivamente se va quedando dormido, soñando con un barbero que le rasura la cara en una extraña ciudad en la que la gente no tiene piernas.

—Bueno, pues ya está —le despierta el barbero de repente, quitándole la toalla y sacudiéndola.

—¿Ya? —le pregunta el viajero, sorprendido.

—Ya —dice el barbero, muy serio.

El viajero se levanta y se mira en el espejo. A simple vista, parece que el maestro Manuel Costa ha hecho un buen trabajo con él.

—¿Qué le debo? —le pregunta, acariciándose la cara y comprobando al tacto que, en efecto, ha sido así. No le ha dejado ni un pelo.

—Trescientos escudos —dice el barbero.

El viajero le da los trescientos escudos, más otros cien de propina, y, por si quedaran dudas, para demostrar su satisfacción por el afeitado, se despide del barbero prometiéndole que, cuando vuelva a Bragança, volverá aquí a que le afeite.

—*Obrigado* —dice el barbero, impasible, mientras el reptil le mira como si el raro fuera el viajero.

Los bañistas del Tuela

Hecho un pincel, con la cara como un niño y el alma llena de espuma, el viajero vuelve al coche y abandona la ciudad, que está en plena ebullición (son ya las doce del mediodía), con la satisfacción del deber cumplido y con la convicción de haber hecho otra obra buena —ésta, sí, para con él— poniéndose en las manos del maestro Manuel Costa, aunque fuera sin querer. Hasta pasados unos kilómetros, cuando se mire en el retrovisor, el viajero no verá las patillas que le ha dejado ni los cortes que le ha hecho por el cuello.

El viajero, ahora, va por las afueras de Bragança ocupado en seguir las indicaciones de los letreros y atento a no atropellar a ninguno de los cientos de ciclistas, motoristas, inválidos y peatones que circulan por las calles a esta hora. A los que ya había en ellas por la mañana, se han unido por lo menos otros tantos. Poco a poco, sin embargo, la gente empieza a desaparecer, a medida que el viajero va alejándose del centro, y la ciudad deja paso a una sucesión de casas y de chalés de dudoso gusto —algunos en construcción— entre los que se alternan huertos y descampados. En uno de ellos, hay un mercado de ropa hecho con lonas y furgonetas; es un mercado para turistas, pero apenas se ve a nadie todavía.

Por fin, la ciudad se acaba y la carretera de Chaves, hacia donde el viajero va, se interna en campo abierto bajo el sol del mediodía, que ya está en todo lo alto y levanta destellos del horizonte y de los campos resecos. A lo lejos, a la derecha del coche, la Sierra de Montezinho, con sus montañas peladas, le señala al viajero la frontera de España y el lugar por donde la cruzó hace horas. Aunque, con la cantidad de cosas que ha hecho desde ese instante, le parezca que ya lleva en Portugal mucho más tiempo.

El primer pueblo, Grandais, está a sólo tres kilómetros, pero es bastante pequeño; apenas ocho o diez casas al pie de la carretera. El viajero lo cruza sin ver a nadie, ni en el pueblo ni en los campos que hay en torno. O no vive nadie en él o los que viven están comiendo. Más allá, el monte se llena de robles y matorrales; también algunos castaños y algún chopo en las umbrías. La carretera va dando curvas, como la de esta mañana, pero es un poco más ancha y está mejor asfaltada. No en vano sigue el trazado de la calzada romana que unía Braga y Astorga, las dos ciudades más importantes del noroeste de la Península en aquella época (y, con el tiempo, también, sus dos primeras sedes episcopales), y no en vano sigue uniendo las dos más grandes de Trás-os-Montes, junto con Vila Real. A pesar de lo cual, la carretera de Bragança a Chaves no es ninguna vía rápida, ni especialmente transitada, entre otras cosas por lo deshabitado e inhóspito de la región que atraviesa. La *Terra Fria* la llaman y a fe que debe de serlo, a juzgar por la pobreza del paisaje y de los bosques (bosques raquíticos, de monte bajo y escobas), aunque hoy, 14 de agosto, a las doce y media del mediodía, el sol caiga como fuego sobre ella.

Con la ventanilla abierta, el viajero va mirándola y anotando en su memoria los nombres de las aldeas que se cruza en su camino o divisa allá, a lo lejos: Portela, Fontes, Formil, Espinhosela, Castrelos... Son pueblos pobres, pequeños; viejas aldeas de piedra perdidas entre los montes y rodeadas de algún castaño y algún campo de centeno. Desde la carretera, cuando están lejos, parecen abandonadas y quizá alguna lo esté. Aunque, de vez en cuando, también, alrededor de los pueblos, se ven las blancas paredes de un chalé de nueva planta construido seguramente con el dinero ganado en la emigración por algún nativo de los que ahora andarán por Bragança luciendo sus automóviles y sus modernos atuendos traídos del extranjero.

Fuera de eso, apenas nada. El viajero da vueltas y más vueltas, cruza montes y más montes y sólo ve soledad a un lado y otro del coche. Ni siquiera hay ya pueblos desde hace rato. La Sierra de Montezinho, según el mapa, está dejando paso a la de Corõa y, por lo que parece, ésta es aún más inhóspita y más áspera que aquélla. Al menos, la carretera se ha hecho más tortuosa y el bosque más solitario. En una curva, además, tras el cartel que señala el comienzo del Concejo de Vinhais (el de Bragança ya quedó atrás), una señal de peligro anuncia amenazadora la presencia de *máquinas en movimento* y, en efecto, a partir de ella, el viajero empieza a verlas. Son las de los obreros que están arreglando la carretera. Están ensanchando el firme y haciendo nuevas cunetas. Así que, a partir de allí, al calor del mediodía y a las continuas curvas y cuestas, se unen el polvo y el ruido y los bandazos que pega el coche al circular ahora sobre la tierra. El viajero sube la ventanilla, pero no escapa de ellos. En el maletero, las aceiteras y los jarrones que compró a María Fernanda bailan al ritmo del coche como si se hubiesen vuelto locos. El viajero pone la radio, pero no deja de oírlos. Durante varios kilómetros, las aceiteras y el coche son también *máquinas en movimento.*

Pero no hay mal que cien años dure, y menos en carretera. El viajero lo sabe por experiencia y lo comprueba de nuevo cuando, al doblar una curva —la enésima desde Bragança—, avista el pretil de un puente y, tras él, en el barranco, el río que lo sostiene. Es el Tuela, que viene de Montezinho y trae aires de la sierra. Y que, antes de seguir su ruta, seguramente cansado de pelearse con las montañas, se detiene un instante a descansar bajo el puente.

No es el único, no obstante, que lo ha hecho esta mañana. Al otro lado del puente, en la ladera contraria, unas pequeñas casitas señalan la presencia de personas (aunque no se vea a nadie a su alrededor) y, más allá, en una curva, un caminillo conduce por el terraplén abajo hasta la orilla del río donde docenas de coches vigilan entre los árboles la comida o el baño de sus dueños. Hay muchos, quizá doscientos, dispersos entre los coches o bajo las salgueras de las orillas, que algunos han convertido, ayudándose de toallas y sombrillas, en improvisados toldos y campamentos. Otros, los más osados, están sentados directamente sobre la arena. Es falsa (en realidad son piedras), pero desde la carretera da la impresión de una playa que el río hubiese formado en el fondo de esta hoz estrecha y breve, pero que constituye un oasis en medio de tanta aspereza. Al viajero, por lo menos, después de lo que ha pasado, y con el calor que hace, así se lo parece.

Y lo demuestra. Por el terraplén abajo, cuando llega al otro lado, se lanza a tumba abierta hacia el barranco (ahora, sí, las aceiteras se vuelven locas del todo) y, tras aparcar el coche en el primer sitio libre que encuentra, cosa que no le resulta fácil, coge la toalla y el bañador y se va en busca de un árbol que esté a la orilla del agua y todavía no tenga dueño. Tampoco le resulta fácil (hay gente por todas partes), pero lo encuentra: en una roca pelada, pero a la sombra, en el estrechamiento que el río Tuela ha formado en el medio de la poza donde se bañan y se solazan los que aún no están comiendo. Es ya la una del mediodía, que es la hora del almuerzo en Portugal.

El viajero, aunque español, saca también su comida (la que se procuró en Bragança: melocotones de Oporto y uvas e higos de Trás-os-Montes) y, antes de tirarse al agua, da buena cuenta de ella. Tenía hambre desde hace rato. Luego, se baña en la poza y, a continuación, ya fresco, enciende un cigarrillo y se tumba junto al agua a contemplar el mundo que le rodea. Está más en calma ahora con el sopor del almuerzo. Cerca de él, entre dos árboles, una pareja ha puesto una hamaca (que, por supuesto, comparte: el amor lo puede todo) y, alrededor, varios chicos sestean sobre las rocas como si fueran una colonia de cocodrilos en un río de la selva. Son de los pueblos de alrededor, pero algunos deben de vivir en Francia, a juzgar por sus nombres y por su acento. De vez en cuando, alguno se mueve y se desliza hasta el agua para refrescarse, pero, por lo general, permanecen inmóviles como los cocodrilos que imaginó el viajero. Sobre todo, las chicas, que son las que éste mira con especial atención, amparado en su puesto de privilegio.

De repente, sin embargo, un ruido rompe la paz del río. El ruido se despeña por el terraplén abajo, envuelto en una gran nube de polvo, y tras él aparecen dos motoristas enfundados de arriba abajo en sendos trajes de cuero negro. Los motoristas —gafas de sol, patillas de hacha, botas de caña y pañuelos de pirata en la cabeza— irrumpen con sus motos en la orilla, casi en el agua, y, tras acelerarlas a fondo dos o tres veces (por si acaso alguien aún no se había fijado en ellos), las abandonan bajo los árboles y atraviesan el río por una tabla que hace las veces de pasarela, ante la curiosidad de los cocodrilos, sobre todo de las hembras, que han despertado de su letargo y se incorporan para mirarlos, cosa que ni siquiera han hecho aún con el viajero. Aunque ya está acostumbrado a esos desprecios, sobre todo en el verano, que es cuando un hombre de verdad da la medida, en bañador y a pelo, el viajero no puede menos que sentir un odio sordo hacia aquéllos. Por la discriminación y por interrumpirle el sueño. El viajero, mirando las cocodrilas, se había quedado traspuesto.

Los motoristas, que resultan ser amigos de los dueños de la hamaca, para mayor oprobio, acampan justo a su lado. Lo hacen con gran escándalo, sabedores del impacto que su llegada ha causado entre los bañistas y de que todos están ahora pendientes de ellos. Sobre todo las cocodrilas, que parecen muy contentas y animadas de repente (alguna, incluso, ha vuelto a tirarse al agua y chapotea dando grititos junto al viajero). Al final, desesperado —y, aunque no lo reconozca, humillado en lo más hondo de su orgullo—, éste recoge sus cosas (la fruta que le sobró) y se va en busca del coche antes de que sea tarde. Con el revuelo que se ha formado con su llegada, el viajero no quiere ni imaginar lo que pasará en el río cuando los motoristas se queden en bañador.

Clotilde Graça, sacristana de Vinhais

Hasta Vinhais, el paisaje sigue siendo igual de pobre que entre Bragança y el Tuela. Robles, chaparros y escobas y algún olivo junto a los pueblos. Tan sólo uno, y pequeño, en la carretera: Vila Verde; los demás, desperdigados por los montes o adivinados apenas tras las leyendas de los carteles. Así que llegar a Vinhais fue como hacerlo a otro oasis para el viajero.

Vinhais es pueblo grande y con historia, aunque no tanta como Bragança. Echado en una loma frente al Tuela, cuyo curso tortuoso domina desde lejos, tiene un castillo y un par de iglesias —la de São Facundo y la de Santo Antonio—, aparte de un convento de franciscanos, y conserva todavía algunos restos de la muralla que le mandara hacer Don Dinís, el rey que fortificó todo Trás-os-Montes y el único al que los portugueses llaman así, sin el número, con una extraña mezcla de familiaridad y de respeto. Fue, sin embargo, el abuelo de éste, Sancho II, el que, según los libros, fundó Vinhais allá por el siglo XIII.

Pero el viajero, ahora, no tiene muchas ganas de historias. El viajero lleva ya mucho rato conduciendo y, con los 35 grados que marcan los termómetros, lo único en lo que piensa es en aparcar el coche y en tomar una cerveza en el primer bar que encuentre. Bares en Vinhais hay muchos, pero aparcamientos pocos, entre otras cosas porque la calle principal del pueblo es la propia carretera de Bragança, que se estrecha al adentrarse entre sus casas para poder dejarles sitio a las aceras. Al final, tras muchas vueltas, el viajero encuentra uno, seguramente prohibido (está justo en una esquina), y regresa caminando hasta la plaza que vio al entrar en el pueblo. Es una plaza moderna (aunque Vinhais tiene mucha historia, su caserío es bastante nuevo), con un jardín en el centro y atestada de comercios y cafés desde cuyas terrazas cientos de hombres observan pasar los coches mientras escuchan la música que suena a todo volumen por los altavoces del ayuntamiento. A simple vista, parece que en Vinhais todos están ociosos.

En el Café Leão, por ejemplo, un local amplio y oscuro en el que el viajero entra para tomar su cerveza, docenas de parroquianos están jugando a las cartas, ajenos a la música y al ruido que suena fuera. Ruido hacen ellos también bastante, cantando cada jugada y golpeando las mesas. El viajero aguanta un rato —hasta que se repone de los 35 grados—, pero, al final, sale del café y se va en busca de paz hacia la iglesia que está enfrente de la plaza, a la sombra del castillo, y que imagina estará más tranquila que los alrededores de la carretera.

En efecto. Aunque la música se sigue oyendo, en cuanto el viajero se aleja de ella —y, por extensión, de la carretera—, deja atrás el bullicio de Vinhais y se sumerge de golpe en un mundo de callejas en las que el tiempo se ha detenido hace varios siglos y en las que sólo los perros y algún coche despistado interrumpen con su paso el silencio de la siesta. Hay casas muy bien cuidadas, como la del abogado don José de Freitas, y otras cuajadas de flores, algunas hasta parecen palacios si no fuera por lo humilde de sus piedras. Ante una de ellas, la más florida, están jugando dos niños con un perro tan pequeño que parece sacado de un cuento de Gulliver.

—¿Cómo te llamas tú?

—Tiago.

—¿Y tú?

—Pedro.

—¿Y el perro?

El perro no tiene nombre o, por lo menos, los niños no lo saben o no quieren decírselo al viajero. El perro mira al viajero con miedo y se esconde acobardado tras los niños. Sabe que están hablando de él.

Tiago y Pedro, en cambio, no le tienen ningún miedo. Al revés: dejan sus juegos y le acompañan hasta la iglesia por la pequeña calleja que bordea la muralla (los trozos que aún se conservan) y desde la que se dominan todo Vinhais y los bancales de vides que bajan hacia el Tuela. La iglesia, de granito, está encalada, como la mayoría de las iglesias de Portugal, y tiene una gran torre con campanas y un *pelourinho* frente a la puerta. Aunque la gravedad de la picota y del granito se vean hoy atenuadas por los cientos de bombillas que recorren la fachada y la torre de la iglesia y que se encenderán esta noche para iluminar la fiesta.

—¿Qué fiesta?

—La de la *padroeira* —le dicen muy contentos al viajero sus amigos Tiago y Pedro.

Los niños, en su papel de guías improvisados, y el perro, que al parecer le ha perdido el miedo, le acompañan serviciales hasta el interior del templo. La puerta está abierta de par en par y se oyen voces cercanas, pero no se ve a nadie dentro. Sólo los santos, que contemplan impasibles su llegada y ni siquiera se inmutan por ver a un perro en la iglesia.

Tampoco se sorprenden las mujeres que, tras recorrerla entera, el viajero encuentra al fin en la sacristía y que son las propietarias de las voces que venía oyendo desde que cruzó la puerta. Son tres, y están barriendo la sacristía y preparando las flores que adornarán el altar en la misa que se celebrará mañana en honor de la *padroeira*. La Virgen de la Asunción, según le explican a coro las tres mujeres.

Una de ellas, la más vieja, en seguida se ofrece para enseñarle la iglesia. Se llama Clotilde Graça y es la sacristana de ésta, aunque, como ya tiene muchos años, está adiestrando a una sustituta, que es la mayor de las otras dos. Clotilde, pese a todo, conoce bien su iglesia:

—Éste es San Sebastián... Ésta, la Crucifixión... Ésta, la Virgen... Éste de las barbas, Judas... —le va diciendo al viajero, mostrándole las imágenes, mientras recorren el templo.

—¿Judas? —dice el viajero, extrañado.

—Judas Tadeo. El bueno —precisa ella.

—¡Ah! Pensé que era el Iscariote —dice el viajero, riéndose.

La mujer se ríe también (con sus dos únicos dientes) y sigue nombrando santos mientras recorren la iglesia. Anda por ella como si fuera su casa. Se le nota que está orgullosa de ella.

—¿Y le pagan por cuidarla? —le pregunta el viajero, más pragmático.

—¿Quién?

—No sé, el cura...

—¡Qué! —dice la vieja, sonriendo—. Si el pobre no tiene ni para él... Lo hago yo porque quiero.

—Pues irá al cielo.

—¿Quién, el cura?

—No, usted.

—¡Ah! —se ríe la sacristana cuando por fin le comprende—. Si soy buena...

Buena lo es, y mucho, y el viajero da fe de ello. Hasta que no le enseña toda la iglesia, no para y lo hace con interés y cariño, aunque sin muchos conocimientos. De la iglesia sólo sabe, por ejemplo, que es la más vieja del pueblo y del confesionario, una magnífica pieza labrada, posiblemente del XVIII, que hace años que ya no se utiliza porque los curas de ahora son muy modernos.

—Será que ya no hay pecados —insinúa el viajero, poniendo cara de bueno.

—¡Uf! Si yo le contara... —exclama la sacristana, enseñándole al reírse los dos dientes.

Tiago y Pedro, mientras tanto, les siguen entre los bancos, subiéndose a los altares y jugando con el perro. Al fondo, en la sacristía, se oye hablar a las otras, que siguen con su trabajo mientras su compañera le hace de guía al viajero. Ya han llegado ante la puerta.

—Bueno, Clotilde, pues muchas gracias.

—De nada —responde la sacristana mientras recoge la escoba para volver a su puesto.

Pero el viajero tiene aún una última pregunta para ella:

—¿Y éste cómo se llama?

—¿Cuál?

—El perro.

—*Guilherme* —sonríe la sacristana, mientras el aludido, asustado, se esconde al oír su nombre entre las piernas de la mujer, que resulta que es su dueña.

—Pues hasta siempre, *Guilherme* —saluda al perro el viajero, despidiéndose a través de él de la mujer y de sus amigos Tiago y Pedro.

Señales de humo

La música de Vinhais, que cada vez se escucha más alta, acompaña al viajero hasta las afueras del pueblo. Es una música alegre, de fiesta, que anuncia a los que se acercan la que empezará esta noche cuando se enciendan los arcos de bienvenida y las luces de la iglesia. Aunque, para esa hora, quizá, la sacristana ya esté durmiendo.

El que se duerme, y ahora, es, sin embargo, el viajero. Entre el calor de la siesta, que cada vez es mayor, y con el runrún del coche, comienza poco a poco a adormilarse a medida que se aleja de Vinhais hasta quedarse, como en el Tuela, prácticamente traspuesto. La verdad es que hoy ha madrugado mucho para lo que es habitual en él.

Para evitarlo, pone la radio. Las emisoras tienen ahora programas de variedades salpicados de canciones y de anuncios; son programas parecidos a los que también le llegan del otro lado de la frontera. Los anuncios varían según la cobertura de aquéllas (de Coca-Cola o de coches en las nacionales y de pequeños comercios o fiestas en las locales), pero las canciones no. Son los discos del verano en Portugal, canciones de amor y fados que cantan voces oscuras, normalmente de mujeres, y que impregnan el paisaje de una profunda tristeza. O quizá sea al revés. Desde que dejó Vinhais, el viajero no ha vuelto a cruzar un pueblo, ni una casa, ni una huerta. Sólo algún coche de cuando en cuando y las montañas que se suceden una tras otra hasta donde la vista alcanza y que se convierten en trasparencias en dirección hacia la frontera.

La frontera, aunque lejana, va paralela a la carretera. Lo viene haciendo desde Bragança y lo seguirá haciendo hasta Chaves, según comprueba el viajero en su mapa y en los letreros que encuentra a través de aquélla: a Moimenta, 21; a Seixas, 15; a Santalha, 19... Pueblos todos, los nombrados, encaramados en las montañas, al borde mismo de la frontera. Incluso traza, al pasar Soutelo, el primer pueblo desde Vinhais —prácticamente desierto—, una curva hacia la izquierda, que es la misma que hace la carretera siguiendo el espinazo de los montes en dirección hacia Rebordelo. De haber seguido como hasta ahora, habría acabado en España.

El sol está quieto, inmóvil. Las montañas reverberan como espejos bajo él y, a lo lejos, hacia el sur, una columna de humo se eleva en el horizonte como la fumarola de un volcán. Es lo único que se mueve en el paisaje, el único signo de vida que alcanza a ver el viajero en este inmenso desierto en el que apenas se ven ni pájaros. La verdad es que hace tanto calor que los que hay deben de estar durmiendo.

La fumarola se va agrandando a medida que el viajero empieza a acercarse a ella. Parece ya un hongo atómico más que el humo de un volcán. De todos modos, no es la única señal de humo que se avista en el paisaje. A lo lejos, en la dirección de Chaves, otra columna de humo se eleva de entre los montes y aún se ve otra más allá, en dirección hacia la frontera. Son más pequeñas que aquélla, pero igual de amenazantes.

En una curva, un ensanchamiento y cuatro árboles solitarios aconsejan al viajero hacer un alto. Aunque apenas lleva andados diez kilómetros, le vendrá bien para espantar el sueño. El lugar, además, es estratégico: en lo alto de una loma, en medio de las montañas, le permite dominar todo el paisaje hasta la misma raya de la frontera. Con la ayuda de su mapa, y mientras fuma un cigarro, el viajero se entretiene en buscar por las montañas las aldeas cuyos nombres ha ido viendo en los letreros. Hay más de las que parece. Alguna, incluso, quizá sea ya de España, aunque en la lejanía todas parezcan iguales. El viajero está mirándolas, sentado contra una acacia, cuando un coche se detiene junto a él. Lleva adosada una caravana y lo conduce un pirata, a juzgar por los tatuajes que luce por todo el cuerpo. Que el viajero recuerde ahora, dos cruces, un corazón, un triángulo, una bandera en el hombro y un casco con un fusil bajo la tetilla izquierda.

El hombre, que viaja con su mujer y con dos niños pequeños, le pregunta en francés los kilómetros que faltan hasta Chaves.

—Sesenta —dice el viajero, consultándolo en el mapa.

—¿Cuántos?

—Sesenta —vuelve a decirle el viajero.

El pirata le ha entendido a la primera. Si lo ha vuelto a preguntar, no es que porque no le hubiera entendido, sino porque le parecen muchos. Al parecer, el pirata lleva viajando diez horas y pensaba que Chaves estaba ya más cerca.

—Si quiere, le digo menos —le dice aquél, sonriendo.

—¿Cómo dice?

—Digo que, si le parecen muchos —repite—, le digo menos kilómetros.

—No entiendo —dice el pirata.

—No importa —dice el viajero.

Hasta Curopos, que es el siguiente pueblo en el mapa, la carretera sigue subiendo y bajando montes. Es como una montaña rusa, pero de polvo y asfalto. Desde hace rato, además, apenas hay ya letreros. Aparte del de Curopos, que está muy viejo, y del de la carreterilla que va a Candedo —y a la ermita o santuario de su nombre—, durante varios kilómetros, el viajero sólo encuentra una pintada y, además, incongruente: *Viva Espanha* ha escrito alguien en un muro en irónico y correcto portugués.

Curopos, como Soutelo, está en lo alto de un monte, al pie de la carretera, pero, a pesar de su situación, parece también desierto. Al viajero, en cualquier caso, le llama más la atención el nombre de otro que queda cerca: Vale de Janeiro. Debe de ser, como aquél, un pueblo insignificante, quizá incluso más pequeño todavía (Vale, al revés que Curopos, queda fuera del camino), pero al viajero le hace pensar, quizá por aburrimiento, en la hipotética relación que el pueblo pudiera tener con Río, aunque Brasil quede ahora tan lejos. Al fin y al cabo, piensa mientras conduce, de aquí salieron muchos de los pioneros que fundaron y dieron nombre a las ciudades de aquel país, a partir muchas veces de los nombres de sus pueblos.

Las fumarolas siguen creciendo. En tamaño y en el número. A las tres que ya había antes, se han unido por lo menos otras tantas. Parece como si toda la Terra Fria estuviera ardiendo hoy. El viajero las mira mientras conduce, temeroso de encontrarse alguna de ellas en su ruta. Sobre todo el hongo atómico, que cada vez lo tiene más cerca.

El paisaje, entre tanto, sigue pelado y desértico. La carretera de Chaves, que ahora busca Rebordelo, avanza entre matorrales y alguna encina raquítica sin dejar a sus costados otra cosa que el silencio. A lo lejos, hacia el norte, aún se ven algunos pueblos (Candedo, quizá Sandim, puede que Soutochao, ya en España), pero, alrededor de aquélla, la soledad va en aumento. El viajero, adormilado, cruza montes y más montes, sube cuestas y más cuestas, dobla docenas de curvas (siempre con la lejana esperanza de hallar algo al otro lado) y lo único que encuentra, aparte de nuevas curvas, son las señales de humo, que cada vez son más grandes. El viajero mira al cielo esperando cuando menos que una nube rompa la monotonía, pero tampoco la encuentra. Sólo el sol, que sigue inmóvil como si fuera un tatuaje grabado en mitad del cielo.

Los hijos de Rebordelo

Poco a poco, sin embargo, a medida que se acerca a Rebordelo, la carretera empieza a cambiar. Tímidamente al principio y, luego ya, abiertamente, los montes van suavizándose y comienza a aparecer algún olivo y alguna viña por las laderas. Son viñas pobres, raquíticas, como quemadas por los incendios, pero que dan al paisaje un poco de humanidad y de esperanza al viajero. Junto a una de ellas, de hecho, una familia se ha detenido, quizá para ver el humo, al lado de una caseta. En otra, en cambio, alguien abandonó definitivamente su coche, incapaz seguramente de volver a ponerlo en marcha. El coche, irreconocible, está ya tan oxidado que parece también, como las viñas, quemado por los incendios.

Por fin, después de varios kilómetros, un hombre que viene andando y tres o cuatro tractores anuncian al viajero la cercanía de Rebordelo. El pueblo se le aparece de pronto, al coronar una cuesta, como si estuviera escondido detrás de ella para que nadie lo viera.

Rebordelo, sin ser grande, tiene ya empaque de villa, comparado sobre todo con los pueblos que el viajero ha venido viendo desde Vinhais. El pueblo, de casas grandes, muchas de ellas de granito —un poco al uso gallego—, se agolpa en una colina, al pie de la carretera, y, aunque el calor aprieta de firme (son las cinco de la tarde), la gente está sentada por las calles mirando pasar los coches y las columnas de humo de los incendios. Una de ellas, la más grande, está justo frente al pueblo.

—¿Qué es lo que se está quemando? —le pregunta el viajero al primer vecino que encuentra al bajar del coche.

—El mundo —le dice éste.

Su compañero de charla, que está sentado en el suelo (con un niño entre las piernas), le corrige, sin embargo:

—Esto ya no es el mundo —dice, mirando al viajero.

—¿Usted cree?

—Por supuesto que lo creo —dice el hombre, que al parecer vive en Francia y está aquí de vacaciones, aunque, a lo que se ve, no parece muy contento—. Esto es el culo del mundo —dice sin rastro de pena.

El hombre es tan contundente que el viajero no se atreve a llevarle la contraria. El hombre es de Rebordelo y tiene todo el derecho a opinar lo que quiera de su pueblo y, además, el viajero está de acuerdo. Aunque, evidentemente, él no se atreva a decirlo. Una cosa es que lo diga un vecino, aunque sea un emigrante, y otra que lo diga un forastero.

—¿Y por qué vuelve? —le dice.

—Por la querencia —responde el hombre, encogiéndose de hombros, como si la querencia fuera una maldición.

Pero no todos en Rebordelo parecen tan aburridos ni tan arrepentidos de haber nacido aquí. Al revés: por las callejas del pueblo, que el sol castiga con fuerza, el viajero encuentra hombres y mujeres que charlan amablemente a la puerta de sus casas mientras sus hijos juegan al fútbol o van y vienen en bicicletas. Otros, más solitarios, pasean tranquilamente o sestean a la sombra de algún árbol o al arrimo de las casas. Muchos deben de ser emigrantes, pero parecen felices de estar ahora en su pueblo. Al menos, matan el tiempo, cosa que el viajero duda que puedan hacer en Francia, o en Suiza, o en Alemania, por más que estos países sean el centro del mundo y el lugar donde encontraron solución a su pobreza. Al fin y al cabo, piensa el viajero, como la tierra propia no hay otra, aunque sea tan pobre como ésta.

Por lo demás, el pueblo tampoco es muy diferente de los que el viajero ha visto desde que cruzó la raya: un puñado de callejas retorcidas, una iglesia de granito o de pizarra, una plazuela con árboles, unos cuantos huertecillos y chalés y un camino que conduce al cementerio o a una ermita solitaria y olvidada. En el caso de Rebordelo, la de la Peña. Está en lo alto de un monte, apenas a medio kilómetro, pero el viajero en seguida desiste de acercarse a visitarla. A las afueras del pueblo, el calor es fuego.

—¿Qué? ¿Le gustó? —le dice el de la querencia cuando regresa a la carretera.

—¿El qué?

—El pueblo.

—A mí, sí —dice el viajero.

El burro de Lebução

Muy cerca de Rebordelo, apenas a dos kilómetros del pueblo, está el mojón que separa el distrito de Bragança del de Vila Real. El hito está a la entrada de un puente, en el fondo de un barranco profundísimo, y la línea invisible que señala es la que sigue el río que pasa debajo de él: el río Rabaçal. Por eso, y porque el sitio es fresco y umbrío y está a cubierto del sol, muchas familias han aparcado sus coches y contemplan desde el puente la corriente del río y el paisaje sin preocuparse de los coches que lo cruzan con grave riesgo para los que están en él. El puente, aunque no es muy largo, es demasiado estrecho.

Desde la ladera opuesta, se vuelve a ver Rebordelo. Con el tajo del río y el puente en primer plano, el pueblo es mucho más bello de lo que pensó el viajero. Sin duda hay que verlo desde aquí, rodeado de viñas y erguido en la colina y recortado en el cielo como lo ven los que vienen en la dirección contraria. Aunque, en el retrovisor, quizá parezca más bello: por el reflejo del sol y porque siempre lo es más lo que se deja atrás que lo que se descubre por vez primera.

Pero la visión del río —y del puente, y de las viñas, y de las casas y el cielo de Rebordelo—

en seguida se evapora, engullida otra vez por las colinas que cierran por el oeste el cauce del Rabaçal y que dan paso de nuevo al mismo paisaje hosco, desolado y polvoriento que forma la Terra Fria y que el viajero ha venido viendo prácticamente desde Bragança. El Rabaçal, como el Tuela, era sólo un espejismo, un paréntesis de agua en medio del alto páramo.

La carretera, además, desde que cambió de orilla, se ha vuelto mucho peor. No por las curvas, que son las mismas, como las cuestas, sino por el pavimento, que aquí parece *pavés.* Se ve que a Vila Real le importa menos la carretera que a sus vecinos los bragantinos. Todo lo contrario que le sucede al viajero, quien lleva ya muchas curvas y cuestas a sus espaldas como para tener que escuchar encima un nuevo baile de palanganas. Así que, antes de que vaya a más, y a la vista de que el *pavés* no se acaba (al revés: parece que ya va a seguir así seguramente hasta Chaves), esta vez para el coche y las separa. Unas las pone en el asiento de atrás y otras las deja en el maletero. Como los niños: para que no se peguen.

Pero, aunque las palanganas callan, el coche sigue botando. La carretera está cada vez peor, llena de baches y parches, y el coche va dando tumbos como si fuera un borracho al que el sol se le hubiera subido a la cabeza. Por si le faltara algo, los matorrales aquí crecen con tal profusión que parecen una selva. Algunos son tan enormes que no sólo le persiguen con sus ramas, sobre todo cuando se cruza con otro coche, sino que, en algunos tramos, invaden la carretera. El viajero va despacio, sorteándolos, como si fueran personas o presencias fantasmales, y, cuando los deja atrás, pisa el acelerador como si temiera que le pudieran seguir igual que a veces hacen sus sombras e igual que viene haciendo la nube en la que se ha convertido ya el hongo atómico a medida que el volcán que lo alimenta se ha ido quedando detrás, en dirección a Sonim, hacia donde se desvía ahora una carreterilla que parte en una curva hacia la izquierda. Es la carreterilla que va a Valpaços, la capital de la tierra de las castañas y, según dicen las guías, lugar de residencia real allá por la Alta Edad Media. Aunque ni siquiera eso haga desviarse al viajero.

El primer pueblo de Vila Real (viniendo de Rebordelo), por no tener, no tiene ni letrero. Es un montón de casas arracimadas, como los matorrales, en torno a la carretera. El viajero lo atraviesa sin ver más que un perro cojo, una mula en un hangar, una máquina de brea abandonada y tres o cuatro personas que miran pasar el tiempo desde la terraza del bar del pueblo. O Camionista se llama, sin duda porque fue hecho, más que para los vecinos de éste, que no deben de ser muchos, para el descanso de los camiones que cruzan este desierto. El viajero, pese a todo, prefiere detenerse más allá, a la salida del pueblo, al amparo de unos pinos y de un tilo gigantesco que son los únicos árboles que se ven en torno a aquél y que dan sombra a una fuente y a una piedra de granito que las familias que van de paso deben de usar como mesa.

Aunque el viajero está tan cansado —y la piedra es tan perfecta— que se tumba encima de ella para fumar un cigarro mientras contempla los árboles y escucha pasar el tiempo.

Pero la carretera sigue. Y el tiempo (aunque no lo vea). El viajero, a su pesar, acabado ya el cigarro, deja tan plácido lecho, se lava un poco en la fuente, mea al amparo de un pino y vuelve a su condición, que no es otra que seguir a donde le lleve aquélla. Aunque le lleve, como esta tarde, por lugares tan inhóspitos y perdidos como éste.

A donde le lleva ahora es hacia Lebução, que está, según dice el mapa, apenas a cinco kilómetros, pero que, de no ser por éste, nunca lo habría imaginado. Por delante, hacia el oeste, el viajero sólo ve tomillos y matorrales; los mismos que viene viendo desde Vinhais y que cada vez son más grandes y más espesos. En muchos tramos, de hecho, ni siquiera le permiten ver los montes que le escoltan por el sur y que también son los mismos que lo hacen desde hace rato. Aunque, al revés que los matorrales, cada vez son más pequeños.

Tras uno de ellos, precisamente, aparece Lebução, un pueblo tan solitario como el que quedó ya atrás, pero que al menos viene en los mapas y, por lo tanto, tiene letrero. Está a la izquierda, según se llega, junto a la parada del autobús en la que varios niños están sentados, no se sabe si esperando al autobús o a que alguien, compasivo, se los lleve. Quizá sería lo mejor que les pudiera pasar a la vista del futuro que les espera en el pueblo. Que se lo pregunten, si no, a ese viejo que está sentado junto a su casa, a la sombra de una parra medio seca, y que tiene grabados en su rostro todos los vientos de Trás-os-Montes. Aunque, posiblemente, el que mejor lo sabe —aunque no pueda decírselo— es ese burro negro, impávido y esquelético que el viajero encuentra solo en una era, a la salida del pueblo, y que le mira pasar con una inmensa tristeza. Es el mismo burro viejo, tristísimo y somnoliento que el viajero ha visto siempre en lugares como éste y que le hace recordar una vez más la queja de otro viajero. Era Ortega, y recorría los montes de Guadalajara y de Soria, en España: «Pobres gentes de Soria y de Guadalajara. ¿Habrá en el mundo una tierra más pobre que ésta?».

Quizá haya sido el silencio, o el lugar, o la tristeza. Puede que también a él el sol y la soledad se le hayan subido ya a la cabeza. Pero al viajero, mientras se iba, le ha parecido escuchar al burro, que le respondía a Ortega:

—Sí. Trás-os-Montes, en Portugal.

La piedra *bolideira*

Al revés que Lebução, la piedra *bolideira* es uno de los parajes más pintorescos de Portugal. Al revés que Lebução, la piedra *bolideira* no figura ni en los mapas, pero debería venir en todos los anuncios y las guías, no sólo de Portugal, sino de Europa y del mundo entero. El viajero la vio por casualidad, que es como se suelen ver estas cosas, pero se la recomienda a todos los viajeros y los físicos y, sobre todo, a los levantadores de piedras. A aquéllos, por la sorpresa y, a éstos, por humildad.

La piedra *bolideira* (que baila) está en Bolideira, un villorrio despoblado y moribundo a tres leguas de Pedome y a cinco de Lebução que le debe a la piedra el nombre, lo que indica hasta qué punto el lugar depende de ella. Bolideira, de hecho, no es ni siquiera un pueblo; es un conjunto de casas, la mayoría de ellas deshabitadas y con el cartel de *en venta* colgado de sus ventanas, que antaño fueron quizá posadas de carreteros, pero que ahora semejan un poblado abandonado del Oeste. De no ser por el garaje que todavía subsiste al pie del camino y de tres o cuatro casas con geranios, nadie diría que en Bolideira viviera aún nadie. El viajero, de hecho, cuando llegó, no vio a nadie, y pensaba seguir sin detenerse, pero cambió de opinión al ver en una pared un cartel escrito a mano: *Pedra bolideira a 100 metros*. El viajero no sabía qué era aquello, pero su sexto sentido, ese que siempre le guía, le advirtió de que quizá podía valer la pena.

¡Y vaya si la valía! El viajero, después de andar los cien metros, ve gente entre unos arbustos y, tras ella, en un montículo, el objeto de sus pasos: una roca de granito, como una hogaza invertida, apoyada sobre otra y partida por el medio. Al principio, el viajero no la entiende; quiere decir: no entiende cuál es su mérito. Piedras iguales que ésta las ha visto hoy por millares y ninguna le ha llamado la atención, ni mucho menos venía anunciada. Ni siquiera es la más grande o la más original. Poco a poco, sin embargo, a medida que la observa, comienza a ver algo extraño, sobre todo cuando uno de los hombres se despoja del reloj y la camisa y comienza a empujarla con los hombros, como queriendo emular a los héroes de la mitología griega. El viajero, sorprendido, le mira con atención. ¿Cómo va a mover siquiera, por mucha fuerza que tenga, una mole como ésa? Para lograrlo, harían falta dos mil hombres como él. Pero el hombre no parece que esté loco; como tampoco parece estarlo la gente que le acompaña y que le observa en silencio mientras él sigue en su empeño. ¿Cuál es el misterio entonces?

—Se mueve —le dice el hombre, descansando y limpiándose el sudor después de tan arduo esfuerzo—. ¿No lo ha visto?

—Pues no —le decepciona el viajero.

El hombre, que no está loco, como tampoco lo están sus acompañantes (su mujer, sus suegros, sus hijos y unos amigos, todos vecinos de Chaves), le dice que mire bien, pues va a repetir el número.

—¿Ve este palo? —le señala, apoyándolo en la piedra de forma que queda fijo y pinado entre la curva de ésta y el suelo—. Fíjese bien en él.

El viajero observa con atención. El hombre, después de tomar aliento, vuelve a ponerse en cuclillas y comienza a pujar contra la roca como si pretendiera darle la vuelta. La vuelta no se la da (la roca, de unos diez o doce metros de diámetro y otros dos o tres de altura, debe de pesar muchísimas toneladas), pero, ante la estupefacción del viajero, el palo empieza a moverse y se desliza varios centímetros por la barriga de aquélla, prueba evidente de que la roca se mueve. Al final, cuando el hombre abandona, el palo, que es una vara, y por lo tanto es flexible, queda combado hacia adentro, aplastado como un arco por el peso de la piedra.

—¿Y ahora? —dice el titán, victorioso.

—Ahora sí —dice el viajero.

La verdad es que es extraño. El viajero, por más que mira, no ve moverse la roca, pero lo que está claro es que se ha movido y que se sigue moviendo: a los envites del hombre, un nuevo palo vuelve a combarse ante la satisfacción de los que le miran y le animan desde lejos. Mientras el hombre sigue empujando (se ve que le gusta hacerlo), el viajero rodea la roca buscando en alguna parte el misterio que ésta encierra. Porque de lo que está seguro es de que algún misterio hay. Si no, ¿cómo va a moverse?

Pero, por más que la mira, el viajero no ve nada. La piedra *bolideira* es una roca de granito igual que tantas, tan grande y firme como cualquiera. Si acaso, lo único que la distingue de otras es que está puesta al revés, es decir, apoyada sobre su parte más curva, y que está partida en dos justo por el mismo medio. Pero eso no explica que un solo hombre pueda moverla. Aunque sea tan fornido como el que lo estaba haciendo.

—¿Quiere intentarlo usted? —le cede el honor el hombre cuando le ha dado la vuelta.

—¿Yo?

—Es muy fácil, ya verá —le dice el hombre, animándolo—. Ni siquiera hay que hacer fuerza.

Obligado, más que animado a intentarlo, el viajero se decide a comprobar por sí mismo si es cierto lo que le cuenta. Es cierto. Incluso más de lo que pensaba. Aunque el viajero no es ningún hércules (al revés: es más bien flojo, sobre todo hoy, que no ha comido), en cuanto empieza a empujar la roca, comienza a notar su peso a la vez que ve también cómo los palos se mueven. Primero, se destensan brevemente, como si fueran ballestas, y, luego, empiezan a deslizarse, como ya había visto antes, por lo menos un centímetro hacia adentro. Cuando termina, los palos están más curvos, prueba evidente de que se han vuelto a mover y de que, por lo tanto, la roca también lo ha hecho. El viajero se separa y resopla satisfecho.

—¿Lo ve? —le pregunta el hombre.

—Lo veo —dice el viajero, sonriendo.

Pero, aun así, no termina de creerlo. Los palos se curvan, sí, y los de Chaves siguen mostrándoselo, pero el viajero no termina de creer que un solo hombre pueda mover esa roca; tiene que haber un misterio. Así que, después de mirar un rato, y mientras los otros siguen pujando (ahora ya hasta las mujeres y los niños), el viajero vuelve al pueblo en busca de alguien que se lo explique, si es que hay alguien que lo sepa.

Que lo sepa o no lo sepa, el único que se lo puede contar es el dueño del garaje, un hombre de media edad, pero con el pelo blanco, que trabaja en ese instante con la cabeza metida dentro de un coche y que parece ser la única persona que hay ahora en Bolideira.

—No lo sé. Yo siempre la he visto ahí y lo cierto es que se mueve. Pero por qué, no lo sé —le confiesa abiertamente el del garaje, interrumpiendo su trabajo para atenderle.

—Pero alguna explicación habrá —vuelve a insistir el viajero.

—Explicaciones muchas —le dice el hombre—; pero fiables ninguna.

—Por ejemplo...

—Por ejemplo, que es un meteorito. O que la puso ahí el diablo. O que está hueca por dentro...

—Pues hueca no parecía —dice el viajero, sonriendo.

—Ni lo está, se lo aseguro —le dice el otro, muy serio.

El hombre enciende un cigarro y mira la carretera. No pasa nadie por ella. El pueblo, o lo que sea, está tan solitario que da hasta miedo.

Pero es sólo en apariencia. Mientras continúan hablando (de la piedra y del garaje y de la ciudad de Chaves, que al parecer ya está cerca), aparece por la calle un vecino con un perro. El hombre, que ya es muy viejo, no sabe de lo que hablan, pero en seguida interviene. Según dice a preguntas del mecánico, que ahora hace de intérprete entre el forastero y él (no tanto por el idioma como porque el viejo está sordo), su abuelo y su bisabuelo ya conocieron la piedra y ya entonces se movía igual que ahora. Incluso, afirma, se mueve sola cuando el viento sopla fuerte.

—¿Y usted por qué cree que es? —vuelve a insistir el viajero.

—¿Cómo dice?

—Que por qué baila la piedra.

—¿Y quién lo sabe? —responde el viejo.

El viejo, como el mecánico, no sabe por qué se mueve. El viejo, como el mecánico, no sabe cuál es su origen, ni por qué baila, ni quién bautizó a la piedra y, de rebote, a su pueblo. Pero lo que sí sabe el viejo, al contrario que el mecánico, que ya ha vuelto a su trabajo después de hacerles de intérprete, es por qué está rota al medio. Se lo dice al viajero mientras se alejan, señalando hacia el lugar donde se alza y donde todavía se oyen las voces de los de Chaves. No fue por causa de un rayo, como le dijeron éstos.

—La partió de un puñetazo un español —le dice el viejo, muy serio.

—¿Cómo dice?

—Que la partió de un puñetazo un español —repite el viejo más alto, como si el sordo fuera el viajero.

Y, luego, con gran confianza, como si éste no lo supiera:

—Los españoles son muy brutos, ¿sabe usted?

El castillo de Monforte

A partir de Bolideira, justo al final de las casas, la carretera empieza a bajar y se comienza a ver ya, en efecto, como decía el mecánico, la vega del río Támega, sobre la que se asienta Chaves. La vega todavía está lejos, sumida bajo la bruma y el humo de los incendios, pero, por la carretera, se ven ya viñas y cultivos de maíz. Son el anuncio de aquélla.

El viajero, al volante de su coche, baja la ventanilla, se recuesta en el respaldo de su asiento y empieza a pensar que al fin se terminó el largo páramo por el que viaja desde hace horas. Incluso empieza, a pesar del polvo, a sentirse ya más fresco. Una dulce y agradable sensación que hacía ya tiempo que no sentía y a la que contribuye el verde (de los viñedos y del maíz), pero también el sol, que ya ha empezado a caer y lo tiene ahora justo enfrente de sus ojos.

Curva a curva, mientras baja, el viajero va mirando los maizales y las viñas y los pueblos que se alzan entre ellos. Están más diseminados, pero hay muchos más que antes; y, a su alrededor, los prados y los sotos de castaños sustituyen poco a poco al matorral y al centeno. Como los que dejó ya atrás, son pueblos pobres, pequeños, tendidos en las solanas como la ropa en sus huertos, pero, al contrario que aquéllos, sus casas son de granito y tienen hórreos y galerías al más puro estilo gallego. Se nota que están ya cerca de la frontera de Orense. Aunque, si se lo dijera, sus habitantes corregirían, y con razón, al viajero. Al estilo transmontano, le dirían, con orgullo de su tierra.

El orgullo de esta tierra, que todos los portugueses cantan, pero que pocos conocen, viene de lejos. El orgullo de esta tierra quedó sobradamente mostrado a lo largo de su historia (una historia accidentada y turbulenta, como la de todas las tierras de frontera) y todavía se nota en los blasones de sus escudos y en el aire y el empaque de sus pueblos. No en vano durante siglos Trás-os-Montes fue la avanzada de Portugal por el norte y el muro de contención frente a los numerosos intentos anexionistas de castellanos y leoneses. De todo ello queda en la memoria de esta tierra, a pesar de su pobreza y su aislamiento, un gran sentido de libertad, un gran amor a su independencia y, erguidos en sus colinas, como vigías del tiempo, innumerables castillos que continúan mirando a España, su sempiterna enemiga, como éste de Monforte del Rio Livre (¡qué bello nombre para unas piedras!) que guarda desde un crestón la vega del río Támega y la frontera de Chaves, de la que fue centinela, y hacia el que el viajero sube, un poco por admirarlo y otro poco para ver, antes de llegar a ella, la ciudad desde lo alto. El viajero ya dejó dicho en Bragança que le gusta comenzar a conocer las ciudades desde arriba, especialmente a esta hora en que la luz de la tarde empieza a desvanecerse.

El castillo de Monforte, al que el viajero llega por fin después de muchas revueltas, siempre mirando hacia el cielo, impresiona, empero, menos que el paisaje que domina. El castillo, todo entero de granito, como los pueblos cercanos, está casi derruido, pero, desde sus alrededores, se ve toda la vega del Támega y las colinas de Trás-os-Montes prácticamente hasta el infinito: hacia el norte, las montañas de Galicia, rotundas y amenazantes, ya casi a tiro de piedra; al oeste, el río Támega, con Chaves en sus orillas, entre canales y huertos; hacia el sur, las colinas de Valpaços, por donde discurre el Túa, y, al este, la carretera que va a Vinhais y a Bragança y por la que llegó el viajero. Todo un mundo de colores y sonidos tendido al pie del castillo como si fuera un mantel para la contemplación de quien quiera subir a verlo.

El viajero, que está solo ahora aquí arriba, lo hace durante un rato mientras consulta sus guías sentado sobre unas piedras; son sillares desprendidos del castillo, quién sabe desde hace cuánto, y que nadie se ha preocupado de volver a colocarlos en sus sitios. Otros, por contra, se los llevaron, como pasó en tantas partes, para construir las casas o para hacer carreteras. El resultado ahí está: salvo la torre del homenaje, que es la única que sigue en pie, y parte de las murallas, el castillo de Monforte es un montón de ruinas lleno de zarzas y helechos. Lo que no impide que todavía conserve el aire adusto y guerrero que le dio el rey Don Dinís, que fue quien lo construyó, como no podía ser menos, y que durante siglos le hizo temible a ambos lados de la raya.

Pero lo único temible ahora de este castillo es el viento. Aunque la tarde es serena y el sol pega todavía (aunque cada vez ya menos), el viento aquí es tan violento que amenaza con llevarse el cigarrillo y las guías de las manos del viajero. Ni siquiera le deja admirar con calma el paisaje que se extiende en torno a él. Así que, en cuanto termina (de leer y de fumar el cigarrillo), recoge todas sus cosas, mira por última vez el castillo y, por el sendero abajo, regresa en busca del coche, que está al final de la cuesta, junto a los merenderos construidos en la campa del castillo (quizá con sus mismas piedras) para el descanso de los turistas y de los lugareños que suben los días de fiesta a disfrutar del paisaje y de la merienda. Aunque, como hoy es lunes y el castillo está cerrado, los merenderos están desiertos.

Pero no solos. Ni sin custodia. El viajero ya se iba cuando ve un hombre a lo lejos. El hombre, que ya le ha visto hace rato, le saluda con la mano. Es flaco, de edad mediana, como la mayoría de los que ha visto por estas tierras.

—¡Buenas tardes! —le contesta el viajero desde el coche, bajando la ventanilla para enterarse—. ¿Es usted el guarda del castillo?

Pero el otro no le entiende. O no le entiende o no oye, quizá por culpa del viento. Así que deja lo que está haciendo y se acerca, servicial, hasta el camino.

—¿Qué me dice?

—Digo que si es usted el guarda del castillo —vuelve a decirle el viajero.

—No —sonríe el hombre—. Yo sólo cuido de esto —dice por los merenderos.

El hombre, aparte de servicial, es risueño. El hombre, aparte de servicial y risueño, tiene unos ojos azules y un porte tan distinguido como los de Don Dinís. Aunque su traje de pana y el sombrero del Chaves Club de Fútbol con que se cubre del sol no ayuden precisamente a realzar su figura.

—¿Y vive aquí?

—No, en el pueblo.

El pueblo al que se refiere es Aguas Frias, donde el viajero cogió el desvío para el castillo. Allí vive también el guarda, que al parecer hoy descansa, como todas las *segundas feiras*. Por eso, dice su compañero, no hay nadie.

Pero no importa. El hombre, aparte de servicial, es amable y, como el guarda no está, le cuenta lo que él sabe del castillo, que no es mucho, como en seguida advierte el viajero. A saber: que este castillo es muy viejo, cosa que salta a la vista; que lo mandó hacer Don Dinís, cosa que aquél ya sabía; que fue el primer solar de Aguas Frias, cosa que se imaginaba, y que, cuando él era pequeño (el hombre, no Don Dinís), subía a jugar al castillo con sus amigos del pueblo. Pero lo que el viajero no sabía ni podía imaginar es que desde este castillo bombardearan y destruyeran, tal como el hombre asegura, el castillo gallego de Verín.

—¿El de dónde? —dice el viajero, extrañado.

—El de Verín —dice el hombre—. En España. ¿Nunca lo ha oído nombrar?

Claro que lo ha oído nombrar. El viajero no sólo lo ha oído nombrar, sino que lo conoce, por lo que le sorprende todavía más.

—¿Pero a cuánto está Verín de aquí?

—Cerca —responde el hombre—. A unos doce kilómetros en línea recta, detrás de aquellas montañas —dice indicándole con la mano las que azulean al fondo, en dirección hacia la frontera.

El viajero no sale de su asombro. El viajero sabía que estaba cerca de España, pero no tanto como para alcanzarla de un cañonazo, por mucha fuerza que tengan los cañones y las bombas portugueses. Sobre todo, teniendo en cuenta la época en que debió de ocurrir aquello.

—¿Y cuándo fue?

—No sé. Cuando la guerra *dos mouros* sería —dice el hombre por decir.

—Sería cuando la de los españoles —le corrige el viajero, sonriendo.

—Sería —concede el hombre, que se ve que le da igual.

Pero al viajero no le da igual. El viajero aún no comprende por qué sus antepasados lucharon contra los *mouros,* así que menos contra los portugueses. El viajero, quizá por su condición, nunca ha entendido las guerras, cuanto menos entre hermanos y vecinos. Sobre todo cuando son tan amables como éstos.

—Lo mejor es llevarse bien —dice, mirando el castillo.

—Sí —le da la razón el hombre.

—Y que no haya guerras.

—Sin duda.

—Ni fronteras.

—Quizá —considera el hombre, que además de servicial es complaciente.

Pero el viajero aún no está contento.

—¿Firmamos la paz? —dice, dándole la mano.

—¿Cómo dice?

—Digo que si firmamos la paz.

—Si usted quiere... —dice el hombre, que no sabe si va en serio.

—¿Cómo se llama?

—Emilio Artur Queiroz, para servirle —responde el hombre, sonriendo.

Aquae Flaviae

Los últimos kilómetros antes de llegar a Chaves son como un sueño. Lo eran ya desde el castillo de Monforte, con el monte en primer plano y la vega allá, a lo lejos, pero lo son aún más a medida que el viajero se aproxima a la ciudad, que resplandece como un espejo bajo el resol de la tarde.

Para empezar, los últimos kilómetros antes de llegar a Chaves son ya todos de bajada. La carretera, que en Bolideira cambió su rumbo, quizá por mor de la piedra, se desliza suavemente por las cuestas de Aguas Frias entre maizales y viñas y paredes de granito por las que trepan las parras y las hiedras de los huertos. Hay también flores silvestres. Y bojes. Y madreselvas. Y diminutos jardines con estanques y canales para el riego. La carretera va dando curvas, ciñéndose a la montaña y dejando a su derecha una cortina de árboles, castaños principalmente, entre los que se cuela el cielo y el sol verde de la vega. La vega, de hecho, ya está muy cerca; va surgiendo poco a poco, como el estuario de un mar, entre los pinos y los castaños y alrededor de los pueblos que va cruzando la carretera. Aguas Frias, por ejemplo, aunque todavía en el alto, es tan verde como aquéllos. Como Falhões, ya a media cuesta, con su iglesia de granito y su tilo centenario y su viejo camposanto, también de losa y granito; y, por supuesto, con su *cruzeiro*. Porque, desde que empezó a bajar, aparte de maizales y de postes de granito (los de los kilómetros que va cubriendo), la carretera se ha ido llenando de cruces, algunas ya muy antiguas, como ésta de los Sagrados Milagros que mira al valle desde una curva y que tiene una hornacina con un Cristo que parece pintado por su peor enemigo.

Por lo demás, las casas, como la tierra, empiezan ya a ser más ricas; incluso hay pazos entre los pueblos. Pocos, porque el terreno es escaso y el que hay se lo reparten los jardines y las viñas que cultivan en terrazas desde tiempo inmemorial los dueños de estas haciendas. En algunas, se ven hombres y tractores trabajando, pero, por lo general, la gente viene ya de regreso. Pronto será la hora de ir a cenar y a acostarse o de bajar a Chaves a divertirse (los jóvenes), pues mañana es día de fiesta.

Por fin, después de unas cuantas curvas, la carretera llega a la vega. Irrumpe en ella de pronto tras una hilera de árboles y continúa ya en línea recta. Es como si se relajara, como si, después de todo lo que ha visto y ha pasado hasta este instante, se entregara en cuerpo y alma al abrazo de los huertos. La verdad, no es para menos. En las riberas del Támega, cuya cinta azul y blanca se divisa ya a lo lejos, tras una hilera de álamos, los huertos y los jardines se funden directamente. No se sabe si hay más vides, más flores o más acequias. Como tampoco se sabe dónde termina la vega. A lo lejos, hacia el fondo, el sol ya empieza a caer y un resplandor vegetal inunda la carretera. Un resplandor y un olor (a tierra recién regada) que al viajero le golpean y le ciegan de repente y que le obligan a reducir la velocidad del coche hasta que se acostumbra a ellos. Después de la nitidez de la luz en las montañas, a los ojos les cuesta volver a mirar el verde.

La carretera sigue entre huertos y prados recién segados. Hay también campos de flores e invernaderos en torno a ellos. En algunos, se ven hombres y mujeres trabajando, inclinados tras la azada o agachados en la tierra. Otros, por contra, están sentados, mirando pasar los coches o descansando, a la sombra de algún árbol o a la puerta de las casas que se alzan entre los árboles y que salpican toda la vega. Son casas pobres, pequeñas, edificadas en sus orígenes para guardar los aperos y utensilios de labranza, pero que algunos han ampliado hasta convertirlos en almacenes o en humildes chalecitos de una planta donde ir a merendar con la familia en las tardes de verano como ésta. La vega entera, de hecho, hasta donde la vista alcanza, está sembrada de ellas.

En los alrededores de Chaves, hacia donde el viajero se acerca ya después de desembocar en la carretera, más importante y mejor, que viene de la frontera (*A Espanha 8* dice un cartel), el agua es tanta y el calor es todavía tan intenso que algunos niños se bañan en las acequias. Hay también gente mirándolos. Y caballos. Y cometas. Y coches que van y vienen por los caminos en dirección a Chaves o hacia los pueblos. La ciudad va apareciendo poco a poco entre la vegetación del río como una continuación de las pequeñas casas huertanas que va enhebrando la carretera. El viajero, de hecho, no se da cuenta de que está en ella hasta que descubre el puente que la une con el mundo y que constituye aún su puerta más singular pese a las mutilaciones que ha sufrido con el tiempo.

Hasta 18 arcos, de los que hoy ya se conservan sólo 12, y más de doscientos metros llegó a tener este puente por el que la calzada romana que unía Braga y Astorga salvaba el curso del Támega y por el que durante siglos han seguido entrando en Chaves todos los invasores y los viajeros. La ciudad, edificada sobre un montículo, estaba aislada por él y durante cientos de años éste fue su único puente. Por eso continúa en pie y por eso sigue siendo el más usado, aunque con el transcurrir del tiempo se haya quedado pequeño. No en vano gracias a él Chaves empezó a crecer hasta acabar convirtiéndose, con el andar de los siglos y de la historia, en la principal ciudad de todo el valle del Támega y de toda la frontera portuguesa.

Y se le nota. El viajero lo va viendo, mientras se aproxima a ella, contemplando las iglesias y las casas que se levantan en torno al puente. Son casas grandes, de piedra, con escudos y fachadas blasonadas y miradores y galerías que se amontonan y casi empujan para poder contemplar el río. Aunque no todas tienen que hacerlo. En lo alto del montículo, sobre el contraluz del cielo, las torres de las murallas y de las viejas iglesias se bastan por sí solas para reflejarse en él sin tener que abrirse paso y empujarse como aquéllas.

Hacia allí sube, precisamente, el viajero por la cuesta que nace al final del puente y que es al mismo tiempo la calle principal de la ciudad o por lo menos lo fue durante mucho tiempo. Se nota en las fachadas y en las puertas de las casas (puertas antiguas, labradas, con aldabones de forja y dinteladas en piedra) y en los vetustos comercios y bares que la flanquean. Comercios que ya empiezan a cerrar (son ya cerca de las ocho) y que, a juzgar por las mercancías que exponen en sus vitrinas, viven en su mayoría de sus vecinos los españoles. No en vano Chaves es, como su nombre dice, la *llave* de la frontera.

A media cuesta, una furgoneta y una moto atravesada en la calzada le permiten al viajero contemplar y leer entero el cartel de uno de aquéllos: *O Antigo Pasteleiro. Os verdadeiros pasteis de Chaves. Casamentos, bautiçados, aniversairos, almoços, yantares e petiscos.* Y, debajo, otro letrero que dice: *Presuntos.* Enfrente, uno más modesto, y sin duda más moderno, indica la sede en Chaves del Partido Comunista de Portugal.

La furgoneta arranca por fin y el viajero continúa calle arriba en dirección al castillo, cuya torre viene viendo desde que empezó la cuesta. Está rodeada de iglesias y de imponentes palacios, pero, a su alrededor, las calles parecen estar desiertas. Ni siquiera hay un lugar donde aparcar ni un café donde sentarse a contemplar la ciudad, que desde aquí debe de ofrecer su mejor imagen, con el río reflejándola al pasar y sus casas asomándose a los puentes. Así que el viajero sigue sin detenerse y, de la misma forma en la que subió, comienza a descender otra vez hacia el río Támega, que por allí viene dando la vuelta. Viene al encuentro de otro, un pequeño río local que baja de las montañas y llega por su derecha, pero antes ha dejado entre la colina y él un rosario de edificios, algunos de gran altura, que ocupan toda su margen y que conforman la ciudad nueva; esa que, desde el otro lado (desde el puente romano y desde el río, incluso desde el castillo), apenas se alcanza a ver, pero que constituye ya el nuevo corazón de la ciudad, al menos comercialmente. Se nota en el aspecto y lo animado de las calles y en la abundancia de bancos y de comercios. Aunque al viajero, ahora, ni unos ni otros le importen. Lo que al viajero le importa ahora es encontrar un hotel donde descansar un rato y donde poder dejar el polvo de la carretera. Son las ocho de la tarde y lleva todo el día conduciendo.

No hay temor, pese a la hora. La fortuna, que hoy le guía, y el letrero, que es inmenso, le encaminan en seguida al Aquae Flaviae, un hotel nuevo y moderno que lleva el antiguo nombre de la ciudad (el que los que le construyeron su primer puente le dieron) y que, aparte de estar al lado mismo del río, tiene en un ático una piscina en la que el viajero puede hacer ambas cosas a la vez (descansar y remojarse) mientras la tarde cae sobre Chaves y sobre los verdes montes que la rodean.

La noche en Chaves

Como los reyes.

El baño en la piscina y una hora de relax (hora que consumió, entre otras cosas, en deshacer su equipaje, mirar la televisión, fumar un par de cigarros, beber otras tantas aguas y tomar algunas notas, todo ello sin moverse de la cama) dejaron al viajero como los mismos reyes. Así que no es extraño que ahora vaya por el río con la facilidad y la ligereza de quien empieza otra vez de cero.

En su camino, además, apenas a cincuenta metros, el viajero se ha parado a aspirar el vapor de los *nascentes,* los pozos de agua termal que dieron su nombre a Chaves (el apellido se lo prestó el emperador Flavio Vespasiano, bajo cuyo mandato se descubrieron) y que continúan brotando junto al hotel para delicia de los vecinos y de los huéspedes de éste, que acuden con sus vasos a beberla cada día, formando pequeñas colas y animadas tertulias en torno a ellas.

Las tertulias prosiguen por la ribera, en los jardines que la jalonan y en los de los chalés que bordean sus márgenes y en los que muchas familias están ahora cenando a la luz de las farolas o bajo los emparrados de buganvillas y madreselvas. Son las nueve y media de la noche, una hora ya avanzada en Portugal. El olor de las buganvillas, las luces de la ciudad, el sonido de los coches y las voces de la gente que pasea por el río le dan a Chaves un halo mágico, como de ciudad portuaria, que llena todas sus calles y que en seguida invade al viajero. Sobre todo, a medida que se aleja de la orilla y se interna en las callejas en las que los restaurantes típicos reclaman a los turistas con la luz de sus letreros.

Pero, para el viajero, aunque tiene hambre, todavía es pronto para cenar. El viajero tiene hambre y lo haría muy a gusto (desde la fruta del Tuela, no ha vuelto a probar bocado), pero prefiere esperar un poco y disfrutar de la hora mientras pasea por la ciudad contemplando la alegría y el bullicio de la gente.

Porque, aunque hoy es lunes, mañana es fiesta; fiesta grande en Portugal y pequeña en muchos pueblos y ciudades: la Virgen de la Asunción, que es la más conmemorada en el país, con permiso (y aun sin él) de la de Fátima. Y, aunque Chaves no la celebra, al menos no especialmente (como Vinhais o Bragança, sin ir más lejos), se nota que sus vecinos están contentos. Primero, porque no tienen que trabajar y, segundo, porque, como cada víspera de festivo, y más en vacaciones como ahora, la ciudad está llena de forasteros.

Del país y de más lejos. El viajero lo va viendo mientras recorre sus calles y lo comprueba en el restaurante en el que recala al fin, después de dar muchas vueltas, decidido a acabar él solo con todas sus existencias. Salvo los dueños y un par de mesas, los demás son extranjeros.

—Buenas noches.

—Buenas.

—¿Quiere cenar?

—Por supuesto.

—Pues siéntese ahí, que en seguida le atiendo —dice la dueña del restaurante en una mezcla de portugués y español que también tendrá la cena: bacalao al estilo Costa, que es la especialidad de la casa, y unas delicias de piña que el viajero no olvidará mientras viva y que resulta que son una receta gallega.

—¿Y el bacalao?

—No, ése es de aquí, de la casa —dice la dueña, orgullosa, mientras le limpia la mesa.

Pero la proximidad de España no se nota solamente en la abundancia de turistas. La proximidad de España (de Galicia, exactamente) se percibe en toda Chaves y especialmente en las calles que suben hacia el castillo, que son las más populares y queridas por aquéllos. Se nota en los anuncios y en las cartas de los bares, que a veces vienen en las dos lenguas. Se nota en la arquitectura, que es similar, y en la decoración, que es muy parecida, salvo en los locales típicos, como el restaurante Costa, que viven precisamente de ello. Y se nota, sobre todo, en que, al pagar, tanto en los restaurantes como en los bares (y también, seguramente, en los comercios), el forastero lo puede hacer indistintamente en cualquiera de las dos monedas: en escudos o en pesetas.

—¿Cuánto es?

—¿En pesetas?

—No, en escudos.

—Dos mil.

—¿Y en pesetas?

—Lo mismo —dice la dueña del restaurante, que se ve que tiene prisa o que no tiene muchas ganas de ponerse a echar la cuenta. Son las once de la noche y está a punto de cerrar.

Tiempos hubo, sin embargo, en los que la vecindad de España no fue tan beneficiosa ni tan querida por esta gente. A lo largo de la historia, y durante bastantes siglos, Chaves sufrió innumerables luchas a causa de su situación y de su condición de puerta y llave de la frontera. Durante las guerras de sucesión, por ejemplo, la ciudad fue cercada y sitiada cuatro meses y en los siglos XVI y XVII, coincidiendo con la dominación española que sucedió a la desaparición del legendario rey Sebastião (aquel que se fue a conquistar Marruecos), volvió a serlo varias veces. Todavía en el XVIII, con el país ya consolidado y en plena época de expansión, por lo menos de puertas hacia adentro, nuevas luchas y tensiones fronterizas aconsejaron a sus vecinos ampliar y reforzar sus ya importantes defensas. De todo ello queda aún en la memoria de esta gente un viejo temor a España (mayor cuanto más lejana) y, en el paisaje de la ciudad, un montón de fortalezas, algunas ya derruidas, construidas ex profeso para defenderse de ella. Aunque hoy sólo sirvan ya como reclamos turísticos para los *enemigos* que llegan del otro lado de la frontera.

El castillo, por ejemplo, que en tiempos fue su mejor guardián, está tan deteriorado que sólo sirve ya como mirador y como lugar de encuentro para parejas. La torre del homenaje, que es la única que sigue en pie, se yergue todavía amenazante en lo más alto, como si aún quisiera dar miedo, pero, a su alrededor, las calles y las antiguas murallas le dan a su soledad un contrapunto de ensueño. El mismo ensueño en que están envueltas las iglesias y las plazas y las estrechas callejas por las que el viajero pasa sin ver a nadie, salvo las sombras de las estatuas y de los perros.

Porque, desde que cayó la noche, la vieja ciudad de Chaves se ha ido quedando desierta. Lo estaba ya por la tarde, cuando la cruzó en su coche, y cuando volvió después dando un tranquilo paseo, pero a medida que ha ido avanzando la noche y los cafés y los restaurantes han cerrado uno tras otro, una inmensa soledad ha caído sobre ella. Es como si sus habitantes hubieran desaparecido; como si, con los turistas, se hubieran ido también los actores de una obra que cada día se representa aquí para reclamo de aquéllos y que concluye a la medianoche como en el cuento de Cenicienta. El viajero, al menos, así lo siente mientras contempla al pasar las iglesias y las plazas y los antiguos palacios donde la piedra envejece desde hace siglos bajo el peso de la historia y de las hiedras.

La que envejece también, como sus viejos comercios, es la calle principal de la ciudad, la misma por la que antes subió el viajero en su coche y que ahora, al volver a andarla a pie, le parece todavía más estrecha y empinada. La Rua Direita se llama, aunque no tiene ni un metro de línea recta.

La calle, como pensaba, devuelve al viajero al puente. Lo va haciendo poco a poco, cubriéndole con sus sombras y deslumbrándole con sus luces al cruzar alguna plaza o al pasar frente a los bares que todavía siguen abiertos. Pocos, porque la mayoría ya están cerrando y con las sillas sobre las mesas. Aunque en la mayoría, también, borrachos solitarios y tristísimos resisten todavía aferrados a sus vasos como si su verticalidad dependiera de ellos.

Poco a poco, sin embargo, a medida que se va acercando al río, el viajero vuelve a oír el ruido de la ciudad, que había quedado en suspenso. Es el ruido de los coches, que pasan tocando el claxon, y el de la gente que grita en los bulevares y que se oye cada vez más cerca. Es la misma que el viajero ha visto antes, más la que ha ido llegando con el correr de la noche, y que celebra con gran jolgorio la alegría del verano en las terrazas del río, que —ésas sí— están todas abiertas. El viajero las mira mientras se acerca y, luego ya, desde el puente, y entiende —ahora sí él también— por qué las calles del barrio alto estaban tan solitarias y tan desiertas. Toda la ciudad de Chaves está ahora junto al río celebrando que hoy es víspera de fiesta.

El viajero, que no es tonto, aunque a veces lo simule, se une a la fiesta en seguida y, casi sin darse cuenta, le da allí la madrugada bebiendo y contando estrellas y mirando a los borrachos que atraviesan el puente hacia sus casas, agarrados a las barandillas como si se las quisieran llevar con ellos.

Segunda jornada:

DEL AGUA AL VINO, PASANDO POR VILA REAL

Por las riberas del Támega

Las barandillas del puente siguen donde las dejó cuando el viajero vuelve a cruzarlo a la mañana siguiente. Ni siquiera hay ya rastros de la fiesta. Son las diez de la mañana y los borrachos de anoche deben de estar durmiendo.

El viajero, que lo hizo a pierna suelta y que tuvo tiempo ya de volver a darse un baño en la piscina antes de desayunar, va tan feliz y contento que incluso se detiene en medio del puente a contemplar la ciudad y las dos piedras miliares (las únicas que subsisten de las cinco o seis que tuvo) sin importarle nada los pitidos de los coches que vienen detrás de él. Si tienen prisa, que esperen. El que no la tiene es él. Él tiene aún todo el día por delante para llegar a Vila Real, que es su siguiente destino, y, por lo que ha visto en los mapas, no está demasiado lejos. A sesenta kilómetros al sur por la carretera que llegó ayer y que nada tiene que ver con la que le trajo desde Bragança cruzando la Terra Fria. Aparte de ser nueva y de estar recién pintada, la carretera de Vila Real atraviesa un panorama que para sí lo quisiera aquélla.

Huertos, acequias, jardines... Como en la llegada a Chaves, la vega del río Támega es un inmenso vergel cuya belleza acentúa aún más la luz de este día de agosto que ha amanecido tan limpio como la fiesta que hoy se celebra. Fiesta grande en Portugal, lo mismo que en media Europa, que coincide con el centro del verano y con el momento justo de plenitud de la tierra. Sobre todo en este sitio, que parece bendecido por el cielo.

Dicen las gentes de Chaves que estas riberas del Támega son tan fecundas y ricas que producen judías de 25 granos y calabazas de hasta 100 kilos. Cierto o no, la verdad es que el aspecto que la vega ofrece esta mañana no puede ser más hermoso. En medio de las montañas, con las campanas tocando a misa y el sol brillando en lo alto, la vega es un paraíso en el que la luz se enreda como las hiedras de los jardines en los ojos deslumbrados y asombrados todavía del viajero. Chaves ya ha quedado atrás, dormida en sus añoranzas y en sus históricos puentes, pero sus casas siguen aún durante algunos kilómetros acompañando a la carretera. Son las casas de la gente campesina, las naves y los galpones en los que guardan sus máquinas y el fruto de las cosechas y en los que se advierte ya la vida y la actividad de una jornada cualquiera. Porque, para los campesinos, no hay domingos ni festivos. Para los campesinos, en esta época, no hay domingos ni descansos, y menos en un día como éste.

En Outeiro Jusão, por ejemplo, que es el primer letrero después de Chaves, un hombre pasa a caballo llevando un niño a la grupa y, en Vila Nova, que es el siguiente, un grupo de campesinos escucha sin inmutarse el pitido de saludo del viajero. Están tan atareados que ni siquiera alzan la cabeza. Aunque también los hay que sí celebran la fiesta: a la salida del pueblo, en la terraza de un bar, otro grupo de personas, seguramente emigrantes, observan pasar los coches, ajenos a la belleza y al esplendor de la vega. Se nota que no han sufrido las asperezas de Lebuçâo.

A partir de Vila Nova, y sobre todo a partir de Bóbeda, que es el siguiente letrero, la carretera empieza a subir y se comienza a ver ya a lo lejos la línea del río Támega, que se va quedando abajo, y detrás, y hacia el oeste, las montañas de Barroso, en los confines occidentales de Trás-os-Montes. Son verdes, como la vega, pero en sus aristas guardan el soplo azul de la nieve que las cubre en el invierno varios meses y que llena los pantanos de los ríos que riegan esta región y las que la rodean por el oeste. Uno de ellos, el del Alto Rabagão, es el mayor del país y el que más agua almacena. Pero está tan alejado que los turistas pasan de largo sin conocerlo. Con más motivo el viajero, que, aparte de no gustarle demasiado los pantanos (por motivos personales), tendría que desviarse de su camino, que es el que conduce al Duero.

Vilela, la siguiente parada después de Bóbeda, pertenece todavía al río Támega, como, por si hubiera dudas, dice un cartel a la entrada, pero está ya a medio monte y lo bastante lejos de aquél como para que alguien pueda pensar lo contrario. Lo cual, lejos de perjudicarle, lo hace todavía más bello. Pues, además de tener viñedos ya alrededor y hasta algún olivo viejo (preludio de los que hoy verá el viajero por miles), desde su caserío se ve toda la vega del Támega, que comienza ya a alejarse poco a poco hacia el oeste. La vista es tan deslumbrante y el lugar es tan tranquilo que el viajero se detiene en la cuneta, al lado de unos maizales, a contemplar el paisaje mientras consulta sus mapas para ver cómo se llaman los pueblos que se adivinan dispersos por la ribera.

Disperso, aunque no sin nombre, es el último de ellos (el último por el sur y el primero del Concejo de Vidago viniendo por la carretera). Se llama Vilarinho das Paranheiras y, como los anteriores, está volcado en la vega. El viajero, de hecho, lo cruza sin ver a nadie, salvo un *preto* a la salida, que mira la carretera. Es el primer *preto* que ve desde que viaja por Trás-os-Montes. Para el viajero, toda una anécdota.

La gloria de Vidago

VIDAGO, VILA TERMAL.

El cartel está a la entrada del pueblo, al lado de otro más viejo que también dice lo mismo y enfrente de otro de piedra que señala los kilómetros que el viajero ya ha cubierto desde Chaves: diecisiete exactamente.

El viajero, pese a ello, le pregunta a un paseante:

—¿Esto es Vidago?

—Sí, señor.

—¿El de los balnearios?

—Sí, señor.

—¿Donde venían los reyes...?

—Sí, señor.

—¿Y dónde están los hoteles?

—Ahí tiene uno —responde el hombre, señalando el edificio que se alza justo al lado, a la derecha de la carretera.

El viajero mira el pueblo, sorprendido. El viajero se esperaba un lugar lleno de encanto, una villa palaciega llena de agua y jardines, y lo único que ve es un caserón de piedra alzado al pie del camino y rodeado de casas nuevas. De ahí la razón de que preguntara tanto lo que sobradamente ya le habían anunciado los carteles.

El viajero da las gracias y aparca el coche junto a la verja. Es una verja de hierro, pintada de verde y blanco y rodeada de árboles que ocultan prácticamente la fachada de este viejo caserón en el que, según la historia, se alojó por espacio de tres años (entre 1875 y 1877) el rey Luis I de Portugal cuando venía a Vidago a tomar las aguas. Porque lo que el viajero tiene ahora frente a él es nada menos que el Gran Hotel de Vidago, el legendario hotel-balneario que el propio rey mandó hacer y que, durante muchos años, fue la gloria de Vidago, como el viajero ya conoce por sus guías y como le contará en seguida la chica de recepción. Aunque, antes, un cliente, el único que hay ahora sentado en el jardín, le pone al tanto de sus carencias.

—Esto, ahora, es una pensión. Bonita, pero sin lujos. El bueno es el Hotel Palace.

—¿El hotel qué?

—El Hotel Palace —repite el hombre, dejando la lectura del periódico y quitándose las gafas para mirar al viajero—. ¿No lo ha visto todavía?

—Pues no —reconoce éste.

—Pues debería —le dice el hombre, que al parecer es de Oporto, pero lleva muchos años viniendo a Vidago a tomar las aguas y se considera ya casi de aquí—. Ése sí que es la gloria de Vidago. Y de Portugal entero —añade, lleno de orgullo.

La chica de recepción, una chica guapa y joven que desentona visiblemente entre tanta decadencia, no parece, sin embargo, muy de acuerdo. La chica de recepción, quizá por obligación, piensa que el Hotel Palace es una joya, en efecto, como, por otra parte, asegura, reconoce todo el mundo, pero que el Gran Hotel no lo es menos, aunque en los últimos tiempos haya perdido categoría. A cambio, dice, le cuesta menos.

—¿Quiere una habitación?

—No. Yo sólo quería un café —la decepciona el viajero.

—Pues siéntese en la terraza, que en seguida se lo llevo.

El viajero obedece y regresa al exterior, no sin antes observar el decadente vestíbulo y la desvencijada sala de estar donde los sofás antiguos y las fotos de bañistas esperan a los clientes; unos clientes que todavía deben de estar durmiendo o que quizá hayan ido ya a tomar las aguas, pues no se ven por ninguna parte. Mientras espera el café sentado bajo los árboles, el viajero se entretiene en leer la hoja que ha cogido en recepción y en la que se describen las propiedades y las indicaciones terapéuticas de aquéllas. Como en seguida comprueba, sirven para casi todo: para las alergias, asmas, rinitis, jaquecas, diabetes, obesidad, dolencias del aparato respiratorio, del digestivo, del nervioso, de la piel y hasta la gastroduodenitis y las dolencias del hígado y del riñón.

—¿Y dónde están?

—Abajo, yendo hacia el Palace —dice el bañista de Oporto, que parece que tuviera algún interés en él.

—¿Y está lejos?

—No. A unos diez minutos andando, por esa calle de la derecha.

¡Diez minutos! Y dos horas, contando la ida y la vuelta. No es que el bañista le haya engañado, ni que el viajero perdiera el rumbo, aunque bien podría haberle ocurrido, tan hermoso era el paseo. Porque, del Gran Hotel hasta el Palace, pasando por los *nascentes* (los manantiales de agua termal en torno a los que surgieron), el camino es tan hermoso, tan sombrío y decadente, que el viajero ha comprendido, no sólo la insistencia del bañista en que lo viera, sino por qué a Vidago le llaman el Vichy de Portugal. Que fue lo que le desconcertó al principio, cuando vio el pueblo desde la carretera.

El camino al Hotel Palace (en realidad una cuesta) lleva de la carretera hasta la orilla del río que corre a espaldas del pueblo y no se ve desde aquélla. En total, un kilómetro o algo más en medio de enormes árboles y de sombríos jardines entre los que, de cuando en cuando, asoma una vieja iglesia o un chalé de bella estampa, normalmente abandonado. Hay también invernaderos, y huertos, y palacetes, y una vía ya en desuso que atraviesa los jardines y que debió de hacer en un tiempo el trayecto entre Chaves y Vila Real. Seguramente cuando Vidago, por influjo de los reyes, era el sitio preferido para pasar el verano de las grandes familias portuguesas.

Más abajo de la vía (o de lo que queda de ella) están las aguas termales, escondidas en pequeñas construcciones o en balnearios para uso público, algunos de gran belleza, y, a partir de ellas, el agua es ya compañera inseparable del viajero. Hay agua por todas partes: en los estanques, en las acequias, en las hermosas *buvettes,* en las piscinas de los chalés y en los canales artificiales, algunos con puente y todo, que recorren todo el bosque, pues bosque es ya este jardín de tan frondoso como parece. En medio de él, de repente, surge un camino de tierra y, al final, tras una verja, aparece el Hotel Palace, deslumbrante y solitario como un sueño.

¿Cómo podría contarlo? El viajero se ha quedado tan perplejo, tan mudo y desconcertado, que no encuentra las palabras para contarse a sí mismo lo que está viendo; cuanto más para contárselo a los que lean su viaje. El viajero lleva ya más de dos horas despierto. El viajero se ha bañado y ha tomado dos cafés, aparte de recorrer toda la vega del Támega, que tampoco es un paseo, pero todavía duda de si no seguirá durmiendo; tan impresionado está de ver esta maravilla que se alza en medio del bosque y que parece, más que real, pintada sobre el paisaje. Porque lo que el viajero tiene ahora frente a él no es un hotel, ni mucho menos un edificio, por más que así se presente, sino el sueño de un país que quiso empezar el siglo mostrándole a toda Europa su poder y su grandeza. Aunque su poder durase lo que duró el oro de sus colonias y su grandeza lo que lo hizo la vergonzante tutela inglesa que mantuvo en sus palacios a los últimos reyes portugueses: Pedro V, del que se dice murió de melancolía (en realidad lo fue de tuberculosis), Luis I, violonchelista, y el último, Carlos I, apreciable pintor de acuarelas y amante de la arquitectura, tras cuyo asesinato se estableció la República justo cuando en Vidago se inauguraba la que sería su última gran obra como rey: el Hotel Palace.

Dicen que, cuando se inauguró (en 1910), el Palace era el hotel más lujoso y romántico de Europa. Quizá lo siga siendo todavía, a tenor del lugar en que se encuentra y de la grandiosidad y magnificencia que impregnan todo el conjunto y que alcanzan su máxima expresión en el vestíbulo y en la gran escalinata principal que da acceso a los pasillos y a los inmensos salones en los que los espejos y las estatuas contemplan indiferentes el transcurrir de las horas y las idas y venidas de la gente. Porque, al contrario que el Gran Hotel, el Palace está lleno de bañistas que pasan aquí el verano o algunos días de vacaciones y de personas como el viajero, que simplemente vienen a verlo. Lástima que no les dejen mirar las habitaciones donde se alojan aquéllos a razón de 20.000 escudos diarios, sin contar las comidas y otros gastos.

—¿Y el comedor?

—Sí, pero sin tocar nada, por favor —le dice una camarera que está con dos compañeras preparándolo para el almuerzo.

El comedor, los pasillos, el viejo salón de té, hasta la cafetería y los baños son museos hermosísimos, decorados de una época de ensueño que se perdió con el siglo, pero que rememoran a cada paso los muebles y las pinturas y unos dignísimos empleados que parecen sacados de un teatro y a los que el viajero envidia su suerte: por trabajar aquí y por cobrar por hacerlo. Aunque, a decir verdad, al que el viajero envidia realmente, más incluso que a los huéspedes, es al niño que vigila la piscina, un muchacho de apenas trece años, pero vestido ya de hombrecito (pantalón corto, calcetín alto y chaqueta con corbata y pasador), que contempla la mañana sentado bajo los árboles mientras los bañistas sudan y se tuestan al sol como lagartos. Él sí que está en la gloria; él sí que es un privilegiado, aunque los bañistas piensen que lo son ellos.

—Te cambio el puesto, chaval.

—No puedo —responde el niño, sonriendo de oreja a oreja.

Pare, escuche, mire

El regreso al Gran Hotel, que el viajero hace despacio y atravesando Vidago (por no repetir camino), no es menos emocionante que el paseo de la ida. La farmacia, los hoteles, la vieja estación del tren, el edificio de un hotel abandonado o el del Centro Ciclista Vidaguense, hasta el vaso en que le sirven el *martini* en el antiguo Café Avenida, enfrente de la estación, siguen guardando el espíritu de un tiempo en el que este pueblo era el centro del verano portugués. El viajero, al menos, así lo siente, contemplando los jardines y las casas y escuchando en torno a él la algarabía de los jilgueros que anidan en la estación y en los castaños que ocultan la vía y la carretera. Como no se vaya pronto, nunca saldrá de Vidago.

Eso pensaba el viajero, con el *martini* en la mano, sentado a la puerta del Avenida (un café tan hermoso como el pueblo), mientras reponía su ánimo para volver al camino. No sabía todavía que iba a salir de una trampa para caer en otra peor.

Porque, si Vidago es el paraíso, Pedras Salgadas no le anda lejos. Ni en la distancia, que no es muy larga (apenas doce kilómetros), ni en la bonanza de sus *nascentes*. Quizá por eso ambos pueblos, aun siendo viejos rivales, comparten hoy la capitalidad de las aguas termales portuguesas.

Y la belleza. A la entrada de Pedras Salgadas, junto a la estación del tren, un letrero recomienda al que se acerca: *Atenção aos comboios. Pare, escute, olhe (Atención a los convoyes. Pare, escuche, mire).* La primera recomendación sobra, pues hace ya mucho tiempo que la vía está en desuso, pero la segunda es un anticipo de lo que el viajero hará a cada paso mientras visita Pedras Salgadas y su famosa zona termal: parar, escuchar, mirar. Y eso que ya venía curado tras su paso por Vidago.

Parar, escuchar, mirar. El viajero obedece y detiene el coche, justo en mitad de la vía, y contempla la estación (tan bella como el letrero) y la silueta del pueblo, más moderno y remozado, antes de seguir la flecha que indica la dirección del lago y de los *nascentes.* Como en Vidago, aquí también están lejos, en el fondo del valle que forma el río Avelames en su descenso hacia el Támega y en cuyas laderas llenas de pinos se asienta Pedras Salgadas.

Las flechas, que se suceden, van conduciendo al viajero hasta una espesa arboleda que corre al lado del río y en la que se escuchan voces de gente que parece estar bañándose. No lo hacen en el río, sino en una gran piscina que es el centro del complejo deportivo que los dueños de las termas han construido al lado del lago y de la planta embotelladora donde se envasan las aguas. Porque, al revés que Vidago, Pedras Salgadas vive más del presente que del pasado, como demuestra la animación que hay ahora en la piscina y la gran cantidad de agua que vende con su etiqueta (el viajero, anoche, sin ir más lejos, se bebió cuatro botellas, dos para apagar la sed del camino y otras dos para aplacar el bacalao de la cena). Aunque, como Vidago, también conserve las hermosas construcciones de la época en la que sólo veraneaban los que podían veranear.

En efecto. A partir de la piscina, y ocultos entre los árboles, el viajero va encontrando numerosos edificios y chalés pertenecientes a aquella época. La mayoría están clausurados, y alguno incluso en ruina, pero otros, como el hotel, están siendo restaurados para volver a abrirlos al público. Se nota que este lugar, tras años en el olvido, está viviendo un resurgimiento.

En cualquier caso, tanto los viejos como los nuevos, tanto los abandonados como los que están en obras, todos los edificios de la estación termal de Pedras Salgadas conservan el estilo y la factura *belle époque* y el aspecto decadente inconfundible de la época. Una época que aquí, al contrario que en Vidago, pasó al margen de los reyes (excepción hecha, parece, de alguna estancia esporádica del malhadado Carlos I), pero que también tuvo su esplendor y hasta su benefactor privado: un hombre gordo, con aspecto de banquero, cuya memoria recuerda aún una escultura de bronce alzada en 1947 y junto a la que se fotografía ahora una humilde familia de turistas portugueses. *Al senhor Lopes de Oliveira, seu grande animador, As Pedras Salgadas agradecidas,* dice una placa a los pies del busto al que, por no faltar, no faltan ni el reloj de cadena ni el sombrero.

A la sombra de la estatua, y a lo largo del paseo, docenas de visitantes pasean bajo los árboles o conversan en corrillos al arrimo de las fuentes. Es la una y media del mediodía y el sol calienta con fuerza. La mayoría son de la zona, campesinos del río Duero o vecinos de los pueblos del contorno que se han desplazado aquí para pasar este día de fiesta, pero también hay bañistas, alguno incluso extranjero, que esperan pacientemente a que se abran las termas. Son los que parecen más familiarizados con la belleza de este lugar y con el funcionamiento de los *nascentes.* Porque lo que más llama la atención a quienes, como el viajero, los ven por primera vez es la ebullición del agua y el complejo sistema de aparatos y de tubos utilizados para extraerla; todos ellos encerrados en una especie de capillitas o de santuarios laicos construidos hace un siglo en el más puro estilo de aquella época. El que el viajero está viendo ahora es, por ejemplo, de 1910 y constituye en su sencillez todo un homenaje al agua: en medio de unos magnolios y rodeado de bancos, el edificio se alza como una ermita erigida expresamente para cobijar a aquélla. La *ermita,* que es la mayor, al menos de las que hay cerca, está cerrada ahora a los bañistas (no abre hasta las tres y media), pero las verjas de hierro que hacen las veces de puertas permiten al visitante contemplar los aparatos y los tubos por los que discurre el agua y la espléndida belleza del interior del *nascente:* desde los bancos a las ventanas, pasando por los carteles —y, por supuesto, por los dibujos que adornan los azulejos: todos ellos con motivos alusivos al dios agua—, todo ha sido decorado con el gusto (el buen gusto) de la época. Y en medio de todo ello, como si fuera el altar, el gran émbolo central muestra la fuerza del agua, que provoca con su ruido el asombro de la gente.

El del viajero no es el menor, no tanto por el fenómeno, que ya conoce de sobra, como por la belleza de este lugar que parece construido para provocar el sueño: salvo los que están mirándolo, nada ha cambiado desde hace un siglo entre estas viejas paredes. Como en la estación del tren, sólo falta un letrero que aconseje: pare, escuche, mire.

Pero ni el letrero existe ni los turistas que hoy hay aquí le harían ningún caso si existiera. Todos parecen más preocupados por decir algo que por escuchar el agua. Así que, cuando se cansa de oírles, el viajero deja el sitio y se va a sentar a un banco, debajo de los magnolios, para poder mirar y escuchar sin que le estorbe la gente.

Y sentado en él seguía, contemplando y escuchando y tomando algunas notas (del viaje y de lo que ve ahora), cuando ve llegar el coche de la dueña de las termas. O, mejor dicho, de la encargada, pues el dueño, según le cuenta ella misma mientras, sin parar el coche, saca dos torres de vasos que trae en el maletero, es un tal Sousa Sintra, empresario lisboeta que se las compró al antiguo (un conde venido a menos) y que es el responsable, al parecer, del resurgir que ahora viven. Como las de Vidago. Y como otras muchas termas y estaciones de reposo portuguesas. Al parecer, según María Helena, que así asegura llamarse, el tal Sousa Sintra se ha dedicado a comprar todas las aguas y estaciones termales del país para volver a explotarlas o para comercializar el agua directamente. Lo cual le ha convertido, al parecer, en uno de los hombres más ricos del país, siempre según María Helena, que es su mejor valedora como ya ha visto el viajero.

—¿Y está casado?

—No, soltero.

—Pues sería un buen braguetazo... —le insinúa con malicia el viajero a la mujer.

—Seguro —responde ella.

La mujer, que tiene prisa, sonríe y sigue a lo suyo. Taconeando con decisión (pese a la prisa que tiene, lleva tacones de aguja), atraviesa la glorieta y, a través de las dos verjas, empieza a arrojar los vasos al interior del *nascente.* Menos mal que son de plástico, pues lo hace sin cuidado y sin muchos miramientos. Se ve que está acostumbrada a hacerlo todos los días.

—¿Para qué son? —la pregunta el viajero desde el banco.

—Para beber las aguas —le dice ella.

El viajero la mira sin decir nada. El viajero está sorprendido de verla tirar los vasos, pero, como no piensa beber las aguas, permanece sentado y en silencio. La mujer, por su parte, sigue tirando los vasos hasta que sólo le queda uno.

—Tome —le dice, dándoselo al volver al coche—. Para que no tenga que pagar los diez escudos que cuesta.

—*Obrigado* —le agradece el viajero la deferencia.

Pero, en cuanto la mujer se va (como cuando llegó, a toda velocidad) para seguir repartiendo vasos por los *nascentes,* el viajero se levanta y se va en busca de un bar sin esperar a que vuelva. Aparte de que aún falta más de una hora para que abran, prefiere beber cerveza.

Vila Pouca de Aguiar

La cerveza y una *tosta,* que el viajero se tomó en la Casa Chã, un antiguo balneario convertido en merendero, le han dado fuerzas y ánimos para volver al camino. Falta le harán, sin duda, a juzgar por lo que le espera.

El camino es el mismo que traía, pero azotado ahora por un calor inclemente. Son ya las tres de la tarde y el sol está en su apogeo. El viajero mira al cielo con temor. Está blanco como el sol y picado como el vino que madura en los racimos de las viñas que ahora cubren el paisaje. Pasadas Pedras Salgadas, parece que por fin el agua ha dejado su lugar al verdadero rey de estas tierras.

Desde que salió de Chaves, el viajero venía buscándolo, pero apenas si había visto su presencia en algún monte o en el codo abarcillado de una cuesta. En las orillas del Támega, la tierra era tan feraz que apenas había sitio para él, como no fuera de adorno o testimonial entre las hortalizas y los jardines. Pero, a partir de Pedras Salgadas, la carretera, que va subiendo, va dejando a su derecha el río Támega, y los arroyos que hacia él discurren, y se adentra poco a poco en un paisaje cada vez más escarpado y montañoso. Sin llegar a ser el de ayer, se le parece bastante, salvo en el verde de los viñedos.

El verde de los viñedos se intensifica en Vila Meã, que también tiene un hórreo de piedra (de los que por esta zona llaman *canastros*) y un letrero que señala junto al suyo: *A Vila Pouca de Aguiar 5*. Es el pueblo más grande de la zona y el punto en el que confluyen las carreteras de Murça y de Guimarães, aunque antes están aún Sampaio y Nuzedo, dos pueblecitos, como Vila Meã, rodeados de viñas por todas partes y prácticamente desiertos. A esta hora y con el calor que hace, la gente debe de estar durmiendo.

Vila Pouca de Aguiar es pueblo grande, en efecto. Arracimado en un valle, en torno a la carretera, sus casas se encaraman, sin embargo, por la ladera del monte por el que recibe al sol y antiguamente, también, las invasiones de los españoles. Porque Vila Pouca de Aguiar, amén de grande, es pueblo antiguo e historiado, como demuestran sus caserones y sus iglesias barrocas y las ruinas que aún se conservan (de aquéllos y más antiguas) en las cercanías del pueblo: el castillo de Aguiar, fundado en el siglo X, las explotaciones de oro de los romanos de Jales y de Tres Minas, en el camino de Murça, y, en dirección al oeste, hacia Ribeira de Pena, los conjuntos arqueológicos de los dólmenes de Alvão. Hasta treinta pueden verse todavía, repartidos por los montes de la sierra de este nombre (junto con la de la Padrela, la muralla natural de Vila Pouca), según recogen las guías.

Pero los dólmenes de Alvão, como las explotaciones de oro de los romanos y hasta el propio castillo de Aguiar, están lejos de la villa, en las estribaciones de las dos sierras que le sirven de murallas, y el viajero lo único que ve al llegar a ella son las terrazas de los cafés en las que los pocos vecinos que se han atrevido a salir de casa soportan a duras penas la modorra de la hora y el calor. La carretera atraviesa el pueblo de parte a parte, convertida en su paseo y en su calle principal, pero, de ella, surgen hacia los lados pequeñas carreteras y callejas empedradas que son las que realmente forman el entramado urbano del pueblo. Por una de ellas, a la derecha, tuerce el viajero al azar, con tan buena fortuna que se va a dar casi de morros con el único vecino que hay ahora por la calle. Es un viejo enjuto y seco, con sombrero y vestido de domingo, que pasea en solitario por la vía (la vía muerta que el viajero viene viendo desde Chaves) y que recibe al viajero con desconfianza.

—Buenas tardes.

—Buenas tardes.

Es lo único que le entenderá. El viejo, aparte de receloso, o de pasmado, quién sabe, habla tan bajo y cerrado que el viajero no entiende nada de lo que dice por mucho que se esfuerza en conseguirlo. Seguramente, ni el viejo sabe qué es lo que le está diciendo. Así que, después de muchos esfuerzos, y de probar a intentarlo en portugués y español, se despide y continúa su camino sin saber dónde están los dólmenes, ni las explotaciones de oro de los romanos, ni el castillo de Aguiar. O el viejo no le ha entendido o el que no le entiende es él.

El castillo de Aguiar el viajero lo ve al fin en la pared del Café Central, donde lo reproduce un mosaico, pero las explotaciones de oro de los romanos y los dólmenes ni siquiera puede eso. Están tan lejos de Vila Pouca que, al parecer, sus vecinos no los consideran suyos. Al viajero, en cualquier caso, le interesa mucho más tomarse un café con hielo que seguir preguntándole a una gente a la que lo único que parece interesarle es la película de la televisión. A esta hora y con el calor que hace, ¿a quién le importan las piedras?

Pero al viajero la película le duerme (como a la mayoría de los parroquianos) y se va al cabo de un rato a seguir su paseo por el pueblo. Continúa tan desierto como antes y tan desolador como cuando llegó. El viajero, en vista de ello, decide coger el coche y subir hasta la ermita que se ve en lo alto del monte que domina Vila Pouca y hacia la que también trepan las casitas de lo que seguramente fue el primitivo pueblo. Desde allí, al menos, podrá observarlo sin la tortura de la televisión.

No le resultará tan fácil. La capilla de la Conçeição, que así se llama la ermita, como le cuenta en la subida una señora, la única que el viajero se cruza por la calle, con unas tetas descomunales y un bigote y una barba que para sí los quisiera él, está tan alta y encastillada que el coche apenas puede con la cuesta, y con las curvas que va trazando, ni cabe casi entre las casitas entre las que serpentean éstas. Menos mal que no hay nadie por la calle, pues, si parase, le costaría seguramente poder volver a arrancar.

Por fin, después de muchos esfuerzos, el coche sale del pueblo y, por una nueva cuesta (ésta ya más corta y suave), desemboca en la explanada en que se alza la ermita y desde la que se domina toda Vila Pouca y la campiña que la rodea. Es un paisaje irreal. En el fondo del valle, la calima está parada, como la tarde de agosto, y el valle y el caserío reverberan bajo ella como si fueran de fuego. Fuego es sin duda lo que se respira abajo, aunque arriba, en la capilla, la brisa lo dulcifique, ya que no puede con él.

Por lo demás, la capilla no tiene gran interés. Es nueva y de poco gusto, como, mientras subía, ya vislumbró el viajero: una cubierta a dos aguas (con una cruz en lo alto), una campana pequeña, una escalera de piedra y unas vidrieras tan feas como las del Café Central. Ciertamente, hay que tener mucha fe, o muchas ganas de ver el pueblo, para subir andando hasta aquí. El viajero, en cualquier caso, como no tiene mucha fe, da una vuelta a la capilla (que, por cierto, está cerrada) y, luego, se sienta bajo unos árboles a contemplar Vila Pouca mientras se fuma un cigarro e imagina qué habría hecho si hubiera subido andando. Seguramente, abjurar de la poca fe que tiene.

El loco de Samardã

En dirección a Vila Real, la carretera sigue subiendo y bajando montes; montes plantados de pinos, algunos ya muy antiguos, que le dan al horizonte un aire frondoso y verde. Se agradece este frescor, pues desde el cielo sigue cayendo fuego.

La carretera es ancha y moderna. De cuando en cuando, atraviesa un pueblo, pero, por lo general, va dejándolos a un lado, seguramente para que sus vecinos puedan vivir en paz. Son pueblos de campesinos, con granjas alrededor, aunque, de tarde en tarde también, se divisa alguna fábrica, como la que el viajero encuentra ahora en mitad del campo y que es la mayor que ha visto desde que viaja por Trás-os-Montes. La fábrica, no obstante, está cerrada, con todos los cristales y las tejas destrozados y con frases amorosas y políticas decorando sus paredes. Se llamaba TABOPAN y fabricaba maderas, pero lleva ya casi seis años cerrada, como le contará al viajero un frutero que vende su mercancía a la salida de Vila Chã y al que le compra unos higos para despistar la sed. El bocadillo de Pedras Salgadas le ha dejado tan reseco como el arcén de la carretera.

Cerca de allí, está el letrero. Desde que salió de Chaves, el viajero lo traía subrayado en su cuaderno —y grabado en su memoria, por si acaso se pasaba—, pero, al fin, lo tiene enfrente: *Samardã.* ¡Qué bien suena esta palabra y cuántas evocaciones le trae de sus lecturas de juventud!

Y es que joven era aún, y apasionado de las novelas, cuando leyó las de un escritor que por aquí anduvo un día, hace ahora más de un siglo, cuando también era joven y soñador como él. Se llamaba Camilo Castelo Branco y fue uno de los grandes escritores portugueses.

Y el más popular quizá. Porque Camilo Castelo Branco, aparte de novelista (y de escritor, y poeta), fue un hombre tan singular, tan amante de la vida y sus misterios, que se convirtió en seguida en uno de los autores más famosos de su tiempo. Hijo del romanticismo, bastardo él mismo como muchos de los personajes de sus novelas (fue hijo de una criada), desde muy temprana edad Camilo se convirtió en un feroz polemista y en un incorregible seductor y aventurero. Incestuoso, duelista, raptor, suicida, asaltador de conventos, hasta la necrofilia parece que practicó, al decir de sus biógrafos, que fueron tantos como novelas llegó a escribir y como amantes amó: desde la casi niña Joaquina Pereira, con la que se casó con sólo dieciséis años (ella era aún menor que él), hasta la desdichada María do Adro, cuyos restos Camilo robó del cementerio y mantuvo en secreto en su dormitorio durante años.

Todas estas y otras cosas iba pensando el viajero (que la vida de Camilo dio para ellas y más), cuando vio tras una cuesta las casas de Samardã. La aldea, alzada en mitad del monte, a la derecha de la carretera, apenas se diferencia de las que el viajero ha venido viendo a partir de Vila Pouca, por lo menos desde lejos. Pero, a medida que se va acercando a ella, por la carreterilla que serpea entre sus campos, el viajero empieza a ver sus viejos hórreos de piedra y sus recias construcciones seculares; unos y otras en tal número que parece como si aquí se hubiese parado el tiempo.

El viajero para el suyo, justo a la entrada del pueblo, y se dispone a buscar las huellas de Camilo por sus calles. Torpe ilusión la suya. No es que Samardã no sea el escenario de aquel relato de la oveja tiñosa que sirvió de cebo a un lobo, que lo es, y a mucha honra, como le contará en seguida un vecino que está sentado en su huerto, sino que el verdadero lugar en que Camilo vivió, según él mismo escribiera, «los primeros y únicos felices años de la juventud», está a cuatro kilómetros de aquí y se llama exactamente Vilarinho de Samardã; no Samardã a palo seco.

—Allí podrá ver su casa, si está abierta, que lo dudo —dice el hombre, que al parecer vivió en Francia, como muchos familiares y vecinos, antes de volver al pueblo—. Prefiero comer berzas aquí que hartarme allí de filetes —puntualiza señalando las que crecen a sus pies.

El viajero, en vista de ello, da una vuelta por el pueblo (que es tan viejo como hermoso, todo edificado en piedra) y, luego, regresa al coche para ir a Vilarinho. Le está esperando desde hace rato al otro lado del monte en donde el lobo comió a la oveja.

El pueblo aparece pronto, al pie de la general, pero sin que se atisben al principio más que el cartel y un par de casas. Son bares de carretera; uno de ellos lleva el nombre del ya citado relato: *Fojo do lobo*. Vilarinho está a la izquierda, semioculto en la ladera que desciende suavemente hacia el valle del río Corgo, que nace cerca de aquí. Como Samardã, es antiguo, pero, al contrario que éste, Vilarinho tiene un bar y algún chalé y casonas de verano y solariegas. Una de éstas, la más grande, es en la que vivió Camilo.

—Ésa, la de las ventanas verdes —le señala al viajero una mujer que está lavando en la alberca.

El viajero se queda un rato mirándola. Se está bien bajo los árboles, al lado del lavadero. Y, además, la casona por sí misma merece también pararse. Es blanca, con barandales corridos que se asoman sobre el valle y las puertas y ventanas de madera.

—¿Y hay alguien?

—No. A veces viene una sobrina de don Camilo, que vive en Oporto, creo.

—¿Una sobrina?

—Bueno, una sobrina-nieta, o biznieta —puntualiza, sonriendo, la mujer del lavadero.

El viajero da la vuelta a la casona, deteniéndose a mirar los ventanales y parándose a escuchar al lado de cada puerta. Ahí dentro, se pone a pensar ahora, debió de escribir Camilo sus primeros poemas juveniles y, desde esos ventanales, asomado sobre el valle del río Corgo, empezaría a soñar quizá los amores y aventuras que más tarde viviría realmente o —en ficción— en sus novelas. Como la de la oveja y el lobo de Samardã, que seguramente oyó contar a los vecinos de Vilarinho en las noches de velada junto al fuego.

Pero la casa, ahora, está en silencio. Tras las puertas y ventanas no se oye más que el fluir de las horas, que pasan sin hacer ruido, y el viajero, que creía estar ya dentro, se da cuenta de que el tiempo es lo único que queda. El tiempo y esas abejas que zumban en torno a él, como caídas de los árboles, y que le obligan a dar la vuelta.

—¿Ya la vio? —le pregunta, cuando vuelve, la mujer del lavadero.

—Por fuera —dice el viajero.

Pero el viajero no está contento. Tantas idas y venidas buscando el rastro del escritor le parecen cuando menos razón más que suficiente para seguir buscando sus huellas. Y, además, todavía es pronto para volver al camino. Aún le queda mucha tarde por delante y Vila Real está ya muy cerca.

Por desgracia, no encontrará mucha gente que le cuente de Camilo. Primero, porque no hay (o, al menos, así parece) y, segundo, porque la poca gente que encuentra: una vieja asomada a una ventana, un hombre también mayor y dos mujeres más jóvenes sentadas junto a una puerta, apenas saben ya nada del que fuera su vecino más famoso. La mujer del lavadero, por ejemplo, sólo sabe que escribía y las dos que están sentadas, una cribando garbanzos y la otra dándole el pecho a su hijo, que, además de escritor, era feo y mujeriego.

Lo cual no añade nada a lo que él sabía, pues las dos características suelen ir juntas y se les dan por supuestas a los del gremio.

Así las cosas, la única huella del escritor que el viajero encuentra en su pueblo es, aparte de la casa y de la placa que dice que allí pasó los primeros y únicos años felices de su juventud, una lápida en la iglesia puesta en honor de dos curas que en Vilarinho ejercieron su ministerio y que se llamaban precisamente Antonio y Luis Castelo Branco. Por fortuna para ambos, los dos se murieron antes, al decir de la inscripción, de que el escritor naciera.

Los fruteros de la Vila

Pega el sol todavía fuerte, y eso que son las seis de la tarde, cuando el viajero vuelve al camino. Apenas le restan ya doce o catorce kilómetros para llegar a Vila Real, que es su siguiente destino. Y el último, si nada ocurre, por este día.

El viajero mira al cielo con tristeza. Le da pena que Camilo no esté ya para contarle. Le gustaría poder hacer sentado a su lado el trayecto que él haría tantas veces a caballo o en tartana cuando venía de Vila Real camino de Vilarinho. Pero Camilo ya está muy lejos, se fue para no volver como las propias tartanas y, por la carretera, ahora, los únicos que se ven son los coches que circulan a toda velocidad obligando al viajero a arrimarse a su derecha. Se nota que tienen prisa por llegar a la ciudad.

En una curva, no obstante, a poco de Vilarinho, la carretera cruza un pinar y se ensancha de repente. Varios vehículos están parados a la sombra de los pinos y, al fondo, junto a una fuente, docenas de domingueros se solazan y refrescan alrededor de unas camionetas. Son fruteros ambulantes que han alzado aquí sus puestos del mismo modo en que lo había hecho aquel a quien el viajero compró los higos varios kilómetros más atrás. Aunque éstos tienen más suerte: están entre los pinos y a la sombra de una fuente y aquél sólo disponía de la que le daba el toldo.

—¿Quiere algo?

En cuanto el viajero baja del coche, los fruteros empiezan a preguntarle. Son varios, y se alinean junto a la fuente en la que sus clientes lavan la fruta después de haberla comprado. Pero al viajero no le hace falta.

—No, gracias. Ya la he comprado.

—¿Adónde? —le pregunta el más cercano.

—A uno que tenía el puesto a la salida de Vila Chã.

El frutero le mira con extrañeza.

—¿Tan lejos? —dice.

—Sí —responde, escueto, el viajero; pero, luego, añade un dato ante la curiosidad de aquél—: Uno con los dientes grandes.

—¿Y gordo?

—También.

—*O Carneiro* —dice el frutero, sonriendo.

—No sé —se encoge el viajero de hombros.

Pero el frutero no está contento. Tras explicarle al viajero que lo de O Carneiro es, aparte de por los dientes, por lo mucho que éste come, le pregunta si estaba solo y quién había con él.

—Dos hijos, creo.

—¿Y la mujer?

—No la vi.

—Pues debería —dice el frutero, extrañado; y, a continuación, añade como si fuera un secreto—: Es la única que sabe del negocio.

Ajeno a estos cotilleos, el viajero coge un plato y se va a lavar los higos en el chorro de la fuente. Hay cola, por lo que debe esperar. Mientras aguarda su turno, el viajero observa el mundo que bulle en torno de él. Aparte de los fruteros, que ocupan toda la sombra, y de sus cajas de fruta, hay vehículos aparcados y gente que lava el coche al lado mismo de aquéllos. Los fruteros tienen de todo: melones, peras, sandías, plátanos, melocotones, hasta aguacates y kiwis y uvas de moscatel. Todo apiñado en los puestos o refrescando en la fuente, incluso dentro de ella. Hasta botellas de vino hay dentro de los pilones.

Cuando le llega su turno, el viajero lava los higos. Están ya un poco calientes después de estar en el coche. Pero están buenos. Alguno incluso parece, de tan dulce como es, miel de abejas concentrada. Se ve que O Carneiro sabe elegir la mercancía.

—¿Están buenos? —vuelve a meterse el frutero.

—Muy buenos —dice el viajero.

Pero el frutero no es envidioso. Aunque no le ha comprado nada, ni el viajero le haga caso, le dice que la fruta de esta zona es tan buena como el vino. Sobre todo los higos que está comiendo.

—Los mejores del país —dice, comiendo uno él.

Pero al viajero los higos le importan poco. El viajero lo que ahora quiere saber, puesto que ya los conoce, es el nombre de la fuente al lado de la que están.

—De los enamorados —dice el frutero.

—¿Y eso?

—Eso —le explica el frutero— es porque aquí vienen mucho las parejas de Vila Real. Cuando no hay nadie, claro —puntualiza, sonriendo.

—Pues cualquiera lo diría —dice el viajero, mirando la basura que se agolpa en torno a ellos. Aparte de las mondas de la fruta y de los plásticos y papeles, hay bolsas por todas partes y hasta cajas de condones y compresas.

—De los enamorados —dice el frutero, riéndose.

Salvador Pinto en el Café Excelsior

Para llegar a Vila Real, la carretera aún debe cruzar varios pueblos casi juntos. Son pueblos grandes, de vega, con garajes y cultivos alrededor de las casas y pinares y eucaliptos contemplándolos de lejos. Pero apenas se ve gente por sus calles. Al parecer, aún es pronto para que los vecinos salgan a tomar el fresco.

Y es que el calor sigue firme. Pese a que el sol ya declina y comienza poco a poco a caer hacia el Marao, la sierra que ya aparece en dirección suroeste, la calima es tan intensa que parece formar parte del paisaje. Es lo único que se ve alrededor de los pueblos.

Por fin, pasado Gravelos, un pueblo largo y disperso, el viajero empieza a ver Vila Real a lo lejos. La ciudad, erguida en una colina, en el centro de la vega del río Corgo, que aquí se une con el Cabril, va surgiendo poco a poco, como salida de la calima, en medio de los viñedos. Es grande, quizá el doble que Bragança, y, desde lejos al menos, parece mucho más rica. Así parecen decirlo sus modernos edificios y chalés y las cooperativas vinícolas que se ven en torno a ellos. Son las cooperativas del vino que nace en estas colinas y que han hecho de esta tierra la California de Portugal.

La impresión se confirma al llegar a ella. Tras unos cuantos semáforos y varios cruces seguidos, todos con sus correspondientes letreros: *A Amarante*, *A Bragança*, *A Porto*..., la carretera entra en la ciudad casi como sin atreverse. Parece que la asustaran los edificios que la rodean. Como al viajero, que, acostumbrado a ver pueblos y ciudades medievales, como era el caso de Chaves o el de la propia Bragança, le gusta volver a ver una ciudad de verdad. O, por lo menos, moderna. Porque Vila Real, al contrario que Bragança, es una ciudad moderna, una ciudad señorial, con cierto aroma huertano, pero reconvertida hoy en el centro económico y político de la provincia de Trás-os-Montes. Lo que no impide que aún puedan verse, alternados y mezclados con aquéllos, los conventos y los viejos caserones que poblaban sus callejas cuando Vila Real era un burgo anclado en plena Edad Media («¿En qué siglo estamos aquí?», se preguntaba en una novela del propio Castelo Branco uno de sus personajes. «¿En qué siglo? Pues en el mismo que en todas partes: en el XVIII», respondía otro. «¡Ah! Yo creía que aquí el tiempo se había parado en el siglo XII», ironizaba el primero.)

Y es que Vila Real no empezó a crecer realmente hasta el final del pasado siglo, con el esplendor del vino. Hasta entonces, era un burgo encaramado sobre la hoz del río Corgo y dormido en su pasado, como tantas otras villas y ciudades portuguesas. Aunque sin duda el suyo fuera más noble. Porque Vila Real, según se dice en las guías, y el viajero no lo duda, fue fundada y elegida por el propio Don Dinís (¿quién podía ser, si no?) como lugar de su residencia allá por el siglo XIII. De ahí lo de villa *real* y de ahí que aún siga ostentando, quizá a pesar de ella misma, el curioso privilegio de ser la ciudad portuguesa con mayor cantidad de familias nobles después de la capital. Tal vez por eso la eligiera un día también, como lugar de su exilio, el infante español Carlos, el hijo del rey de España Fernando VII, cuando tuvo que salir de su país a la muerte de su padre, en 1832.

Pero nada de eso se advierte ya. La Vila Real que el viajero encuentra, al menos a primera vista, es una ciudad moderna, con resabios todavía provincianos y huertanos, pero abierta claramente hacia el futuro. Se nota en sus edificios y en sus modernos comercios, aunque éstos estén todos hoy cerrados, como corresponde a la fiesta que se celebra. Razón que también explica, o debería explicar, que apenas se vea gente por las calles, por lo menos las que cruza ahora el viajero.

Por fin, tras dar muchas vueltas, el viajero llega al centro. Una calle larga y ancha que atraviesa varias plazas, cada una con su fuente, le lleva entre las terrazas y las paradas de taxis hasta la gran avenida en la que se localizan los principales palacios de Vila Real. Es la avenida de Carvalho Araújo, la calle principal de la ciudad y la que, según las guías, acoge en sus dos aceras sus edificios más importantes, entre ellos la catedral. Pero el viajero, por más que mira, no la ve por ningún lado. Ve mansiones y palacios, algunos de gran belleza, como el del Museo Etnográfico, al final de la avenida, o el del propio Ayuntamiento, a pocos metros de aquél, pero lo que no ve por ninguna parte es la catedral. Así que detiene el coche y le pregunta a un taxista.

—Ahí la tiene —le dice éste, mostrándosela.

—¿Adónde? —pregunta aquél, extrañado.

—Ahí —le señala el taxista con la mano.

Si llega a ser un perro, le muerde. La tenía justo delante, al lado mismo del coche, a poco más de diez metros. Pero tampoco es tan raro que no se hubiese fijado. Porque la Sé de Vila Real, como sucedía en Bragança, apenas se diferencia, al menos en su exterior, del resto de las iglesias. Al revés: ni siquiera es la más grande. Lo cual tampoco es extraño habida cuenta de que, como sucedía en Bragança, Vila Real no fue nombrada obispado hasta alcanzar este mismo siglo (exactamente en 1922) y la catedral no es tal, sino una antigua iglesia adaptada a tal efecto. Concretamente, y según las guías, la del convento de São Domingos, un monasterio fundado por João I allá por el siglo XV.

El viajero da las gracias al taxista y se marcha a visitar la catedral. Contra lo que éste creía, la verja sigue aún abierta, con el candado quitado, aunque en el atrio no hay nadie; sólo los pájaros, que cantan en los tejados y en los solitarios plátanos que le dan sombra a la Sé. Son plátanos gigantescos, plantados seguramente, como el pedestal del centro, cuando la iglesia de dominicos se convirtió en catedral. Pero la soledad del atrio tiene otra explicación. Pese a que todavía es temprano, y pese a que además es fiesta, la puerta de la iglesia está cerrada a cal y canto y no parece que ya nadie vaya a abrirla. Ya se lo había dicho el taxista, aunque el viajero no le creyó.

De todos modos, tampoco le importa mucho. Desde fuera por lo menos, la catedral no es gran cosa y, según dicen las guías, tampoco lo debe de ser por dentro: *La catedral de Vila Real, en el centro de la ciudad, es una construcción gótica de finales del siglo XIV o principios del siglo XV, aunque su exterior fue modificado siglos más tarde; el interior, a tres naves, posee arcos ojivales, aunque la forma cúbica de los capiteles revela una muy tardía influencia románica.* Aunque, aunque... Mala cosa, piensa el viajero, mirándola. Cuando hay mucho pero puesto, siempre suele ser por algo. Así que, sin mucha pena, abandona su propósito y se va en busca de la Pensión Excelsior, a la que aquéllas alaban infinitamente más. Entre otras cosas, dicen, *por sus precios asequibles y su lujo «démodé»*. Si es como cuentan las guías, el viajero ya sabe dónde dormir.

Al contrario que la Sé, no le cuesta dar con ella. Una mujer muy lucida que está mirando un escaparate le acompaña amablemente hasta la puerta. La Pensión Excelsior está en la Rua de Teixeira, en el centro de un rosario de callejas peatonales que forman la parte antigua, a espaldas de la avenida y frente a la catedral. La pensión, por su parte, no es más nueva. En un vetusto edificio plagado de desconchones, un cartel decimonónico anuncia el establecimiento, aunque desde la calle sólo se ve el local del restaurante que ocupa la planta baja. Como decían las guías, es un local *démodé,* con un puñado de mesas perfectamente dispuestas, lo mismo que la vitrina, pese a que en el cristal de fuera un cartel escrito a mano anuncia a quien le interese: *Pássase por motivo do falhecimiento do seu propietario*. Aunque, mientras se traspasa y no, el restaurante continúa abierto. Al lado del anterior, y entre una orla de flores, otro cartel *démodé* —y todavía más viejo— anuncia a los paseantes la composición del menú del día y el precio total de éste: 1.200 escudos por persona y estos platos a elegir: sopa de legumbres, filetes de pescadilla o *costeleta* de cerdo, fruta o dulce, pan, vino de la casa o cerveza o zumo o agua mineral. No está mal, piensa el viajero.

La pensión está encima del restaurante y ocupa toda la casa. El viajero accede a ella subiendo unas escaleras que trepan desde el portal y que le ponen ya en guardia. Son aún más viejas que aquél y están llenas de humedades. Como las habitaciones, que un tipo rancio y siniestro (seguramente el fantasma del dueño ya fallecido) le enseña sin muchas ganas, como si no quisiera ocuparlas. Tampoco tiene que esforzarse mucho. En cuanto ve un par de ellas, el viajero sale huyendo, sin pararse tan siquiera a dar las gracias a aquél. Una cosa es el lujo *démodé* y otra la degradación de éste.

Por fortuna para él, a pocos metros de allí, encuentra dónde olvidarla. El Café Excelsior, aunque con el mismo nombre, responde efectivamente a lo que las guías decían: elegancia *démodé*. El café, abierto a dos callejuelas: la de la Pensión Excelsior y la que le da la vuelta, es un local tan hermoso, tan limpio y tan luminoso, que el viajero se mete en él sin dudarlo, pese a la triste experiencia que acaba de vivir. Y eso que desde la calle no lo veía muy bien.

Porque el Café Excelsior, en Vila Real, no es un café cualquiera. El Café Excelsior, pese a su anonimato provincial y transmontano, que son dos formas de olvido, es uno de los cafés más hermosos, más grandes y decadentes de cuantos el viajero ha visto viajando por Portugal. Y eso que ha visto unos cuantos, especialmente en Lisboa.

Dividido en dos partes, como ordenaban las leyes, una para el café propiamente dicho y otra para la sala de juegos, el Café Excelsior es un local tan antiguo que parece ya un museo de sí mismo. De madera todo él (vieja madera bruñida, de tanto usarla y fregarla), con blancas mesas de mármol y ventanales inmensos, todo cuanto hay dentro de él: la cafetera, el reloj, la barra, el escudo del Sport Clube Vila Real, hasta los propios clientes que ahora están mirando el fútbol (en una televisión tan antigua como las fotos que la rodean), parece formar parte del pasado. El mismo largo pasado que transcurre lentamente entre las mesas y que se solidifica y estanca en el salón interior donde se alinean desde hace un siglo los contadores de bolas y las mesas de billar. Cuatro mesas gigantescas, cosidas y recosidas, que comparten el espacio con los baños y un lavabo y con los viejos carteles que advierten a los usuarios: «*Não fassa do jogo do bilhar uma prova de força. O bilhar é um jogo de precição e inteligença*», «*Cada rasgão no panho do bil-*

har, 150 escudos», *«Preço da hora do bilhar, 8 escudos»* (debía de ser hace años), etcétera. La verdad es que, más que un café, el Excelsior parece, como pensó el viajero al entrar, un museo de sí mismo.

Pero, con todo y con eso, la decoración y el salón de juegos no son lo mejor de él. Lo mejor del Excelsior es su café, espeso como la leche (de España, según el dueño), pero sobre todo éste. Se llama Salvador Pinto y es la segunda generación familiar ya al frente del establecimiento. El primero fue su padre, que fue quien se lo compró a su anterior propietario, que era el de la pensión. Porque el café y la pensión nada tienen que ver ya, aunque se llamen igual; al revés, el café sufre la degradación de ésta, como le cuenta Salvador Pinto al viajero y como le demuestra en un extremo de la barra el balde que recoge una gotera que, pese al calor que hoy hace, cae persistente del techo.

Salvador Pinto, un hombre rubio y delgado, de unos cuarenta y cinco años, pero de aspecto todavía joven y apuesto, no pierde, pese a ello, el buen humor. Está ya acostumbrado a luchar contra los elementos. Aparte de las goteras y del languidecimiento de su café, eclipsado, según él, por las cafeterías modernas (de las que hay, dice, más de cien en la ciudad), ha rechazado ya varias ofertas de compra, principalmente de bancos, algunas muy suculentas. Él está enamorado de su café, que tiene ya más de un siglo, y lo mantiene en pie como estaba a pesar de los pesares, aunque no sabe por cuánto tiempo. Como las cosas no cambien, dice mirando el local, tendrá que acabar vendiéndolo.

Pero el entusiasmo de Salvador Pinto no se limita sólo al café. Vilarrealense de pro, como demuestran las fotos y el escudo del Sport Clube Vila Real (de 1942) que cuelgan de las paredes, conoce como pocos su ciudad y en seguida se ofrece de cicerone al viajero. Por lo menos, de palabra. Porque ahora está solo aquí y no se puede marchar. Pero lo que sí puede hacer, dada su amabilidad, y también seguramente a que se aburre viendo el partido (un Portugal-Liechtenstein que los lusos van ganando sin problemas, lo que explica el poco entusiasmo que muestran los que lo miran), es invitarle a un *favaios,* el mejor aperitivo del mundo según él («mucho mejor que el *martini,* lo que pasa es que es de aquí») y aconsejarle un hotel y un sitio para cenar, después de hacerle un programa para lo que aún queda de noche. La verdad es que el viajero no ha podido entrar con mejor pie en Vila Real.

A los Héroes de Ultramar

El Hotel Miracorgo, que es el que Salvador Pinto le ha aconsejado, es un hotel antiguo, con resabios todavía provincianos y de época, aunque sin llegar al extremo de los de la Pensión Excelsior. El Hotel Miracorgo, sin ser gran cosa, es el mejor de Vila Real y, como su nombre indica, está mirando al río Corgo, que, como el Duero en Soria, y como decía Machado, forma un trazo de ballesta en torno a ella.

En el Hotel Miracorgo, después de dejar sus cosas, el viajero se da una ducha (para quitarse el sudor del viaje) y, luego, vuelve a la calle decidido a cumplir punto por punto el programa que le ha hecho Salvador. Un programa que, ya sabe, deberá acabar en Régua, en la ribera del Duero, viendo los fuegos artificiales que tiran desde la orilla para celebrar sus fiestas y donde se congregará esta noche toda la gente de la región.

Pero, antes, todavía, tiene que ver muchas cosas. Vila Real, con no ser muy grande, sí encierra muchos secretos, como el viajero ya imaginó antes de llegar a ella y como Salvador Pinto le confirmaría luego. Por ejemplo, el haber sido la primera ciudad de Portugal que tuvo alumbrado eléctrico, ya en el siglo XIX, gracias a un salto en el

Corgo, o, por ejemplo, el ser la cuna de Diego Cão, el navegante que descubrió el río Congo, que, aunque sólo se diferencia en una letra de aquél, es más grande y está mucho más lejos.

Lejos, aunque no tanto, está la casa del susodicho, aunque el viajero no habría tardado tanto en hallarla de no ir entretenido mirando al pasar los perros que van y vienen por la avenida detrás de una perra en celo. Aunque el calor ya ha bajado, la ciudad sigue desierta y ellos son ahora sus dueños. Cruzan las calles sin preocuparse, se juntan en los parterres, siempre siguiendo a la perra, y se pelean unos con otros o copulan en manadas ante la atenta mirada de los taxistas que siguen guardando el turno en sus posiciones y que, de cuando en cuando, les tiran una piedra. Ni a ellos les interesa, a lo que se ve, el partido de fútbol que estaban viendo en el Café Excelsior y que retransmiten también las radios de sus vehículos.

La casa de Diego Cão, en la avenida de Carvalho Araújo (concretamente, en el 19), es un palacio de piedra, con columnas de granito y elegantes celosías de madera. De estilo italianizante, según explican las guías, que es como no decir nada, fue construida en el siglo XV (el mismo en que nació Diego) y se alza frente a la estatua erigida por los vecinos a sus Héroes de Ultramar. Héroe marino fue también él, según relata la historia, que le quiere hijo de aquí, aunque lo que no está tan claro es que ésta fuera su casa, a tenor de la inscripción que hay en la propia fachada junto a la placa que indica el callejón que hay al lado: *«Se-*

gundo a tradição, nesta casa nasceu Diogo Cão Escudeiro, da casa de Don João II, que de 1482 a 1486 descubriou e explorou a costa occidental d'Africa desde o rio Zaire a Serra Parda».

—¿Pero nació o no nació aquí?

—Eso dicen —le responde al viajero el *guardinha* Costa Gomes, que es la única persona que hay ahora cerca de ella.

—¿Y quién lo dice?

—Pues todos —dice el *guardinha,* muy serio.

Al *guardinha* Costa Gomes, en cualquier caso, la cuestión le trae al fresco. El *guardinha* Costa Gomes, moreno y un poco cojo, está ya tan aburrido que lo único que quiere es que se acabe su turno para poder irse a casa. Pocas tardes habrá tenido tan sosas como esta que está a punto de acabar.

—Se han ido todos a Régua —dice mirando la calle, que cada vez está más vacía.

La verdad es que no hay nadie. Salvo los perros y los taxistas, que forman parte de ella, la calle está tan desierta que parece el decorado de un teatro. Hasta la fuente que cubre el mundo frente a la escalinata del Ayuntamiento parece quieta. En esta hora indecisa, con el sol ya declinando hacia el Marão y la luna dibujándose en el cielo, Vila Real parece un fantasma en medio de la meseta.

—¿Y usted no va?

—¿Adónde?

—A Régua.

—No creo —dice el *guardinha,* al que los fuegos artificiales parece que también le traen al fresco.

Al fresco, lo que se dice al fresco, sólo están los camareros de las terrazas de la avenida, casi todas ya vacías, y algún vecino de la ciudad que, por la razón que sea, no ha ido todavía a Régua. Aunque quizá lo hagan luego. Es el caso, por ejemplo, de los clientes del Café Excelsior, con Salvador Pinto al frente, o el del dueño de la casa en la que nació el otro gran navegante que Vila Real le dio a Portugal, éste ya en el siglo XX: *«O heroico marinheiro Augusto Carvalho Araújo, que morréu em combate a 14 de octubre de 1918 escrebendo com seu sangue uma das mas brillantes páginas de nossa historia»*.

El dueño actual, no obstante, nada tiene ya que ver con él, aunque conoce, eso sí, su historia y se la cuenta al viajero. Al parecer, el tal Carvalho Araújo era un marino vilarrealense que mandaba una escuadra de la flota portuguesa en la Primera Guerra Mundial y que murió con todos sus hombres cerca de las Azores al recibir su barco el impacto de un submarino alemán.

—¡Vaya, hombre!

—¿Cómo dice?

—Digo que qué mala suerte —dice el viajero, muy serio.

—Pues sí —le responde el hombre, contemplando la inscripción que hay al lado de la puerta.

Pero el hombre no parece muy contrito. Al revés, se le ve ufano del triste final sufrido por su ilustre antepasado. Lo cual, bien mirado, es lógico. Gracias a ello, puede contar su odisea y, sobre todo, puede vivir en su casa, que es la mejor de la calle, al menos vista por fuera: al lado de la avenida, pero separada de ella, abierta sobre una plaza y cubierta de azulejos por entero; unos azulejos blancos ribeteados de azul que ya parecían saber la profesión del muchacho que jugaba siendo niño junto a ellos. Salvo los que ribetean las puertas, que están orlados de flores, los demás representan motivos mitológicos, principalmente bélicos y marinos.

—¿Y por qué hubo tanto marinero aquí? —le pregunta ahora el viajero.

—Pues no sé —responde el dueño—. Supongo que para poder salir de aquí.

—¿Tan mala es esta ciudad?

—Lo era —responde el hombre, sonriendo.

Cae la noche sobre Vila Real. Definitivamente, el sol ya se ha puesto y las sombras avanzan por la plaza como si fueran gorriones mientras el viajero vuelve sobre sus pasos en dirección a la catedral. Al fondo, por la avenida, los perros siguen ladrando y, a lo lejos, el *guardinha* Costa Gomes sigue guardando la calle, confundida ya su imagen con la pared del Ayuntamiento. Con la caída del día, el calor se ha reducido, pero Vila Real continúa desierta. Definitivamente, la gente debe de estar toda en Régua.

—¿A quién vigila? —le pregunta el viajero al *guardinha* Costa Gomes cuando pasa junto a él.

—A los Héroes de Ultramar —dice el hombre, sonriendo.

A los Héroes de Ultramar, que la estatua de un marino con un niño entre los brazos sigue rindiendo homenaje, nadie, salvo el *guardinha* y los perros, parece recordarlos ya. A los Héroes de Ultramar, de los que Vila Real dio tantos, como el viajero ya ha comprobado, pese a que no los conoce todos, los han dejado solos esta noche, en medio de la avenida, mientras la gente se iba hacia el Duero. Así que el viajero, antes de hacer lo mismo, se detiene un instante ante su estatua y les brinda un homenaje, que es lo único que ahora puede hacer en su memoria, a falta de algo mejor. Aunque pronto podrá hacerlo con un vino de Valpaços, vino fuerte, de la tierra, en el restaurante de la parte vieja donde se para a cenar (cabrito y queso de oveja) antes de marchar a Régua.

Los fuegos de Régua

La carretera hacia Régua es un tobogán sin fin. En plena noche, además, y con el cabrito a cuestas, se hace más peligrosa, máxime teniendo en cuenta la gran cantidad de coches que ahora circulan por ella. Parece que todo el mundo se ha dado cita hoy aquí.

Régua, o Pêso da Régua, que tal es su nombre exacto, al menos según los mapas, está en la orilla del Duero, a unos veintitrés kilómetros al sur de Vila Real y en el centro de la comarca vinícola que se prolonga hasta Oporto y que ha hecho de esta tierra la California de Portugal. Ahora, de noche, no puede verla, pero, si fuese de día, el viajero podría ver, y admirar al mismo tiempo, el inmenso panorama de bancales y de viñas que se suceden sin solución por las montañas y los barrancos por los que pasa la carretera. Montañas y barrancos milenarios, improductivos durante siglos, pero que el tesón del hombre y un clima propicio y suave han ido domesticando hasta acabar convirtiéndolos en tierra de promisión. Aunque aún está en Trás-os-Montes, apenas tiene que ver con ella.

Dice José Saramago en uno de los libros que acompañan al viajero (*Viaje a Portugal* se llama) que aquí, entre Vila Real y Pêso da Régua, el arte de los bancales alcanza su perfección: «Y es un trabajo nunca concluido, es preciso escuadrar, atender a la tierra que se desliza, a la losa que se desmorona, a la raíz que hace de palanca y amenaza con precipitar el muro hasta el fondo del valle. Vistos de lejos, estos hombres y estas mujeres parecen enanos, naturales del reino de Liliput, pero desafían en fuerza a las montañas y las mantienen domesticadas». Eso dice Saramago, y el viajero así lo cree, por más que no pueda verlos, salvo al atravesar los pueblos o mirando en la distancia las luces de los que quedan dispersos por las montañas. Entre Vila Real y Pêso da Régua, la carretera parece, de tantas luces, atravesar la noche entre las estrellas.

Por fin, tras miles de curvas, la mayoría casi en un puño, el viajero avista Régua. El pueblo se anuncia antes, como los demás lugares, surgiendo en la oscuridad con un resplandor de luces que oscurece aún más el cielo. Aunque el de Régua es todavía más intenso. No es que hayan empezado ya los fuegos artificiales; es que lo que se ve al principio es el perfil de una iglesia que está en lo alto del pueblo y que ha sido iluminada de tal forma que parece una tómbola de feria. Seguramente es la iglesia en la que guardan la Virgen a la que hoy se venera.

El pueblo aparece después de ella. Encaramado en la cuesta, entre la iglesia y el río, va surgiendo poco a poco, oculto a la orilla de éste, como si estuviera allí para evitar que lo vean. Pero es lo mismo. La carretera se acerca a él dando curvas y más curvas hasta que lo avista al fin justo al llegar a la iglesia. Es una iglesia moderna, o al menos no muy antigua, y es la primera tan sólo de las varias que hay en Régua.

Al principio, el pueblo no se ve entero. Hasta descender al río, la carretera aún debe bajar cerca de cuatro kilómetros, que son los que mide Régua. Cuatro kilómetros de bajada desde la iglesia hasta el Duero en los que la carretera salva los casi doscientos metros que hay de desnivel con éste. Lo que quiere decir que Régua está todo en cuesta, como en seguida advierte el viajero, quien, por otra parte, conduce ya asustado de ver los coches que hoy hay aquí. Cientos, miles de coches, sin contar las camionetas y las motos, se suceden calle abajo entre las casas, entorpeciendo la marcha o aparcando cada uno donde puede. Y al lado, y entre los coches, una riada de gente, que es la que ha llegado en ellos.

La riada baja hacia el Duero, unos en coche y otros andando, haciendo aún más complicada la circulación por Régua. El viajero, como puede, la sigue durante un rato hasta que encuentra un lugar donde estacionar el suyo. No es el sitio más idóneo, delante de un hospital y casi en medio del tráfico, pero no hay muchos donde elegir. En cualquier caso, dentro de un cuarto de hora, quizá pagaría por él. Como pagaría también por poder bajar del coche aunque fuera solamente unos segundos.

Porque, a medida que la noche va avanzando, y, sobre todo, a medida que el viajero se va aproximando al río, la aglomeración es tal que casi ni puede andar. Cientos, millares de visitantes bajan por la carretera entre la caravana de coches que siguen buscando un sitio y los que están aparcados, como el del viajero ya, a los dos lados de aquélla. Son los de los que han madrugado para coger un buen sitio desde el que mirar los fuegos y que esperan el momento en que comiencen formando amenas tertulias o cenando alegremente en torno a aquéllos. Hay de todo: familias, padres con niños, viejos, jóvenes, mujeres; todos vestidos de fiesta y esperando emocionados a que comiencen los fuegos. La mayoría son campesinos, vecinos de las aldeas del reino de Liliput que imaginó Saramago, y que no son tan pequeños, al menos vistos de cerca, aunque también hay personas llegadas desde más lejos. Toda la gente del Duero, desde Miranda hasta Oporto, parece estar hoy aquí.

En las orillas del río, la gente es ya multitud. Diez, veinte, treinta, cuarenta, quizá cincuenta o sesenta mil personas, sin contar las que aún bajan por las calles, se aprietan contra la orilla en medio de un gran bullicio esperando a que llegue la medianoche. Aquí no pueden llegar los coches, está cortado ya el tráfico; pero los policías se las ven y las desean para poner un poco de orden entre tanta algarabía. Menos mal que hay un muro en torno al río, que es el que de verdad contiene la avalancha de la gente que hay ahora junto a él. Más que una fiesta normal, parece un acto de adoración al Duero.

Y es lógico que así sea. Para todas estas gentes, el Duero no es sólo un río; es su fuente de riqueza principal y el principio y la razón de su existencia. Por él, durante cientos de años, han bajado sus cosechas hasta Oporto y por él se han ido ellos mismos, buscando mejores tierras, cuando las cosas no han ido bien. Por él, han bajado y han subido trayendo y llevando carros o barcos llenos de uvas y por él han cruzado muchas veces, jugándose la vida en ocasiones, cuando el Duero era un río todavía y no el inmenso pantano en el que las sucesivas presas han convertido su cauce. Ahora son ricos y hasta felices, pero tiempos hubo, y no lejanos, en que este reino de Liliput era un erial junto a un río que se llevaba hacia el mar la tierra y hasta sus gentes.

Por eso están ahora aquí, apiñados junto al río mientras él sigue en silencio, esperando a que comiencen los fuegos artificiales que cada año le ofrecen. Ya falta poco para las doce, que es la hora señalada para ello.

Por fin, a las doce en punto, un cohete ilumina el río. El resplandor cruza el cielo y, a su paso, la gente va callándose hasta quedar todo el pueblo casi en completo silencio. Pero no dura. En seguida, una multitud de cohetes estallan al mismo tiempo, provocando un estruendo colosal y levantando un grito de admiración entre todos los presentes. Es el comienzo de la exhibición; una exhibición de fuegos y tracas artificiales que durará casi treinta minutos, durante los que el río y el cielo se iluminarán al unísono, reflejándose el uno en el otro y llenándose de luces y colores mutuamente. Es como si los dos ardieran. Durante casi una hora, que al viajero se le pasa en un suspiro, el Duero y Pêso da Régua son un carrusel de fuegos que a veces forman cascadas; otras, palmeras; otras, estrellas, y otras, bengalas que se estrellan contra el cielo y vuelven a caer al río iluminándolo como a un espejo. Un rosetón, un relámpago, una cortina de fuego. Al final, una traca interminable y un gran torrente de fuego culminan la exhibición devolviéndole la paz al río y al cielo y a toda Régua. Se acabó, grita la gente.

Y, en efecto, se acabó, pero solamente el fuego. Se acabaron los fuegos artificiales, pero ahora sigue la fiesta. Antes de que el viajero reaccione, conmovido como está aún por tanta belleza, comienzan a sonar por todo el río las orquestas que ya estaban preparadas mientras la gente miraba al cielo. Suenan por todas las partes: por las calles, junto al río, en los embarcaderos y hasta en las barcas que cabecean en torno a éstos y que son las que se usaban para bajar hasta Oporto las uvas y las cosechas cuando el Duero todavía no había sido interrumpido por las distintas presas eléctricas. Es como si se hubiesen puesto de acuerdo. Como la gente, que en seguida empieza a bailar al ritmo de las orquestas.

—¿Usted no baila?

—No —dice el viajero, muy serio.

El viajero está a otra cosa. El viajero sigue aún tan asombrado que, durante varios minutos, observa lo que está viendo como si estuviera lejos. En cierto modo lo está. Mientras la gente baila y se ríe y la orquesta que hay al lado le emborracha con su ritmo tropical, el viajero, sentado al lado del río, que aquí, en Régua, ya es un mar, recuerda aquel arroyuelo que él vio nacer una vez entre los pinos de Soria, en España, en las cumbres azuladas y lejanas del Urbión. Cuánta agua y cuánto tiempo y cuántos fuegos artificiales no habrán pasado por él.

Tercera jornada:
LA TERRA QUENTE

El solar de Mateus

A la mañana siguiente, el viajero se despierta muy temprano (para la hora en que se acostó), creyendo oír todavía la música de la fiesta. Lo primero que hace, por si acaso, es descorrer las cortinas y asomarse a la ventana para mirar dónde está. Vila Real le saluda con una sonrisa quieta. Y, allá abajo, el río Corgo le recuerda que volvió, ya entrada la madrugada, rugiendo bajo los puentes. El viajero ha dormido en el hotel y el Duero ya está muy lejos.

El viajero desayuna y recoge su equipaje. En recepción, un conserje, el mismo que estaba anoche, le indica sobre sus mapas cómo llegar a Mateus, que es la primera visita que el viajero ha previsto para hoy. Pero antes pasa aún por el Excelsior. Salvador Pinto no está. Debe de dormir aún la borrachera de vino y fuego que fue la noche de Régua y, en su lugar, una chica, posiblemente su hija, atiende ahora el café. Así que el viajero le deja a aquél una nota y se va en busca del coche, que dejó junto al hotel. Al viajero le gustaría despedirse de Salvador Pinto en persona, pero la chica no sabe cuánto tardará en llegar.

Además, el viajero está ya inquieto. Son ya cerca de las once y hoy tiene un largo camino. Y, además, hace calor, lo que le hace temerlo aún más; sobre todo, teniendo en cuenta que hoy la carretera le llevará por lo que los transmontanos llaman, por contraposición a la Terra Fria, la *Terra Quente*. O sea, la *Tierra Caliente*.

A Mateus, sin embargo, el viajero llega aún fresco. La gloria de Vila Real (y, para los vilarrealenses, sin duda, del mundo entero) está a sólo tres kilómetros, en dirección a Sabrosa, en medio de un gran jardín, pero a la vista de la carretera. El lugar impresiona enormemente. Como el Vidago Palace Hotel o como el puente de Chaves, aparece de repente entre los árboles, detrás de un enorme muro, como si fuera un cuento de hadas. Cuento de hadas debió de serlo algún día, allá por 1700, cuando el palacio empezó a erigirse en medio del robledal que esto debía de ser antes, de la mano de un arquitecto italiano que aquí dejó, según dicen, su obra más importante. Se llamaba Nicolau Nasoni y sus huellas pueden verse todavía no lejos de este lugar, en los palacios de Vila Real y en las románticas quintas vinícolas que sus imitadores construirían luego por todo el Duero.

En realidad, el palacio ya lo conoce el viajero. A lo largo de este viaje y de otros viajes a Portugal, el palacio de Mateus, con todo su halo romántico y su friso de viñedos, lo ha visto un sinfín de veces en los carteles publicitarios y en las viejas etiquetas del *rosé* que, bajo su padrinazgo y su nombre, se produce en esta zona; un vino suave y rosado, con poco espíritu para algunos, pero que ha hecho de este palacio un lugar conocido en todo el mundo. ¿Qué importa, pues, que el viajero nunca hubiera estado aquí o que las etiquetas de las botellas no hagan honor al palacio? En los tiempos que vivimos, la publicidad es tan instructiva como antes pudieran serlo los cuentos.

—¿Usted cree?

—Por supuesto —le dice el viajero al guarda que le acaba de vender las dos entradas (la del palacio y la del jardín: en total, 950 escudos, nada más y nada menos) y que ha sido el receptor de tan dudosa meditación.

El guarda se queda fuera, en su caseta de gnomo, y el viajero entra al jardín decidido a comprobar si es cierto lo que ha pensado. Lo es, sin duda ninguna. Enfrente de él tiene ya el gran estanque central, un gran estanque romántico con estatuas y nenúfares y una gran fuente en el medio, y, detrás de ésta, el palacio, igual que en las etiquetas. El viajero se detiene un instante a contemplarlo. Allí están, tras el estanque, sus imponentes pináculos, la cúpula de la iglesia con su fachada barroca, las esculturas de piedra que dan realce a sus muros, la grandiosa escalinata principal que da acceso al edificio y que sube ya el viajero. Todo como en los grabados, aunque realzado ahora por la luz de esta mañana que ha amanecido tan limpia como el olor de las madreselvas. Que son las flores que llenan todo de un pálpito de otro tiempo.

El pálpito de lo bello. Porque este hermoso palacio por el que el viajero se adentra ya acompañado por una guía (una chica guapa y joven, nacida cerca de Chaves y que se llama Enriqueta) es un monumento en piedra a un tiempo que en Portugal se caracterizó, entre otras cosas, por el deseo de perfección y la pasión por las artes, después de varios siglos de aventuras y de guerras. Aquí están, para demostrarlo, los muebles de mil maderas, los cortinones bordados, los relojes y tapices y pinturas de la época. De salón en salón, mientras sus pasos retumban en la tarima detrás de los de Enriqueta, el viajero va admirando todo ello, deteniéndose a observar de cuando en cuando, haciendo caso a la chica, esa porcelana china, ese reloj de caoba, ese bargueño labrado o ese manuscrito antiguo que languidece lleno de polvo en un rincón de la biblioteca. Enriqueta conoce el palacio como si fuera su casa y como tal se lo enseña:

—Ésta es la colección de nacimientos de Machado de Castro, el más famoso artesano de nacimientos de Portugal... Ésta, la de porcelanas chinas... Ésta, la de cerámica de las Indias... Y éstas —dice Enriqueta, parándose ante una enorme vitrina, en el centro de la biblioteca—, las planchas de los grabados hechas por el pintor Fragonard para la edición de *Os Lusíadas,* de Camoens, que los condes mandaron imprimir para regalársela a sus amigos.

—Vivían mal... —dice el viajero.

—¿Quiénes?

—Los condes.

—Y viven —dice Enriqueta, sonriendo—. Ésta es sólo la parte del palacio que se enseña a los turistas. Los condes siguen viviendo a partir de aquí.

Sorprendido, el viajero mira al fondo. Frente a él, hay un pasillo y, detrás, hay una puerta tras la cual comienza ya, según le dice Enriqueta, la zona que aún utilizan los dueños de este palacio. Aunque, al parecer, a veces, también utilizan ésta. Cuando tienen invitados o cuando celebran alguna gran recepción, por ejemplo; que suele ser a menudo, según le dice Enriqueta. Ciertamente, los condes no viven mal.

—Ahora entiendo por qué cuesta tanto la entrada —le dice con ironía el viajero a la muchacha.

Pero Enriqueta no le contesta. La chica es muy reservada y está ocupada, además, en proseguir su trabajo, que había quedado parado en los grabados de Fragonard. Son realmente muy bellos; tan bellos como el poema para cuya ilustración se hicieron y que seguramente nunca leyeron muchos de sus receptores; no por desinterés, sino por imposibilidad material de hacerlo. Al lado de los grabados, y también en la vitrina, el viajero observa ahora las cartas que algunos de ellos enviaron a los condes dando acuse de recibo y agradeciéndoles por escrito tan maravilloso obsequio. Entre otras, la del duque inglés de Wellington, la del príncipe austríaco Metternich, la del conde francés Talleyrand o la del mismísimo zar de Rusia Alejandro.

—¿Y les contestaron todos?

—No, sólo algunos —dice Enriqueta, siguiendo.

Pero, aun siendo fastuoso y estando lleno de joyas (entre las que no es la menor el ejemplar de *Os Lusíadas* que los condes, claro es, se guardaron para ellos), lo mejor de Mateus no es el palacio. Lo mejor de Mateus son sus jardines, que se prolongan a espaldas de él hasta donde se lo permite la carretera. Aquí, al viajero ya no le guía Enriqueta. El trabajo de la chica se reduce a enseñar sólo el palacio y el viajero lo agradece. No porque no le guste su compañía, que le gusta, por supuesto (ya dijo que, amén de guapa, Enriqueta es muy discreta), sino porque lo mejor ahora es perderse en el silencio de estos sombríos jardines que parecen rescatados de algún sueño.

Sitios así no se cuentan. El verde de los rosales, el blanco de los magnolios, el morado de las lilas o la penumbra del túnel hecho con pino y paciencia que atraviesa los parterres y los estanques de agua entre una orquesta de pájaros sólo pueden disfrutarse, que es lo que hace el viajero. Ya se enterará algún día de quién y cuándo los hizo. Y, si no, tampoco importa.

Las fragas de Panóias

Las fragas de Panóias están cerca de Mateus, siempre siguiendo a Sabrosa, pero les separa un mundo de siglos y de intenciones.

Las fragas de Panóias, como las llaman aquí, están siguiendo la carretera, pero desviándose luego, cuatro kilómetros más allá, en la desviación que señala la dirección de Nogueiras. Medio kilómetro más y el viajero llega ya al sitio que muchos creen es el origen de Vila Real.

Pero que no se equivoque nadie. Panóias, aunque lo fuera (la primitiva Vila Real), no es únicamente eso. Como tampoco es sólo un montón de rocas dispersas por un montículo, pese a que, a primera vista, sea lo único que se ve. Panóias es un santuario, el santuario más primitivo posiblemente de Portugal.

Descubierto por un cura (el párroco de Nogueiras, don Jerónimo Contador de Argote, en el siglo XVIII), como no podía ser de otra forma, este lugar ha sido estudiado por todos los arqueólogos y por todos los amantes de la historia de esta tierra; desde el francés Alain Tranoy al nacional Alarção, autores ambos de sendos libros sobre el Portugal romano, pasando por el propio don Jerónimo o por el gran estudioso de las religiones en la

Lusitania, el también sacerdote José Leite de Vasconcelos. Entre todos, han llegado a la curiosa conclusión de que aquí, en estos montes perdidos, junto a la aldea de Assento, se celebraban ya antes de la llegada de los romanos sacrificios a los dioses, incluidos los humanos. Que es, claro está, lo que ha hecho que el viajero abandonase su camino después de dejar Mateus.

Pero lo que ve al llegar a Panóias es sólo unas cuantas rocas; rocas grandes, de granito, redondeadas por la erosión o por el viento y el agua, como la de Bolideira. Y, alrededor, un alambre, como de finca particular, y un letrero que señala el yacimiento: *Santuário de Panóias. Instituto Portugués do Património Cultural. Serviço Regional de Arqueología da Zona Norte.* Viéndolo desde el camino, nadie podría imaginar nada de lo que de éste se cuenta.

Pero, en seguida, aparece un hombre dispuesto para enseñárselo. Es un hombre ya mayor, con los ojos muy azules y de aspecto campesino. El viajero duda si hacerle caso. Desde el camino sólo se ven las rocas ya mencionadas y cuatro casas ruinosas, que es de donde salió aquél, y guías como éste ya conoce demasiados. La mayoría sólo conocen, del sitio que han de enseñar, lo que oyen a la gente.

Pero, por suerte para los dos, el viajero se decide a aceptar su ofrecimiento. Ya de haber llegado hasta aquí, piensa mientras recoge sus guías, al menos ver el lugar que éstas tanto encarecían.

No se arrepentirá. El guía (el de carne y hueso), que, quizá por hacerle honor al sitio, dice llamarse Herculano, es un hombre muy despierto. Lleva aquí sólo dos años (antes estuvo en Suiza) y apenas si fue a la escuela, pero se conoce ya su nuevo oficio a la perfección. Incluso extiende sus dotes lejos de su territorio:

—¿De dónde viene?

—De Vila Real.

—¿Y adónde va?

—Hacia Sabrosa.

—Buen pueblo, Sabrosa —dice.

El viajero le observa mientras caminan. El hombre, ya jubilado, aunque reempleado ahora por el *Serviço Regional de Arqueología,* chapurrea el francés y el español y hasta un poco el alemán de sus años de emigrante por Europa. El hombre es listo y despierto y, pese a sus sesenta años, se le ve todavía fuerte.

—Este lugar —dice, sin dejar de andar— está clasificado como Monumento Nacional desde 1910. Se compone de tres fragas graníticas y era un santuario romano dedicado al dios Serapis. Aunque, al parecer, existía ya bastante antes. Era un santuario celta y en él se hacían sacrificios a los dioses, tanto de hombres como de animales.

—¿Y eso por qué se sabe? —le pregunta el viajero, contemplándolas.

—Por las inscripciones que hay en las rocas —le dice el hombre, llegando ya y deteniéndose ante la primera de ellas.

Es una roca muy grande, de unos diez metros de larga por uno y medio de alta, que está enterrada en el suelo igual que las otras dos. Aunque las otras están más lejos. A unos cincuenta y cien metros, aproximadamente, pradera arriba.

—Mire. ¿Las ve?

El viajero mira hacia donde le indica el guía. En efecto, aquí están, sobre la roca, las inscripciones que éste decía. Son inscripciones latinas, talladas en plena roca y todavía visibles pese a los siglos ya trascurridos. Aunque, por más que las mira, el viajero no las entiende.

—¿Y qué ponen?

—En ésta, por ejemplo —dice el guía—: *Al altísimo Serapis, con el Destino y los Misterios, G.C. Calpurnius Rufinus, clarísimo.*

—Clarísimo... para usted —dice el viajero, asombrado.

—No. El que era clarísimo era Calpurnius Rufinus, no la inscripción —dice el guía.

— ¡Ah! Ya comprendo —le contesta el viajero, sonrojado.

Pero el guía ni se fija. El hombre sigue a lo suyo, buscando sobre la roca una segunda inscripción. Ésta se ve ya mejor, pero es igual que la otra. Para el viajero, un puro misterio.

—¿Y ésta?

—Ésta dice —lee el guía—: *A los dioses y a las diosas y también a los Númina de los Lapitae, G.C. Calpurnius Rufinus, clarísimo, consagra con este templo una vasija eterna en la cual las víctimas ofrecidas son quemadas.*

—¿Y usted cómo puede leerlo? —le pregunta el viajero, impresionado.

—No lo leo —dice el guía—. Es que lo sé de memoria.

—¡Ah! —vuelve a asombrarse aquél.

Pero su asombro aún irá en aumento. Después de doblar la roca y de ver otra inscripción (que dice, según el guía: *A los dioses severos, colocados en este templo, G.C. Calpurnius Rufinus, clarísimo*), el guía sube a lo alto, animándole al viajero a que le siga. El viajero le obedece, por supuesto. Sube a donde dice el guía y, cuando ya está en lo alto, contempla con gran sorpresa lo que éste ahora le enseña; algo que desde la pradera ni siquiera se podía imaginar: una serie de agujeros, como si fueran sarcófagos, tallados en plena roca, que —no olvida— es de granito.

—¿Y esto?

—Esto —le dice el guía, orgulloso— son las vasijas de la inscripción.

—¿Las vasijas?

—Las vasijas, sí, señor. Para incinerar los restos.

El viajero mira los nichos sin creérselo del todo todavía. Son varios, de gran tamaño, alineados a lo largo de la roca y tan perfectamente tallados que parecen formar parte ya de ella. Alguno, incluso, parece, de tan cuadrado, un cajón.

—Aquí —le dice el guía al viajero— era donde quemaban las vísceras. Y aquí la sangre —le dice, mostrando otro.

—¿Y aquí? —le interrumpe aquél, señalando uno más grande, con una especie de desagüe en un extremo.

—No se sabe —dice el guía—. Pero podría servir para las abluciones de los sacerdotes.

—¿Para qué?

—Para las abluciones —vuelve a repetir el guía.

—¡Ah! —exclama el viajero, escéptico.

No es que no le crea nada. Es que como está aún perplejo de ver todos estos huecos, y como además no entiende mucho de historia, y menos de religiones, le resulta difícil entender todo lo que el guía le cuenta. Especialmente sabiendo que éste lo cuenta de oído.

—Y Serapis, ¿qué dios era?

—Un dios egipcio —responde el hombre, descendiendo de la roca y dirigiéndose hacia las otras seguido por el viajero.

Las otras son parecidas, la última aún más espectacular si cabe, tanto por su tamaño como por el de sus agujeros. Desde ella, al estar más alta, se ve, además, todo el pueblo y, al fondo, la vega del río Corgo, con Vila Real sobre una colina y las cumbres del Marão recortándose tras ella. El viajero, mientras mira, y mientras el guía sigue contándole (ahora, en concreto, la forma de realizar las ofrendas), imagina lo que sería este sitio, hace ahora dos mil años, cuando los sacerdotes del dios Serapis sacrificaban sus víctimas y el humo de las vísceras quemadas subía al cielo en espirales entre los rezos de los sacerdotes y los gemidos de aquéllas. Un auténtico aquelarre de sangre para Serapis.

—¿Y a quiénes sacrificaban?

—No sé. A los más tiernos, supongo —le dice el hombre, tan ancho.

La casa de Miguel Torga

De Panóias, el viajero regresa a la carretera con el corazón encogido y el alma en pena. Qué suerte tiene, piensa mirando hacia atrás, de haber nacido en un tiempo en el que los únicos sacrificios humanos que se conocen, al menos por estas tierras, son los que causan los coches.

Por si le faltara algo, la única persona que se cruza en su camino, ya a la salida del pueblo, es una vieja que viene con una cesta a la espalda y que está tan encorvada que casi da con la cabeza en el suelo. Ella sí que es un alma en pena.

Pero, en seguida, recupera el optimismo. El día está azul y limpio, sin una nube en el cielo, y la carretera atraviesa ahora un paisaje tan hermoso como los alrededores de Vila Real; un paisaje hecho de robles y viñas intercaladas, que es de las que se saca el mosto con el que se hace el *mateus.* Y que están ya tan maduras que se podrían vendimiar.

Además, la carretera le lleva ya a toda prisa hacia otro lugar sagrado. No por su historia, que no es muy larga, ni siquiera conocida fuera de él, sino por lo que significa para el viajero: Santo Martinho de Anta.

Desde que dejó Panóias, el viajero viene pensando en él. No en vano es una razón de este viaje a Trás-os-Montes y no en vano es el motivo de que siga hoy esta ruta en lugar de la que lleva directamente hacia Mirandela. Todo por conocer el lugar en el que nació y vivió el escritor más profundo que ha dado esta vieja tierra: Miguel Torga.

Y es que Torga (Adolfo Rocha de pila y, mientras vivió, de médico) fue de ese tipo de hombres aferrados hasta el fin a su tierra y a su gente; una tierra y una gente que él describió muchas veces, tanto en sus poesías como en sus cuentos, pero sobre todo en la gran novela que dedicó a contar sus memorias, gran parte de las cuales tuvo su escenario aquí: *La creación del mundo*.

La creación del mundo (del suyo, pero, por extensión, también de nosotros) cuenta la historia de un hombre —él mismo— que nació en estas montañas a principios de este siglo y que luego rodaría por el mundo, desde el Brasil a Macao y desde Mozambique a Angola, hasta acabar convirtiéndose en uno de los grandes escritores de este siglo. Un escritor huraño y reconcentrado, enemigo de la fama y de las pompas del éxito, que construyó poco a poco, como si fuera un cantero, una obra literaria comparable solamente a su labor como médico. Labor que ejerció en Coimbra, donde vivía, pero de donde se escapaba siempre en cuanto podía hasta esta pequeña aldea de Trás-os-Montes en la que pasó su infancia y en la que seguía nutriéndose del *humus* de sus misterios: «Llego, enciendo la chimenea, me acomodo en el sofá y me paso horas interminables mirando en silencio las llamas, inmerso en una bruma de sentimientos a los que no consigo dar voz. Es aquí donde siento con más crudeza que nunca he de tener expresión a la altura de mi alma», dejó escrito en su *Diario,* otra de sus obras cumbre junto con *La creación del mundo.*

El que también va ahora inmerso en una bruma de sentimientos a la que no consigue dar voz es su lector, el viajero; la bruma de sus recuerdos y la del calor que hace y que es ya tan despiadado que parece que fuera a aplastar la tierra. Pasado Anta, la carretera ha salido a campo abierto y el sol cae sin compasión sobre las viñas que lo rodean.

Por fortuna para él, Santo Martinho está ya muy cerca: en medio de los viñedos, en un desvío a la izquierda y detrás del edificio en el que Torga asistió a la escuela: «La escuela estaba al final del pueblo. Por delante pasaba la carretera de alquitrán, en reparación desde hacía años, que salía de Oporto y llegaba hasta Bragança. Bordeada de montones de cascajos, arsenal inagotable y siempre a mano para amedrentar a pedradas a los de Anta, era por donde Canca, encaramado en su moto, aparecía y desaparecía a cien por hora, en una nube de polvo. ¡Ahí va el diablo montado en su padre!, gritábamos desde la explanada del viejo caserón rectangular, de un solo piso, que en sus traseras servía también de casa al maestro», escribió en *La creación del mundo,* recordando sus años escolares.

Pero la escuela está ahora vacía. Bien porque son vacaciones o bien porque ya está cerrada, lo cierto es que la vieja escuela que describe Miguel Torga en sus memorias está ahora sola y muda y el viajero la saluda sin siquiera detenerse. El viajero, cómo no, está deseando llegar ya al pueblo.

Pero también éste está desierto. Hasta llegar a la plaza, que está un poco más allá, siempre por la carretera, el viajero no ve a nadie por las calles, salvo algún perro a la sombra. Es la una y media del mediodía y los vecinos deben de estar comiendo.

Y, además, están en fiestas. Un arco de bienvenida y un gran reguero de luces (ahora apagadas, lógicamente) acompañan al viajero hasta la plaza, a falta de ver a gente. Y, en la plaza, un gran templete, como los que había en Régua, le recibe solitario en vez de ésta. Seguramente los músicos también estarán comiendo.

Pero al viajero no le preocupa. El viajero hace ya rato que venía buscando el pueblo y, ahora que ya está aquí, no va a seguir sin pararse, y menos porque esté en fiestas. Al revés, así podrá ver el pueblo más tranquilo. Así que aparca el coche en la plaza, a la sombra del negrillo que mereció un poema de Torga (*A un negrilho,* se llamaba) y al que se le ve ya enfermo, y, tras recoger sus guías, se encamina al bar de enfrente. Allí habrá alguien sin duda que le pueda hablar de él.

No se ha equivocado mucho. El Café Pensión Central, que es como se llama el bar, es un oasis de paz donde se refugia ahora la poca gente que no está en casa. Hasta los perros están aquí, tirados por los rincones, escapando del bochorno que hay afuera.

Por si le faltara algo, el dueño del Bar Central fue amigo de Miguel Torga. Se lo dice su mujer, mientras espera a que venga, sin darle más importancia que la que da ahora al viajero. Se ve que aquí Miguel Torga era otro vecino más.

El marido, sin embargo, está orgulloso de él. A preguntas del viajero, mientras toma su cerveza, le cuenta cosas de Torga, sobre todo de su entierro, que se celebró en enero (y al que vinieron, según le dice, gentes de todo el país) y, luego, le encamina hacia su casa, que está justo frente al bar. Mario Vilela Gonçálves, que es como se llama el hombre, está orgulloso de Torga, aunque, como la mayoría de los vecinos, apenas si le ha leído.

—Era muy buena persona —dice, saliendo a la puerta.

La casa de Miguel Torga está cerca de la plaza, en una calle que sale enfrente del Bar Central. Es una casa pequeña, de apariencia muy humilde y rodeada de un huerto. El mismo huerto que Miguel Torga cruzaba cuando era niño, con la bolsa de la escuela en bandolera, para dirigirse a ésta. Luego —escribe en *La creación del mundo*—, «subía la callejuela, atravesaba la plaza bajo la copa del negrillo, saludaba al señor Arnaldo, que siempre estaba en los soportales, y delante de la tienda de las Pintas ya llevaba los faldones de la camisa por fuera. ¡Ven aquí, infeliz!, me llamaban. Desgarbado y desaliñado, les ponía su prestigio de modistas por los suelos...».

Desgarbado y desaliñado y sudando todavía a pesar de la cerveza, el viajero contempla ahora desde la verja el modesto edificio de una planta en que nació el escritor (el más modesto del pueblo;

ya se lo dijo el del bar) y al que siguió regresando toda su vida, en Navidad y en verano, hasta hace solamente algunos meses. Pero el escritor ya ha muerto y su familia no ha venido este verano, seguramente para no sentir más pena. Así que la casa ahora está cerrada y vacía, como su añorada escuela, y el viajero, después de mirarla un rato, da la vuelta hacia la plaza, recordando las palabras de su dueño: «Me despido de la casa paterna, del jardín, del negrillo y de las rocas. De las únicas riquezas que me ha gustado realmente poseer en este mundo y de las que soy un avaro. Que no tuve que ganarlas, sino que merecerlas».

Las palabras del escritor le acompañan largo rato en su paseo por el pueblo y en su visita a la iglesia, que está al final de la calle —antiguamente un camino— que conduce al cementerio. La iglesia, como hoy es fiesta, está adornada de flores y cubierta de bombillas de colores, como anoche la de Régua. Aunque, obviamente, a esta hora, las bombillas permanecen apagadas, como las velas que hay a la puerta.

El cementerio está detrás de ella. Detrás de un enorme muro, asoma sus cruces blancas, indiferente a la hora y a la fiesta que hoy celebran en el pueblo. El viajero abre la puerta (una cancela de hierro con una fecha en lo alto: 1867) y se adentra entre las cruces buscando la sepultura de Miguel Torga, que sin duda ha de ser de las más nuevas. No en vano murió este invierno.

No tarda mucho en hallarla: a la izquierda de la calle principal, entre dos tumbas de mármol y al pie de un enorme pino que parece que hayan puesto para él. Es una tumba muy sobria, con una losa de piedra y una modesta inscripción: *Miguel Torga. Nás. 12-8-1907. Fal. 7-1-1995.* Es decir, hace sólo siete meses.

Hace sólo siete meses y ya ni flores conserva. El viajero, a falta de ellas, coge una piedra del suelo y la deja sobre el nombre y, luego, mientras se aleja, saca el *Diario* del bolso y lee para los muertos: «Largos días de vida sin motivo / Todo ha acabado y ha sido innecesario / Las cuentas del rosario / viejas de tantas oraciones repetidas / Rezos vanos a dioses somnolientos...».

Los Bombeiros Voluntairos de Sabrosa

Hasta Sabrosa —apenas cuatro kilómetros—, la carretera siguió desprendiendo fuego; fuego asfáltico y solar y fuego sólo de verla (ese del que ningún coche nos salva por mucho aire frío que tenga). Así que, cuando el viajero llega a Sabrosa, está ya otra vez sudando y con ganas de tomar otra cerveza.

Pero, aparte de beber, también debería comer. Aunque no tiene mucha hambre, y más con este calor, son ya las tres de la tarde, una hora más que larga para lo que se acostumbra por estas tierras.

Por fortuna, aún podrá hacerlo: en un bar de carretera que se llama Magalhães (seguramente en recuerdo del vecino más famoso de la villa) y que está enfrente de los bomberos y al lado mismo de la gasolinera. Buena compañía, por tanto, para el sufrido viajero.

El dueño del Magalhães (o el camarero, quién sabe) le permite, además, almorzar en la terraza, la pequeña terracita lateral que da acceso al restaurante y que tiene un emparrado como de judías verdes. Por supuesto, no lo son; pero el viajero, por más que las mira, no consigue saber qué planta es y el dueño, cuando regresa, tampoco sabe decírselo. Tampoco le importa mucho. Sea cual sea, da fresco.

Pero tampoco da el suficiente. El bochorno es tan brutal y la comida tan fuerte (un filete con patatas y dos huevos, amén de arroz y ensalada, que el viajero no pidió) que éste se queda abatido, tirado sobre la silla, contemplando la desierta carretera y la gasolinera cercana, que está a punto de explotar. Como él. Si lo hace, que no espere que le ayuden los bomberos. Éstos están ocupados yendo y viniendo en sus coches, apagando los incendios forestales que, por si faltara algo, debe de haber en la zona. El viajero, anoche, cuando volvía de Régua, recuerda haber visto varios en dirección hacia aquí.

El filete, la ensalada, los huevos, la carretera, el olor a gasolina y a café, más los carteles que adornan el edificio de los bomberos (unos carteles *naïfs* que representan a dos de ellos, uno de 1891 y otro de 1991, año de su centenario, apagando unas llamaradas que salen por las ventanas, como si el edificio estuviera ardiendo; ¿de quién sería la idea?), golpean ya todos juntos los sentidos y el cerebro del viajero. Un viajero tan cansado que es ya incapaz de pensar. Como no se vaya pronto de aquí, va a terminar derritiéndose.

Derritiéndose, y arrastrándose despacio para no hacer más esfuerzos, que lo acalorarían todavía más, el viajero paga la cuenta (1.400 escudos; al café invitó la casa) y, tras abandonar el bar, se adentra por las calles de Sabrosa, no tanto por ver el pueblo como por buscar la sombra que falta en la carretera. Ni siquiera en la terraza el emparrado la aguanta ya.

La hay, pero está caliente. Por las callejas del pueblo, el aire es tan sofocante que hasta las sombras están calientes. Incluso las de los patios, que son más hondas, parece que están ardiendo. No es para menos. En el escaparate de una ferretería, al fondo de un soportal, un termómetro de propaganda marca ya cuarenta grados y eso que no le da el sol.

Y es que Sabrosa mira ya al Duero. Aunque todavía en el monte, como Santo Martinho de Anta y como los pueblos de más atrás, Sabrosa mira ya al Duero y eso se nota en su clima y en los cultivos que aquí se dan: aparte de las viñas y los castaños, comunes a todos ellos, en Sabrosa crecen también los olivos y hasta alguna planta exótica, como la del restaurante. El cañón que el río ha formado hace de foso a los vientos y los pueblos que a él se asoman son mucho más abrigados. Lo cual en invierno es bueno, como para la agricultura, como atestiguan los árboles que asoman entre las casas, que están doblados de fruta, y las rosas que engalanan sus jardines, que son grandes como soles, pero en verano los convierte, como hoy, en un infierno. Por algo llaman a esto la Terra Quente.

En el pórtico de la iglesia, al que el viajero llega por fin, aun a riesgo de quedarse achicharrado en el intento, dos viejas que están charlando, quizá esperando al rosario, terminan por conseguirlo. Sólo con verlas de cerca. Las dos están vestidas de negro de los pies a la cabeza: blusas negras, faldas negras, pañoleta y medias negras, éstas de lana además, como si tuvieran frío. El viajero, acongojado, ni siquiera las saluda. Son las únicas personas que ha encontrado por la calle, pero le dan tal escalofrío que ni siquiera se acerca a ellas.

Así que, de vuelta al calor, opta por seguir vagando, arrimado a las paredes de las casas, hasta que se encuentre a alguien que le diga dónde está la que ahora busca.

—Ésta es —le dicen en la *pousada* los albañiles que sestean dentro de ella.

—¿Ésta?

—Ésta, ésta... Bueno, si es verdad que nació aquí —puntualiza, sonriendo, uno de ellos.

El que nació en esta casa que ahora ha sido convertida en parador (o que lo está siendo aún, puesto que todavía está en obras) es nada menos que Fernando Magalhães, el primer hombre que dio la vuelta al mundo si la tradición no miente. Al menos, así lo dicen los libros (lo de que nació en Sabrosa y lo de que dio la vuelta a la Tierra, aunque, como todo el mundo sabe, no consiguió terminarla), pero, como en el caso de Diego Cão, a saber si todo es cierto. Para empezar, nadie sabe si nació realmente aquí y, si nació, en qué lugar y, si es éste, qué quedó de su recuerdo.

—Nada, lo que usted ve —le dicen los albañiles en su papel de guías improvisados.

—Lo veo —dice el viajero.

No queda nada de nada. El palacio, un antiguo caserón, quizá el mayor de Sabrosa, ha sido vaciado por completo y, aunque conserva su porte y el grueso de su estructura, aparte de la fachada, que es lo mejor que tenía (con escudos y dinteles de granito), presenta un aspecto nuevo. La remodelación en obras no es que sea muy feliz, pero gracias a ella sobrevivirá a la ruina, aun a costa de arrumbar su pasado por completo.

De todos modos, al viajero tampoco le importa mucho. A estas alturas del viaje, ha visto ya tantas casas, arruinadas o caídas o arregladas torpemente como ésta, que una más le da lo mismo. Aunque sea, como dicen, la casa de Magalhães. A estas alturas del viaje, y con el calor que hace, el viajero lo único que busca es un lugar a la sombra para enroscarse como los perros. En el parador la hay, pero, como están en obras, el polvo la hace molesta.

Por extraño que parezca, la hallará entre los bomberos. El edificio que éstos ocupan está en lo alto del pueblo, separado de las casas por la propia carretera, y, pese a las llamaradas que salen de él (bien que sean solamente de mentira), parece el lugar más fresco. Dos bomberos apostados a la puerta, despatarrados y en camiseta, son buen ejemplo de ello.

—Buenas tardes.

—Buenas tardes.

—¿Se pueden ver los camiones?

—¿Los camiones? —le preguntan, extrañados, los bomberos.

—Bueno, y el edificio —amplía, en segunda instancia, su petición el viajero.

Uno de los dos bomberos llama a otro que está dentro. Éste aparece en seguida, también a medio vestir y sorprendido de que lo llamen cuando acaba de volver hace un minuto.

—¿Qué pasa?

—Nada. Este señor, que quiere ver los camiones —le dice su compañero.

El que parece mandar mira al viajero, extrañado. Parece claro que no comprende que alguien quiera visitar el edificio, y menos en esta hora, con la que está cayendo del cielo. Qué raros son los turistas, debe de pensar quizá, aunque, como buen portugués, disimule lo que piensa.

—Entre, entre —le invita, amable, a pasar, aunque la invitación sobraba, puesto que aquél ya está dentro.

El edificio de los bomberos, como todos los del gremio, no tiene otro interés que el objetivo al que sirve y, para el viajero ahora, la penumbra que lo envuelve; una penumbra pastosa, como de nave industrial, pero infinitamente más fresca que las sombras que hay afuera. El viajero, por lo menos, lo nota en cuanto entra en él.

Y los bomberos. Según le cuenta el que manda, que, como todos, es voluntario, siguiendo la costumbre del país (en Portugal no hay bomberos profesionales), hoy han tenido un día duro, acudiendo a varios fuegos de la zona. Ahora mismo acaban de volver de Galafura, de apagar un incendio en unos montes. Y hay varios camiones más apagando otros incendios por la zona.

—Hay fuegos por todas partes. Con estas temperaturas... —se queja el hombre, vistiéndose.

El hombre, todavía joven, pero con quince años ya de servicio, es el que manda ahora aquí, o al menos así parece. Es un hombre muy delgado, con los brazos renegridos por el sol y la cara picada de viruelas. Y tan ufano de ser bombero como sus compañeros: más de ciento veinte hombres, todos vecinos del pueblo, que de forma voluntaria y gratuita prestan aquí sus servicios, según le cuenta al viajero mientras, sin dejar de hablar, le enseña la maquinaria y los camiones de que disponen para poder hacer su trabajo. Unos camiones modernos y equipados a la última, con todos los adelantos y sofisticaciones técnicas, que ellos mismos, según dice, han contribuido a pagar junto a todos los vecinos de Sabrosa. Aunque la joya sea uno ya antiguo, un *Stude Backer* americano con más de setenta años y jubilado ya del servicio, pese a que todavía funciona, que reluce solitario en un rincón y que lleva grabado en el capó el nombre de la señora que lo donó: María Edma. Una verdadera joya (el camión, no la señora), del calibre de Panóias o Mateus.

—Hace años, nos lo quisieron comprar unos americanos. Nos lo cambiaban por otro nuevo. Pero no se lo vendimos —dice, orgulloso, el bombero.

Orgulloso y satisfecho. El hombre está tan contento de que alguien se interese por su oficio, y más siendo un extranjero, que, al final, después de enseñarle todo, incluidos los servicios y las duchas (lo mejor para el viajero, por lo fresco), le invita a un café en el bar que también tienen para uso propio y que se llama, cómo no, Bar dos Bombeiros. Está en la segunda planta, al lado de la oficina, y es donde pasan las guardias cuando no están de servicio.

—En invierno, aquí pasamos las horas. Y, en verano, si nos dejan —dice el bombero, mirando las mesas ahora vacías.

—Si nevara... —exclama con ironía el hombre que ahora lo atiende.

Pero no nieva. Al revés, por las ventanas del edificio entra un calor tan brutal que las llamas de madera que asomaban por afuera parecen ser de verdad. El viajero, por lo menos, mientras se toma el café, se mantiene lejos de ellas, no vaya a ser que le quemen.

—¿Una copa?

—No, gracias —dice el viajero, angustiado sólo de pensar en ello.

Panorama de Pinhão

De vuelta al coche, el viajero, un poquito ya más fresco, consulta ahora en sus mapas la carretera a seguir. La que traía sigue hacia Murça, a unirse a la general, pero hay otra más pequeña que desciende hacia el río Duero y también ésta le atrae. Ayer ya estuvo en el Duero, pero, como era de noche, apenas lo pudo ver.

Por fin, después de mucho pensarlo, decide ir hacia el Duero. Se desvía de su ruta, pero tiene aún mucho día y mucho tiempo por delante. Y, además, no tiene prisa. Mientras el calor no amaine, no va a encontrar casi a nadie si sigue por estos pueblos.

No sólo el calor no amaina, sino que sigue en aumento. A medida que el viajero va bajando hacia Pinhão, que está en el fondo del valle y ya a la orilla del Duero, el calor aumenta aún más y, no sólo aumenta más, sino que se vuelve húmedo ante la proximidad del río. Una humedad pegajosa, como de puerto de mar, que el viajero ya sintió anoche al llegar a Régua.

A cambio, la carretera le ofrece ahora un paisaje sin igual. Es el mismo paisaje de ayer noche, el paisaje de las viñas y los muros infinitos, de los bancales hechos a tiralíneas, de las aldeas y de las quintas encaramadas al horizonte o colgadas de los montes, en medio de los bancales, que anoche, yendo hacia Régua, cruzó sin poderlo ver. Pero ahora son las cinco de la tarde, el cielo está despejado y el paisaje reverbera como un cuadro impresionista bajo los rayos del sol. Es el momento de pararse en la cuneta y de volver a leer a Saramago: «Va la carretera en su sosiego de curva y contracurva, ahora baja, ahora sube, y en la ladera de allá se ven mejor las casas, que hasta concuerdan con el paisaje. No son yermos estos lugares. Tiempo hubo, antiquísimo, en que estos montes de pizarra fueron erizadas y aterradoras masas, recocidas por los soles del verano o barridas por cataratas de aguas en los grandes temporales, inmensas soledades minerales que ni para destierro servían. Después, vino el hombre y empezó a fabricar tierra. Desmontó, batió y volvió a batir, hizo como si desmigajase la tierra en las gruesas palmas de la mano, usó el mazo y el azadón, apiló, formó muros, kilómetros de muros, y decir kilómetros sería decir poco, miles de kilómetros, sin contar todos los que por el país fueron levantados para sostener la viña, el huerto, el olivar». Eso dice Saramago, y el viajero, impresionado (por el paisaje y por su relato), no tiene más que añadir. Si acaso, anotar al paso el vuelo de alguna alondra y los nombres de las quintas que van quedando detrás: *de la Rosa, do Yunco, da Casa Nova, de Amarante, de Lamelas*... Quintas blancas, solitarias, ocultas entre las viñas o encaramadas al horizonte, que los ingleses edificaron a su llegada a estos montes, hace ahora un par de siglos.

Porque ellos fueron los que trajeron las cepas que ahora cubren estos montes de pizarra, los que alentaron su plantación, los que fundaron las primeras *alfândegas* y bodegas y los que le dieron al vino de estas montañas del Duero, además de su prestigio y de sus nombres, su proyección internacional. Para ello, tuvieron antes, como decía Saramago, que aterrazar las montañas, que construir kilómetros de muros y bancales, que levantar bodegas y haciendas y, sobre todo, que convencer a los habitantes de estas aldeas perdidas que los montes y barrancos que labraban sin provecho desde antiguo, lo mismo que sus mayores, podían ser algún día su propia tierra de promisión. Lo cual es hoy evidente, como ahora observa el viajero, pero entonces debió de parecerle a estas gentes, aferradas desde siglos a sus sinos de miseria, otra locura de los ingleses.

Croft, Sandeman, Graham, Taylor-Fladgate, son algunos de los viejos apellidos de las islas que dieron nombre a estos vinos y a las bodegas de la región, aunque, hoy, la mayoría están ya en manos de portugueses. Manos nativas y humildes, con apellidos menos sonoros, como Ferreira o Noval, que no sólo no dejaron decaer lo que ya había, sino que han extendido el cultivo por todo el cauce del Duero hasta la misma raya de España, ampliando su extensión original en veinte veces y trasladando al hacerlo la capital del vino de Oporto desde Régua, que lo fue durante siglos, hasta este pequeño pueblo anclado al lado del río que, después de muchas curvas y revueltas, avista al fin el viajero.

Desde la carretera, bajando desde Sabrosa, Pinhão parece un puerto pesquero; tan ancho baja aquí el río y tan arracimadas están sus casas en torno al embarcadero. El pueblo, no muy extenso, ocupa toda su orilla y la de su afluente el Pinhão y sus casas se reflejan en el agua, como en los cuadros marinos, especialmente a esta hora en que el sol es tan potente que casi sirve de espejo (más tarde, cuando se aleje, lo que hará será llenarlo de luces, como el viajero verá si espera).

Pero Pinhão, aun siendo un pueblo pesquero (o habiéndolo sido un tiempo: cuando el vino todavía no había llegado hasta aquí), es el centro del oporto, el primer vino de Portugal y la base económica del Duero, como el viajero ya conoce por sus guías y como en seguida comprueba al ver las grandes bodegas que rodean todo el pueblo y los barcos que sestean en su breve embarcadero. Es el embarcadero de los *rabelos,* los barcos que transportaban las uvas y las cubas hasta Oporto antes de que apresaran el Duero y que todavía se pueden ver en algún pueblo del río, aunque hoy el transporte se hace ya por carretera o en el pequeño tren de vía estrecha que viene desde Pocinho, donde se unen las líneas que llegan desde Miranda y desde Barca d'Alva, ya en la raya con España. Un tren pequeño y antiguo, tan bello como estas tierras, que va siguiendo el río Duero, a veces pegado a él, y sembrando los lugares de la ruta de pequeñas estaciones tan hermosas y coquetas como ésta de Pinhão. Está en el centro del pueblo, al pie de la carretera, y por fuerza el visitante ha de aparcar junto a ella. Es el único lugar donde se puede hacer sin problema.

Y aunque lo hubiera. La estación de Pinhão es tan hermosa, tan vieja y tan decadente que el viajero habría acabado en ella aunque hubiese aparcado en otro sitio. El edificio, de más de un siglo de antigüedad, según le cuenta al viajero un hombre que está sentado a la puerta, está pegado al río Duero y conserva todavía el aroma y la prestancia de cuando el tren aún bajaba los convoyes con las uvas hasta Oporto. Pero lo mejor no es eso. Lo mejor de esta estación son sus letreros, que son los mismos de hace cien años, y sobre todo los azulejos que cubren sus dos fachadas, la de la calle y la del andén, y que recogen escenas fluviales y campesinas (barcos repletos de cubas, estampas de la vendimia, panorámicas del Duero y de Pinhão), todos bajo la misma leyenda: *Panorama do Pinhão.* Y, debajo, también en letras azules, el nombre del ceramista y del sitio en que se hicieron: Luia, de Aveiro.

¡Qué hermosa estación es ésta! El viajero, emocionado, no sabría ya elegir, si tuviera que decidirse por uno solo, entre el Vidago Palace Hotel, el solar de Mateus y ella; tan bello es este edificio y tan hermosos sus azulejos. De momento, lo que hace, mientras se decide y no, es ir al café de enfrente (el Café Imperio se llama y está lleno de botellas: de moscatel de Favaios, que está aquí al lado, y, por supuesto, de oporto) para comprar un helado e ir a tomarlo al andén entre la gente que está ya esperando el tren que viene desde Pocinho y que está a punto de entrar; entre ellos, un soldado al que acompaña su novia y que está tan enamorado que no deja de besarla ni un momento. Hace bien, piensa el viajero. Él, si pudiera, también haría lo mismo.

Pero no puede. El chico está tan enamorado, o tan acelerado por la partida, que no sólo no descansa, sino que arrecia en su empeño. Está ya tan desbocado que la va a tirar al suelo. Entre eso y el calor, que cada vez es más sofocante (cuarenta y cuatro grados marca un termómetro, al lado de la ventana), el chico empieza a sudar y el andén a calentarse de tal forma que el viajero teme que acabe ardiendo. De momento, él ya tiene el helado derretido y eso que todavía no lo ha empezado a comer.

Por fin, aparece el tren, a tiempo de evitar mayores atrevimientos. Lo hace con gran estruendo, entre el sonido de la campana, que anuncia con voz de lata su llegada a la estación, y el revuelo alborotado de la gente que lo espera. De todos, menos del enamorado. Éste continúa a lo suyo, como si nada pasara, apurando hasta el final la parada del convoy y aprovechando la confusión para redoblar esfuerzos. Se sube al tren, de hecho, cuando éste ya está en marcha y se queda en el estribo del último vagón, mirando a su enamorada, mientras el tren se pierde a lo lejos.

Cuando desaparece, el viajero observa que la chica está llorando con la misma intensidad con la que se entregaba a su novio hace sólo unos momentos.

El barquero del Duero

La chica se va también después de llorar un rato y el viajero se queda solo, mirándola, con el corazón partido de pena. No por la chica, sino por él, que se ha quedado sin ella. Era tan bella como una Virgen y tenía los ojos negros como las mujeres de los azulejos.

Pero eso no es lo peor. Lo peor es que, además, entre mirar a la chica y mirar al tren, el viajero no se ha dado cuenta aún de que, con tanto calor ambiental y humano, más la humedad que llega del río, el helado se le ha licuado del todo y, desde hace ya unos minutos, le gotea por el brazo como a los niños pequeños. Menos mal que era de fresa, que es ya el color de su piel.

Con agua fría, ya que no hay otra, y mucho menos jabón, el viajero se lava en los urinarios, que están detrás de una tapia, y tras cambiar de camisa, cosa que necesitaba, sale también a la calle con la esperanza de ver aún a la chica del andén. Pero no está. La chica ha desaparecido, a saber cómo y por dónde, y en la estación sólo quedan los mismos hombres de antes, apostados a la sombra de los árboles o bajo la marquesina de la estación, como si formaran parte ya también de los azulejos.

¿Qué hacer ahora? Lo primero, por supuesto, piensa el viajero alejándose, cruzar el puente del Duero, el viejo puente de hierro, de aspecto un tanto *eiffeliano,* que nace cerca de aquélla y que sin duda debe ofrecer la mejor vista del pueblo. La ofrece, sin duda alguna, con el río en primer plano y las casas reflejándose en sus aguas, pero, además, es la puerta de la región que aquí empieza: la Beira Alta, como la llaman para diferenciarla de sus vecinas, la Litoral, al oeste, y la Baja, que está al sur y que debe de ser más seca. La frontera está al final, en la otra orilla del puente, al lado de una gran quinta que se llama *das Carvalhas* y que recuerda en su arquitectura al maestro del palacio de Mateus.

Pero el viajero no para mucho. Después de mirar el río, por el que sube ahora un ferry, y de contemplar Pinhão, que desde aquí parece desierto, vuelve a atravesar el puente y se dirige a través del pueblo hacia el embarcadero al que ya se acerca el ferry que veía desde aquél. Es un transbordador enorme, para turistas, pintado de color blanco, con bandas rojas y azules, y con el nombre pintado en negro: el *Alto Douro* se llama, como la tierra que aquí comienza.

Aparte del *Alto Douro,* hay otro transbordador, anclado fuera del muelle, y varias barcas pequeñas entre las que se bañan algunos niños jugando a agarrarse de ellas. Son barcas de pescadores, con motores fuera borda y con remos de madera, que huelen a gasolina y a pescado de agua dulce y que le dan al paisaje un aspecto aún más marino. Si no se viera la orilla opuesta, cualquiera podría pensar que, en lugar de en la meseta, está en el mar. Y, aun así, puede dudarlo. Tan ancho baja aquí el Duero y tan profundo es su cauce, como demuestra el transbordador que ahora atraca frente al muelle.

El viajero, de hecho, estaba pensando en ello cuando ve acercarse a él una barca muy pequeña. La guía un hombre mayor, de aspecto recio y curtido y con la camisa rota y abierta hasta medio pecho. Ni por su aspecto ni la edad se podría imaginar que es gondolero. Pero lo es. Así lo dice su barca, que se llama *Barco do Amor*, y la pareja que con él vuelve:

—*Obrigados* —se despiden al bajar, pagándole al gondolero los mil escudos que, al parecer, cuesta el viaje.

—*Obrigado eu* —dice el barquero, cogiéndolos.

Al viajero, obviamente, cuando se bajan, le falta tiempo para ocupar su sitio. ¿Qué mejor cosa puede ahora hacer, mientras el calor remite, que darse un paseo en barca por el río Duero? El viajero está solo y sin amor, pero también es romántico y tiene todo el derecho.

Pero el viajero debe esperar. El gondolero, aparte de cachazudo, tiene que reponer combustible y para ello debe ir hasta el surtidor del pueblo. No tarda mucho en volver. Rellena el motor del barco y se despide de dos colegas que están limpiando los suyos para salir a pescar al río con el relente.

—Dejad algo para mí —les dice con ironía, poniendo el motor en marcha.

Porque el barquero Antonio Alberto Pereira es pescador como ellos. El barquero Antonio Alberto Pereira nació en el río (en una barca, asegura, para mayor precisión) y lo conoce como ninguno, aunque ahora lleve turistas. Es sólo por el verano, que es cuando viene la gente.

—Mi segunda madre es el agua. Nací en el río, aquí he vivido siempre y aquí he de morir —dice, embocando despacio la bocana del embarcadero.

Desde el corazón del río, la sensación de estar en el mar es todavía más fuerte. Con ayuda de los remos, el *Barco do Amor* se aleja y, tomando rumbo al norte, se encamina río arriba, en dirección al puente de hierro, alzando olas a sus costados y dejando poco a poco el caserío de Pinhão como los barcos cuando se alejan de los pueblos marineros. En la popa, y al timón, Antonio Alberto Pereira olfatea el panorama con la pericia y la compostura de un viejo lobo de mar.

—¡Aquí, donde estamos ahora, el río tiene más de treinta metros de profundo! —grita, con voz carrasposa, para que le oiga el viajero.

Pero el viajero apenas le oye. El motor hace tanto ruido y el viento pega tan fuerte que el viajero apenas oye lo que le dice el barquero. Así que se acerca a él, caminando torpemente por la barca.

—¿Cuántos años tiene el puente? —pregunta al llegar a él.

—Más que yo —dice el barquero.

—¿Y cuántos años tiene usted?

—Sesenta y siete.

El barquero Antonio Alberto Pereira es un hombre peculiar. Gordo y quemado del sol, sonríe a cada pregunta y lleva un gorro de pana que se quita cada poco para saludar, alzándola, a la gente que se cruzan por el río o a los que le saludan desde la orilla o, como ahora, al cruzar el puente. Se ve que el señor Pereira es un hombre popular.

—¿Siempre ha vivido en Pinhão?

—Siempre.

—¿Y siempre ha sido barquero?

—Siempre.

—¿Y nunca se echó a la mar?

—No. Y sólo lo vi una vez: en Nazarém —dice el hombre, cogiendo el timón con fuerza al atravesar el puente.

Pasado éste, la barca discurre ahora con calma por un río tan inmenso que parecería un fiordo nórdico de no ser por los viñedos. En las orillas, se ven las quintas y las bodegas que viven de ellos y, por la margen derecha, la vía del trenecillo que discurre junto al río y que aquí pasa tan arrimado que parece que se va a caer a él. Debe de ser muy hermoso el viaje por esta zona.

—Mucho mejor por el río —dice el barquero, ofendido.

En efecto. Es mucho mejor en barca. Sobre todo si la guía Antonio Alberto Pereira. Durante un par de kilómetros, la barca sigue río arriba, ahora arrimada a una orilla, ahora a la otra, ahora por el mismo centro, según venga la corriente, con el viajero haciendo preguntas y el barquero respondiendo las que quiere. El hombre está acostumbrado. Incluso da la impresión de que tiene preparadas las respuestas.

—¿Tiene hijos?

—Seis.

—¿Y viven los seis aquí?

—No, dos en Lisboa y los otros cuatro en Inglaterra. Fueron más listos que yo.

—¿Y usted ha estado en Lisboa?

—Una vez, pero hace mucho.

—¿Y en Inglaterra?

—No, en Inglaterra no.

—¿Y no le apetece ir?

—Está muy lejos —dice, encogiéndose de hombros mientras se quita la gorra para secarse el sudor del cuello.

La verdad es que está lejos: Inglaterra, Lisboa y hasta la propia Vila Real, de donde esta mañana partió el viajero. En el centro del río y a esta hora, con el señor Pereira al timón del barco y el tren silbando a lo lejos, el mundo está tan lejano que el viajero entiende que el hombre no haya salido de aquí, ni siquiera para ir a ver a sus hijos. Si quieren, dice, que vengan ellos a verle.

—¿Pero vienen?

—Alguna vèz —dice el hombre, dando a entender que no todos y no tanto como a él le gustaría.

En un recodo del río, al lado de una gran quinta, Antonio Alberto Pereira detiene el motor del barco. Han llegado al final del recorrido. Aunque, si el viajero quiere, pueden seguir más arriba.

—No, vale ya —dice éste, que con el viento y el agua se siente ya más a gusto y que intuye que hacia arriba el paisaje será igual.

—Antes era más bonito —dice el barquero, girando.

—¿Antes?

—Antes de que hicieran los pantanos —dice, mirando a lo lejos—. Aunque también tenía más peligro.

—¿Y nunca tuvo ningún percance?

—Una vez, ahí más abajo, llevando un barco de arena.

—¿Qué pasó?

—Pues pasó —dice el hombre, arrimándose a la orilla para evitar a un transbordador que se acerca ahora hacia ellos— que de repente empezó a llover, la arena se me mojó, cogió peso y el barco se fue a pique. Se partió en dos, ¿me comprende?

—¿Y qué hizo?

—¿Qué iba a hacer? —responde el hombre; y hace el gesto de nadar, por si el viajero aún no lo ha entendido.

Río abajo, a favor de la corriente, la barca baja más rápido, haciendo el viento aún más fuerte y levantando rachas de agua que el viajero agradece más que esquiva. Después de lo que ha pasado, y con el calor que hace, este frescor es un sueño.

Como el regreso. Si hacia arriba el paisaje era hermosísimo, con la vista del río Duero entre montañas y las quintas asomadas a sus aguas, algunas con muelle y todo, como ésta de Bonfim, hacia abajo el río se va ensanchando y llenándose de barcas hasta acabar convirtiéndose en una especie de mar. Incluso el puente de hierro parece mucho más grande.

—¿Cuánto mide?

—No sé, doscientos metros tal vez —dice el barquero, mirándolo.

—¿Y quién lo hizo?

—¡Quién iba a hacerlo! El Gobierno —dice el hombre sin dudarlo, justo al pasar bajo él.

El viaje toca a su fin. El barquero Antonio Alberto Pereira, por enésima vez en este día, detiene el motor del barco y lo encamina hacia el puertecillo con ayuda de los remos. El viajero, emocionado, le mira hacer en silencio, ahora ya de pie en la barca, sabiendo que este momento quedará ya en su memoria para siempre. Como Pinhão, cuyas pequeñas casitas pintadas de mil colores se van acercando a él, como si fuera el pueblo, y no el barco, el que de verdad se mueve.

—¿Qué, le gustó? —le pregunta el barquero cuando llegan.

—No ha estado mal —dice el viajero, sonriendo.

Atardecer en Favaios

Ya en la orilla, y mientras el barquero atraca, el viajero salta a tierra. Desde el muelle, le ayuda a atar la barca y luego se despide, estrechándole la mano:

—Si un día vuelvo por Pinhão, vendré a hacerle una visita.

—Aquí estaré, si no tarda —dice el barquero, bajando y contemplando la orilla, que está ya llena de gente. Mientras ellos andaban por el río, el sol ha ido cayendo y, aunque todavía calienta, ya se puede por lo menos soportar.

En la estación, sin embargo, los hombres siguen inmóviles, pegados a las paredes igual que los azulejos. Parecen calcomanías de tan quietos como están.

El viajero, desde el coche, le pregunta a uno de ellos:

—¿Para ir hacia Favaios?

—¿A Favaios? —repite el otro, acercándose.

—Sí, ¿no está cerca?

—Sí, cerca está —dice el hombre—. ¿Pero para qué quiere ir a Favaios?

—A probar el moscatel —dice el viajero, sonriendo.

—¡Moscatel! ¡Eso es para los niños! —exclama el hombre, ofendido—. Los hombres de barba como nosotros beben vino de Pinhão.

—Perdone, no lo sabía —se disculpa el viajero, sorprendido.

—Pues ya lo sabe —le dice el hombre, muy serio; y añade, en plan concluyente—: El moscatel de Favaios es como el agua del río: se mea igual que se bebe —y, por si quedaran dudas, hace un ruido sibilino con la boca, como si de verdad lo estuviera haciendo.

Aun así, el viajero va a Favaios. Aparte de que él no tiene barba, y menos desde Bragança, tiene que ir por allí para llegar a la general si no quiere volver hacia Sabrosa. Y, además, le apetece probar el moscatel, aunque, como el hombre dice, sea bebida de niños. Se lo debe a Salvador Pinto, que fue el que se lo descubrió.

La carretera que va a Favaios es parecida a la de Sabrosa, con la que forma una uve que trepa por las montañas en torno al río Pinhão. En realidad es la misma, sólo que en Pinhão se parte: una sube hacia Sabrosa, y, desde allí, hacia Vila Real, y la otra lo hace hacia Murça, pasando por Favaios y Alijó. De manera que desde una se ve la otra, en la ladera opuesta del valle, trepando entre los viñedos.

Antes, bajando desde Sabrosa, el viajero veía la carretera por la que ahora conduce y ahora, en cambio, ve la otra, sólo que en la dirección contraria. Pero el paisaje es el mismo: los mismos montes, las mismas viñas, los mismos pueblos y quintas y las mismas plantaciones que recorren todo el valle hasta donde la vista alcanza y que cubren las montañas y las cuestas por completo. Tan largos son los bancales y tan feraz es la tierra.

Desde las de Noval, por ejemplo, que están a media ladera, y que se distinguen de las demás porque están todas pintadas (a bandas blancas y azules), el paisaje es tan hermoso que parece un paraíso. Un paraíso de piedra y vides, algunas de más de un metro, que desciende en escalera hacia el Pinhão —y, a través de él, hacia el Duero— y que a la vez va subiendo, como la carretera que va a Favaios, hasta la misma raya del cielo. En medio va ahora el viajero, atento a la carretera, pero extasiado ante la belleza del paisaje que lo envuelve. ¡Qué no serán estos montes cuando dentro de unos días comience aquí la vendimia! Sin duda ha de ser un espectáculo, aunque para los vendimiadores será muy duro.

—Ahora menos, pero antes... —le dice un hombre que viene andando, pasado Vale de Méndiz.

Arriba, en el horizonte, la bruma es ya tan espesa que apenas se ven las viñas. Son las siete de la tarde, pero el calor aún aprieta: treinta y seis grados marca el termómetro, pese a la altura de estas montañas. El viajero, impresionado, para el coche y se asoma a ver el valle. Apenas si puede verlo. Está tan cerca del cielo que los bancales parecen rayas y los olivos puntitos negros.

Entre la bruma y las viñas, que cada vez son más altas, y el calor, que no remite (al revés, sigue en aumento; ¿no parará hasta la noche?), el viajero no ve el pueblo hasta que lo tiene enfrente; o, mejor, hasta que tiene enfrente el letrero: *Favaios, Capital del Moscatel,* dice entre dos arabescos. El pueblo está detrás de él, oculto tras los viñedos, pero, entre el letrero y él, hay un crucero de piedra y una pequeña capilla con una Virgen que dice: *Não ofendam mais a Deus.* ¿Lo dirá por el viajero? Por si acaso, éste se para y la mira unos momentos. Es la Virgen más moderna que ha visto en todo este viaje.

Favaios, por el contrario, es un pueblo muy antiguo. De casas grandes, de piedra, con una fuente preciosa y una iglesia impresionante (enorme, también de piedra, con un reloj de granito —de 1912— y cubierta de azulejos), delata desde el principio su antigüedad y riqueza. Sobre todo, teniendo en cuenta que el pueblo ni siquiera es capital de la comarca. Se ve que el vino de moscatel al menos sí da dinero.

—Bueno, no nos quejamos —confiesa el dueño del bar en el que el viajero recala al fin después de admirar la iglesia.

Es una taberna antigua, con cubas por todas partes, donde comparten charla a esta hora varios vecinos del pueblo; todos ellos con aspecto campesino y con pinta de venir de trabajar. Pero ¿qué beben? El viajero se acuerda de lo que dijo el de la estación y le gustaría saberlo. Pero, lógicamente, no se atreve a preguntarlo, no vaya a ser que se ofendan.

—¿Me pone a mí un moscatel?

—¿Un vaso?

—No, una copita.

Aparte de la copita, que no es muy grande, pero que le sabe a gloria (quizá porque está en Favaios), el viajero compra un par de garrafones (pequeños, de litro y medio, pero con veinte años ya de solera) y, con ellos bajo el brazo, se va a recorrer el pueblo. Está en plena actividad, con la gente trabajando en sus negocios (el barbero en la barbería, el zapatero en su tienda, los tenderos y los sastres en las suyas), aunque, en algunas calles, a las afueras del pueblo, los vecinos están ya tomando el fresco. Entre unas cosas y otras, y mientras el viajero estaba en el bar, ha empezado a atardecer sobre Favaios.

No es un atardecer cualquiera. En lo alto de las montañas, donde se encuentra situado, y encima de los viñedos, la bruma es ya tan espesa que parece un bancal más por el que éstos trepan al cielo. Desde lo alto, además, que es donde está ahora el viajero (en el camino del cementerio), apenas se ve ya aquél; sólo las torres de sus iglesias (la parroquial, que es más alta, y dos capillas menores, la de Santo Antonio y la de Santa Bárbara, según le dicen las guías), en las que, además, ahora, han empezado a tocar las campanas. Es un momento perfecto. Arriba, en el horizonte, el sol empieza a caer, pero, abajo, los viñedos parecen ya oscurecidos antes de que el sol se ponga. El resultado es un friso de sombras y de colores (entre los que se destaca el rosafucsia del cielo) y un sinfín de transparencias que parecen, como éste, rasgarse al llegar al suelo. Al viajero, impresionado, le gustaría que este momento se prolongase durante horas. El viajero está cansado y ya viene de regreso (pese a que aún le queda un buen trecho para llegar hasta Mirandela) y le gustaría quedarse sentado en este camino, con el cigarro en los labios, como los viejos. El viajero es aún muy joven (o al menos eso quisiera), pero a veces, como ahora, le gustaría ser viejo. Así no tendría que andar vagando de un lado a otro y podría quedarse para siempre aquí sentado, mirando pasar la vida, sin tener que andar todo el día persiguiéndola inútilmente.

El plátano de Alijó

Pero el viajero debe seguir. Aunque todavía es de día —y aunque le gustaría quedarse—, aún le queda un largo trecho para llegar hasta Mirandela. Y antes quiere detenerse en Alijó, y en Murça, si le da tiempo.

A Alijó llega en seguida. Está al lado de Favaios, apenas a cuatro kilómetros, siempre por la carretera. Aunque el camino es tan delicioso que merecería más tiempo.

Como Alijó, adonde llega, después de cruzar aquél, con las últimas luces de una tarde que declina poco a poco hacia el oeste. El viajero lo divisa desde lejos, tendido sobre una loma, detrás de las de Favaios, y en seguida se da cuenta de que no es un pueblo cualquiera.

Alijó es ya un pueblo grande. Cabecera del partido de su nombre y capital de la Terra Quente, o al menos así le dicen, Alijó es, en efecto, muy grande, aunque sigue siendo un pueblo. Un parador, una plaza, unos cuantos cafetones y chalés y un rosario de casonas solariegas hablan de su pasado e importancia sin necesidad de ningún letrero. El viajero, por lo menos, en cuanto entra en sus calles, se da ya cuenta en seguida de la riqueza del pueblo.

Un arco de bienvenida y varios puestos de feria le anticipan, además, que hoy está en fiestas. Son las fiestas de la Virgen, que aquí se llama de Cunha, vayan a saber por qué, y que tiene un santuario con su imagen en las cercanías del pueblo. Así lo dicen las guías, que en Alijó se demoran, al contrario que en Favaios o en Pinhão, destacando, además, otros lugares de interés para el viajero: el *pelourinho,* que es muy antiguo (y conocido en toda la zona), la iglesia parroquial, del XVIII (aunque con una imagen del XVI: la de Santa Margarida Maior, que es santa de mucha fe al parecer) y la capilla de la Misericordia, que es más pequeña que aquélla, aunque mucho más antigua y querida por la gente. Y, por supuesto, su parador (la *pousada,* que aquí dicen) y sus casas solariegas.

Pero ni éstas, ni la *pousada,* ni las iglesias o la picota son tan famosas como su plátano; un plátano gigantesco que se alza en medio del pueblo, entre la iglesia y un caserón, y que oculta con su copa prácticamente la plaza. El plátano de Alijó, con sus más de cinco metros de diámetro y su casi siglo y medio de existencia, es conocido en todo el país porque es el mayor que existe. Al menos, así lo dicen las guías (de Trás-os-Montes y de todo Portugal) y así lo cree la gente.

—¿Cuánto mide? —le pregunta el viajero a una señora que está sentada bajo él.

—¡Uf!

—¿Y el tronco?

—¿El tronco?

—Sí, de grosor.

—¡Ah, de grosor! No sé, ¿cinco metros? —le pregunta a su vez ella.

¿Cinco metros? ¿Más de cinco? Las guías dicen que seis. En cualquier caso, el tronco es tan fabuloso que no se puede ver de una vez. La medida quizá la dé la verja, una reja artesonada, de casi un metro de alta, que rodea todo el tronco a una prudente distancia, protegiéndolo de posibles agresiones y de las aficiones mingitorias de los perros. Aunque, por si eso no fuera bastante, el propio árbol pide respeto: *SUPLICA DA ARVORE AO VIANDANTE* se titula una oración grabada en hierro, escrita por un tal Albano A. Mira Saraiva y colocada sobre su tronco en 1956, con ocasión de su centenario, por los vecinos del pueblo. Es una súplica ingenua, quizá no muy literaria, pero sin duda eficaz, al menos por el momento: «Tú que pasas y yergues hacia mí tu brazo, antes de que me hagas mal mírame bien. Yo soy el calor de tu hogar en las noches frías de invierno. Yo soy la sombra amiga que encuentras cuando caminas bajo el sol de agosto y mis frutos son la frescura apetitosa que te sacia la sed en los caminos. Yo soy la tranca amiga de tu casa, soy la tabla de tu mesa, la cama en que tú descansas y el madero de tu barco. Yo soy el mango de tu azada, la puerta de tu morada, la madera de tu cuna y la tapa de tu ataúd. Soy el pan de la bondad y la flor de la belleza. TÚ QUE PASAS, MÍRAME BIEN Y NO ME HAGAS MAL».

—Muy bonito —dice el viajero, leyéndolo.

—Sí. Si le hicieran caso... —le responde la señora, más escéptica.

La mujer sigue a lo suyo, esto es, a no hacer nada, y el viajero da la vuelta hacia la plaza buscando un punto estratégico desde el que poder ver el árbol con algo más de distancia. Realmente, es descomunal. Por más que se aleja de él, no consigue verlo entero. De hecho, ya está muy lejos y aun así no lo ve entero. Debe de medir quizá cuarenta o cincuenta metros.

—Por lo menos —le dice al viajero un viejo que está sentado en la fuente.

Es una fuente de piedra, redonda, con surtidores, desde la que se divisa el plátano prácticamente completo. Aunque lo que se ve mejor es la capilla de enfrente; una capilla tan bella que eclipsa casi a la iglesia. Aparte del campanil y de su hermosa veleta (un gallo que apunta al sur), tiene una verja de hierro y dos paños de azulejos que llegan casi hasta aquélla. Y sobre todo un reloj, de piedra, como la fuente, con aspecto de haber sido hecho por Dios de tan redondo como parece.

—Sí, la pena es que está parado —le dice el viejo al viajero.

Es cierto, comprueba éste. El reloj marca las seis y son ya las ocho y media. Dentro de poco empezará el baile, que es lo que todos esperan. Será aquí mismo, en la plaza, donde está puesto el templete.

—¿Y la gente?

—Cenando —responde el viejo, que al parecer ya lo ha hecho, como la mujer del plátano, y ha venido a coger sitio por si acaso.

A las ocho y veinticinco de la tarde, de una tarde que ya cae sobre Alijó, los vecinos todavía están cenando o preparándose para el baile, aunque en la plaza ya hay gente que ha venido a coger sitio como el viejo. Al parecer, las fiestas de Alijó son muy famosas, y conocidas por todo el Duero, y cada noche llegan al pueblo gentes de toda la zona, desde Sabrosa a Pinhão y desde Vila Real a Túa, lo que hace que esta plaza se llene hasta la bandera. O, mejor, hasta la guía del plátano, que es su verdadera enseña. Cada vez parece más alto y más lleno de vencejos. Sobre todo, a medida que la tarde va cayendo sobre él.

—¿Cuánto mide?

—¡Uf!

—¿Tanto? —dice el viajero, sonriendo.

La *porca* de Murça

La música de Alijó (la de los puestos de feria) sigue al viajero un buen rato mientras se aleja del pueblo. Es una música alegre, de fiesta, como la que estará sonando también en estos instantes en Santo Martinho de Anta y en muchos otros pueblos y ciudades del país. Aunque, en Alijó, no todos están ahora de fiesta. A la salida del pueblo, al fondo de un callejón, un coche negro arranca en este momento llevando detrás de sí un silencioso cortejo.

En Chá, la siguiente aldea, aunque cerca todavía de Alijó, tampoco están hoy de fiesta, aunque lo estarán mañana, o quizá el fin de semana, puesto que están colocando los adornos y las luces de colores que engalanan en las fiestas las iglesias de los pueblos. Aunque el mejor adorno es el sol, que se pone en este instante en medio de un gran incendio. Hasta la bruma parece arder de tan granate como está el cielo.

La bruma y la carretera son casi la misma cosa por el camino que lleva a Murça; un camino que atraviesa una sucesión de montes cada vez más solitarios y cada vez, también, más oscuros. Definitivamente, la noche empieza a caer y, durante algunos kilómetros, el viajero va sumido en una duda que no acierta a resolver: si es de noche o si es de día, si lo que manda aquí es el piorno o si es todavía la vid. Hasta la entrada de Pópulo, ya cerca de la autovía, las viñas y los matojos van cogidos de la mano, como la noche y el día, dejando esa sensación de estar en tierra de nadie que embarga ahora al viajero; un viajero tan cansado que apenas ya se detiene. Desde que dejó Favaios, sólo piensa en el hotel.

Y es que el viajero lleva ya muchos kilómetros a la espalda: los que hoy ha hecho hasta este instante más los que dejó detrás, entre Bragança y Chaves, el primer día, y entre Chaves y Régua, ayer. En total, más de trescientos kilómetros, sin contar los que ha hecho caminando (o en barca, como en Pinhão), la mayoría de ellos por carreteras infames y con un calor tan tremendo que hace que los kilómetros se multipliquen por tres. Sobre todo los que hoy ha hecho alrededor del río Duero. Menos mal que la autovía está ya a tiro de piedra. Y, con la autovía, Murça, la de la famosa *porca,* cuyas luces ya se ven en la distancia, al otro lado de aquélla.

La autovía de Bragança, llamada así oficialmente pese a que en su mayor parte sólo tiene dos carriles, uno de ida y otro de vuelta, atraviesa en diagonal la región de Trás-os-Montes, uniendo sus dos ciudades más importantes e históricas (Bragança y Vila Real) y separando a la vez la *tierra fría* de la *caliente;* esto es, las sierras altas del norte de la depresión del Duero. Murça está en su orilla norte, es decir, en *tierra fría,* y, para llegar allí, la carretera debe cruzar la pretendida autovía, cosa que hace bajando al valle y pasando bajo ella por una especie de puente. Luego, atraviesa un riachuelo (ahora ya por un buen puente: la Puente Vieja, que llaman y que es de origen romano, según dicen los letreros) y empieza a subir de nuevo, dando curvas y más curvas, como al bajar hacia aquélla. Al final, aparece Murça, alzada sobre el barranco como si pretendiera así huir de la carretera.

Murça, como Alijó, es ya villa señorial. Se nota al cruzar sus calles, que están todas empedradas y flanqueadas de caserones que hablan de sus pasadas grandezas. Se nota en sus casas nuevas, que están todas muy pintadas, lo mismo que los comercios (principalmente los bancos), y se nota sobre todo en el jardín que ocupa lo que un día fue la plaza mayor del pueblo. Y en la que se expone al público su principal monumento: la *porca.*

Es una *porca* de piedra, igual que la de Bragança, pero mucho más cuidada (está sobre un pedestal), que preside desde antiguo los destinos de esta villa que ha dado al país portugués varios vecinos ilustres, empezando por los condes de su nombre y siguiendo por los varios militares que combatieron con heroísmo en sus diferentes guerras. El más famoso de todos un tal Antonio Milhões, militar que luchó en la mayor de todas (la famosa Grande Guerra) y que es, al parecer, el militar más condecorado de la historia del ejército portugués.

Pero al viajero, ahora, no le interesan los militares. El viajero está sentado en medio de unas mimosas, mirando caer la noche sobre este hermoso jardín, y lo único en que piensa es en aspirar a fondo el olor de las mimosas y el humo de su cigarro mientras contempla la *porca,* que permanece impertérrita, como el viajero en su banco, en su pedestal de piedra. Lleva así ya muchos años, desde que la trasladaron a este lugar desde su primitiva morada, seguramente algún castro que habría por aquí cerca. Aunque hay quien piensa que no fue así. Doña Lidia Pereira, por ejemplo, tiene claro que la *porca* es más real de lo que parece.

Doña Lidia Pereira es la librera del pueblo. Tiene su tienda aquí cerca (*Libreria Academica* se llama, nada más y nada menos), pero ahora está en la plaza con su nieto, paseando y tomando el fresco. El niño, de unos dos años, viene jugando detrás, pero, al oír al viajero, corre a agarrarse a su abuela. Quizá es la primera vez que oye hablar en otro idioma que no sea el portugués.

—¿Cómo te llamas?

—Zé Carlos —dice la abuela por él.

La abuela, por el contrario, es amable y muy locuaz. Mientras vigila a su nieto, que se ha ido detrás de un perro, se sienta junto al viajero y le cuenta, a instancias de éste, lo que sabe de la *porca,* que es mucho más asombroso de lo que cabría esperar. Según ella, la *porca* no es ningún tótem, ni siquiera una escultura, por más que así lo parezca, sino el cuerpo disecado de una *porca* de verdad que asoló durante años la comarca, comiéndose a las *crianças* como Zé Carlos, hasta que los vecinos de Murça consiguieron darle muerte. Hecho que, según ella, ocurrió no hace tantos años y de un tiro de escopeta.

—¿No ve el *buraco*? —dice, mirando al viajero.

El viajero está asombrado. Asombrado y encantado por la historia y feliz de estar ahora en tan buena compañía. Aunque Zé Carlos siga mirándolo como si fuera un marciano. Se ve que el niño no acaba de entender por qué habla así.

—¿Cómo te llamas?

—Zé Carlos —responde el niño por fin.

El *buraco* de la *porca* es un pequeño agujero que la escultura tiene junto a una pata y que, efectivamente, parece un tiro, aunque difícilmente pudo ser de una escopeta. Mejor debió de ser de algún golpe que la *porca* recibió al ser trasladada o que alguien le dio a propósito sin saber seguramente la importancia de esta piedra. Pero el viajero, obviamente, no le dice nada de eso a doña Lidia. Al revés, acepta con humildad su versión sin inmutarse:

—¿Y murió de un solo tiro?

—Pues parece —dice ella.

El viajero está encantado. El viajero ya se iba cuando llegó la señora, pero ahora enciende un nuevo cigarro y se acomoda en el banco, dispuesto a seguir escuchando historias, de la *porca* o de quien sea. La librera es habladora y está sola ahora en la plaza y el viajero hace ya tiempo que dejó de tener prisa. Sobre todo, desde que cayó la noche y, con ella, el final de su jornada. Sólo le queda ya llegar hasta Mirandela, que está apenas a diez minutos de camino y, además, por autovía. Por si faltara algo, también, el calor ha remitido, después de un día infernal, y en su lugar una suave brisa bate ahora las mimosas; las mimosas y el jazmín que crece en alguna parte y que llena todo el pueblo de un olor indescriptible: un olor fuerte, dulzón, como el del moscatel *favaios,* que impregna toda la plaza alborotando a los pájaros y emborrachando al viajero. Sólo la *porca,* la pobre *porca,* sigue en su sitio, sombría y amenazante como cuando aún acechaba a las *crianças* como Zé Carlos, que ahora, en cambio, juega solo y confiado junto a ella. Se ve que le asusta menos que el hombre que está sentado junto a su abuela.

—A ver si lo va a comer...

—No creo —dice, mirando a su nieto la librera Lidia Pereira.

Los puentes de Mirandela

De Murça hasta Mirandela, el viajero fue en un abrir y cerrar de ojos. Bueno, lo del abrir y cerrar de ojos es un decir; más bien fue con los ojos bien abiertos, teniendo en cuenta la hora y la velocidad a la que pasaban los coches por la autovía. Aunque no lo llega a ser, al menos en este tramo, los portugueses la creen así y conducen como si lo fuera.

Por suerte, pasó sin sustos, al menos no de importancia (para lo que se acostumbra aquí), y el viajero ya ve al fondo las luces de Mirandela; un resplandor circular que surge en el horizonte, detrás de un pequeño monte, y que indica su tamaño y su situación exacta: a la derecha de la autovía, que pasa sin ver sus casas, y a la orilla del río Túa, que trae las aguas mezcladas de dos viejos conocidos del viajero: el Tuela y el Rabaçal. Se han juntado aquí muy cerca, antes de llegar a aquélla, y continúan ya juntos en dirección hacia el Duero.

Por el camino, además, el viajero ha vuelto a cruzar la divisoria entre los distritos que componen la región de Trás-os-Montes: Vila Real y Bragança. Como por la *tierra fría,* la marcaba el Rabaçal, pero, al desaparecer el río, la raya va por su cuenta; concretamente, hacia la derecha, en dirección a Alijó, aunque luego volverá hacia el río Túa para seguir con éste hasta el Duero. Es el destino de las fronteras: acompañar a los ríos mientras las dejen.

Mirandela acompaña también al río Túa, aunque sólo unos kilómetros; los que la ciudad se extiende, antiguamente sólo por su orilla izquierda, pero ahora ya por sus dos márgenes, gracias a sus magníficos puentes. Son tres, de distintas épocas, el más moderno de todos construido hace sólo algunos años, aunque el mejor y más conocido es el gran puente romano que, durante muchos siglos, fue el único que aquí hubo. Y que tiene veinte arcos, todos ellos desiguales.

Pero, en la noche, los tres son igual de hermosos. Mientras desciende hacia ellos después de salvar el monte —y de dejar atrás la autovía—, el viajero va mirándolos, reflejados en el río, como toda la ciudad, y no sabe cuál coger para cruzar hacia ésta. Por fortuna, se lo dice la propia carretera: por el primero, que ni es el puente romano ni el más moderno. Al parecer, el romano está ya cerrado al tráfico (por fortuna para él) y el vanguardista, que queda más hacia el sur, es para circunvalar el pueblo. De todos modos, la elección no es la peor. Desde el puente que cruza la carretera, y que es el menos interesante, al menos visto de cerca, el viajero puede ver los otros dos, iluminados contra la noche como si el pueblo estuviera en fiestas.

No lo está, pero parece. En el Hotel Mira-Túa, que, como su nombre indica, está mirando al río Túa (igual que el Miracorgo, en Vila Real, se asomaba al río Corgo), todas las habitaciones están completas. Se lo dice al viajero un hombre calvo, lento como una tortuga, que está escondido en la recepción como un hurón en su madriguera.

—¿Ni una? —suplica sin esperanza, pero insistiendo, el viajero.

—Ni una —dice el hurón.

Bueno, hay una, la 301, concede al cabo de un rato, después de mirar sus notas, viendo sufrir al viajero. Pero está al lado del ascensor y, además, mira hacia el patio.

—¿Y qué le pasa al patio? —dice el viajero, intrigado.

—Al patio, nada. Pero la habitación no es muy buena.

Ni buena, ni medio buena. La habitación 301 del Hotel Mira-Túa de Mirandela es tan inhóspita como el hotel y tan raída como su dueño. Suponiendo que sea el dueño el caracol de la recepción, que se ha quedado en su sitio viendo subir al viajero.

—La luz la tiene junto a la puerta.

—Muchas gracias.

Pero tampoco es cosa de buscar otra. A estas horas y con el calor que hace, el viajero se conforma con cualquier cosa con tal de dormir a techo. Y, además, bien mirado, el hotel tiene su encanto. De tan antiguo y tan *kitsch,* parece un hotel de época.

—¿Le gustó?

—No está mal —dice el viajero.

El hombre de recepción se queda en su madriguera, detrás del ventilador (como todo en este hotel, tan antiguo como él) y el viajero sale a la calle decidido a poner tierra por medio. Ya tendrá tiempo de disfrutar de su habitación cuando no quede nada abierto.

Como el Hotel Mira-Túa, y como el propio río Túa, Mirandela se debate entre lo antiguo y lo moderno. La ciudad, pues una ciudad es ya, a juzgar por su tamaño y por sus casas, se extiende a lo largo del río Túa, que por aquí pasa ya tan ancho casi como el río Duero. Debe de ser el mayor caudal que Trás-os-Montes le aporta a éste. Pero Mirandela no sólo se ciñe al río. Sin separarse de él, y sin dejar de mirarlo, se eleva hacia la colina en la que tuvo su origen y, al parecer, sus murallas durante bastante tiempo. De éstas sólo queda ya la puerta de Don Dinís, que fue el que las construyó, como no podía ser menos, pero, en su lugar, subsiste un barrio de casas viejas entre las que alzan sus torres las dos más altas del pueblo: el Palacio de los Távoras, un edificio renacentista hoy convertido en Ayuntamiento, y la iglesia, que resume en su silueta la historia misma de Mirandela. Mientras la nave sigue siendo la misma, de piedra y bien pertrechada, la torre, quizá porque se cayó, es moderna y de cemento. Y, encima, está iluminada para que se la vea de lejos.

Iluminado, aunque más modesto, está también el mercado, un edificio de nueva planta, con un jardín delantero y adornado de azulejos costumbristas (un pastor con una oveja, dos viejas junto a una casa, un matrimonio en un burro) tan feos como la iglesia, que se alza enfrente del río, entre el

Teatro Mirandelense (al parecer ya cerrado, pero cubierto aún de carteles) y el edificio que acoge a la Associação de Socorros Mutuos dos Artistas Mirandelenses; una asociación de músicos fundada en 1901 y a la que, según parece, pertenece medio pueblo.

—Ahora somos doscientos cincuenta socios, pero llegamos a ser quinientos —le comentan al viajero dos de ellos, don Orlando y don Armindo, dos directivos muy trajeados y enamorados de Mirandela que le acaban de abordar en plena calle al acercarse aquél atraído por la música que sonaba en el local. Al parecer, la banda ensaya de noche, que es cuando pueden sus miembros—. Son todos aficionados —le comentan con orgullo don Orlando y don Armindo al alimón.

Don Orlando y don Armindo no tocan nada en la orquesta. Comerciante ya jubilado el uno y funcionario de Correos en activo aún el segundo, o viceversa, son directivos por altruismo y por amor a su pueblo. Aparte de la Asociación de Socorros Mutuos, los dos son miembros también de la del Teatro, de los *Bombeiros,* del club de fútbol y de otras varias asociaciones mirandelenses. Aunque la que más tiempo les absorbe es ésta de los Artistas. Al menos, por lo que dicen y por lo que se deduce de su actividad en ella.

—Pase, pase. Verá qué sede tenemos.

La sede no es muy bonita —aunque debió de serlo en un tiempo—, pero tiene un bar en la entrada que es donde pasan las horas don Orlando y don Armindo cuando vienen. Es decir, todos los días de la semana, incluidos los domingos y las fiestas.

—Tome algo. Le invitamos.

—Bueno, un vino —dice el viajero, atrapado.

—Y otros dos para nosotros.

Un vino, luego otro vino, luego otro y luego otro; hasta cuatro o cinco vinos tomó el viajero seguidos. Don Orlando y don Armindo, a fuerza de hospitalarios, por poco acaban con él, amén de con la botella; máxime teniendo en cuenta que el viajero aún no ha cenado. Al final, consigue irse (con la disculpa de ver el pueblo), pero, eso sí, llevándose un banderín y un ejemplar de los estatutos de la Asociación de Socorros Mutuos de los Artistas Mirandelenses. Por si se quiere afiliar, supone.

—¿Y sus mujeres cuándo los ven?

—Cuando volvemos —responden los dos, muy serios.

Tambaleándose, como el río Túa, y con el banderín a cuestas (el ejemplar de los estatutos se quedó en la papelera), el viajero abandona la Asociación de Socorros Mutuos a punto de pedir socorro él. Está ya medio borracho y tiene un hambre de lobo. Lo malo es que a esta hora difícilmente podrá cenar. A las once de la noche, en Mirandela, los restaurantes ya deben de estar cerrando o estarán a punto de hacerlo.

Angustiado, el viajero cruza el pueblo sin encontrar ni siquiera un bar donde le sirvan un bocadillo. Como mucho, unas olivas. O un bollo de desayuno, como le ofrece junto al hotel el camarero de la cafetería que comparte puerta con éste.

—Mire a ver en la otra parte —le dice el chico, compadeciéndose.

La otra parte es la otra orilla, donde están las discotecas y los edificios nuevos. Y donde, al parecer, de noche, está toda Mirandela. Ya le extrañaba al viajero que las calles estuvieran tan vacías una noche de verano como ésta.

En la otra orilla del río, adonde llega cruzando el puente, tampoco encuentra donde cenar, pero al menos le sacan del apuro: en un chalé con jardín, con una fuente en el centro, que sus dueños han convertido, por el sencillo sistema de poner música, en una especie de discoteca. Un sándwich frío, de fiambre y queso, es todo lo que le ofrecen, pero al viajero, dadas las circunstancias, le parece todo un lujo.

—¿Pueden ser dos?

—¿Dos? —le pregunta el camarero.

—Sí, dos —dice el viajero, muy digno.

Y tres se hubiera comido, si no le diera vergüenza. Después de tanto bregar, y con el trajín que hoy lleva, los que le hubieran hecho se habría comido, si no le diera vergüenza. Aunque la vergüenza, ahora, es lo que menos le importa. En As Varandas do Túa, que así se llama el local, sin duda por las del puente, el viajero está tan feliz que no siente ni el cansancio. Con el estómago lleno, o por lo menos tranquilo, y con el río a su lado, mira encantado las torres y el halo de Mirandela. Un halo que se refleja en la corriente del Túa, que pasa lleno de luces, y que, desde aquí, parece un espejismo del cielo. Como los puentes, que siguen quietos, desafiando al cielo y al río, unos con sus viejas piedras y el otro con sus columnas y sus arcos de cemento. ¿Cuál de los tres sobrevivirá más tiempo? Al viajero le gustaría pensar que el romano, que es por el que cruzó al venir y por el que volverá más tarde, cuando el cansancio le venza. Aunque ya se ha olvidado de él, el Hotel Mira-Túa sigue esperándole, con su letrero parpadeante, al otro lado del puente.

Cuarta jornada:
CAMINOS DE EMIGRACIÓN

Angie Borges, la canadiense

La noche en el Mira-Túa (al que regresó ya tarde) fue aún peor de lo esperado. Aparte del ascensor y de la decoración del cuarto (un jarrón con flores muertas), hacía tanto calor que el viajero apenas durmió. Para remate, al amanecer, cuando ya había cogido el sueño, alguien llamó a la puerta y, cuando se levantó a mirar, encontró a un hombre en pijama preguntando, extrañado, por su esposa. Dormido (y en calzoncillos, bien que cubierto con una toalla), el viajero se apresuró a convencerle de que allí no había ninguna esposa, cosa que hizo invitándole a pasar para que pudiese comprobarlo por sí mismo si quería, y luego volvió a la cama, dispuesto a seguir durmiendo. Pero ya no lo logró. Entre el calor de la habitación y el miedo a que aquél volviera, el viajero ya no consiguió dormirse, a pesar de estar rendido.

Así que ahora está destrozado, en la cafetería vecina del hotel, tomando un café con bollos, que es lo mismo que anoche le ofrecían como cena. Sobre la mesa, y junto a la taza, el mapa de Portugal y un folleto del nordeste transmontano, que cogió en la recepción, esperan a que termine para indicarle el camino que hoy debe hacer cuando acabe y, a su lado, en otra mesa, el hombre de esta mañana hace lo propio con su mujer. Al parecer, la encontró en seguida, y en su cama, por supuesto, según él mismo se apresuró a explicarle al viajero al encontrarlo en la recepción. El que se había equivocado de habitación era él.

El camino de este día —el cuarto por Trás-os-Montes— es el que lleva a Miranda, la ciudad fronteriza del río Duero, que entra en Portugal por ella, de la que Mirandela tomó su nombre cuando el rey Don Dinís la amuralló. Pero a Miranda se puede ir por muchos sitios. Se puede ir por Macedo, cruzando hacia Mogadouro, que es el camino más recto, y se puede ir por Moncorvo, la capital del hierro y de las almendras, e incluso por Freixo de Espada à Cinta, otra ciudad fronteriza y aislada junto al río Duero que al viajero le ha llamado la atención, aparte de por su nombre, por su condición de tierra de asilo allá por la Alta Edad Media (por lo menos así dice la leyenda). Tanto por un camino como por otro, el viajero cruzará al final de ellos el *planalto* mirandés, altiplano hermosísimo y pelado, plagado de pueblos viejos, en el que todavía subsisten los últimos reductos de un dialecto, el mirandés, que es el único que existe en Portugal. Y que, según los que entienden de ello, deriva directamente del antiguo dialecto leonés.

Mientras se decide y no (y mientras se recupera), el viajero sale a dar un paseo por el río. La mañana es espléndida, luminosa, y el Túa baja tranquilo, cantando bajo los puentes. Como el viajero, que está contento a pesar de no haber dormido. El viajero es conformista y olvida pronto las penas.

Cantando, como los niños, el viajero cruza el puente, y luego vuelve a cruzarlo, y así hasta que se cansa de él, y después se encamina hacia su coche, que anoche dejó aparcado justo enfrente del hotel. Son las diez de la mañana y ya es hora de partir.

Pero, por el camino, cambia de idea. A su derecha, la ciudad vieja sigue mirando hacia el río, igual que desde hace siglos, y el viajero recuerda que, al final, anoche no subió a verla. La vio desde la otra orilla o, como ahora, al cruzar el puente, pero aún no se ha acercado a conocerla por dentro.

Así que va a hacerlo ahora, trepando por sus callejas, entre la gente que va y viene a sus negocios o a sus ocupaciones de cada día. Son las diez de la mañana y Mirandela ya está despierta.

La iglesia está en lo más alto, donde confluyen las calles, pero con una plaza delante tan horrenda y pretenciosa como ella. Y eso que tiene a un costado el edificio del Ayuntamiento (el palacio de los Távoras, que es la joya del lugar). Pero el palacio (del XVII, con tres cuerpos de fachada y bellas torres renacentistas) quedó eclipsado hace tiempo por esta mole de mármol que cubre ahora la iglesia y por el monumento al Papa que se alza enfrente de ella. Una estatua gigantesca y de vocación realista (bien que sus proporciones no estén bien hechas) que extiende sus brazos blancos al aire de la mañana como si quisiera abrazar toda la ciudad y llevársela hacia el cielo.

—¿Qué os parece?

—¿El qué?

—La estatua.

—No sé —dice, encogiendo los hombros, una de las dos muchachas que cruzan ahora la plaza.

—¿Y a ti?

—A mí bien —dice la otra, defraudando a su amiga y al que pregunta, aunque a éste le da lo mismo porque lo único que quería era hablar con ellas.

La que le parece bien es de aquí (quizá por eso la aprueba), pero su amiga, que es la más guapa, aunque procede de Trás-os-Montes, resulta ser canadiense. Se llama Angie, con *g* silbante, como la de su apellido —Borges—, y nació ya en Canadá, aunque es hija de portugueses. De una familia emigrante natural de una aldea cercana, en la que ahora pasan sus vacaciones.

—¿Y qué te sientes, canadiense o portuguesa?

—Canadiense —dice la chica, dudando y defraudando de nuevo a su amiga y al viajero.

Bueno, defraudando exactamente no. La chica es tan sonriente y tiene un cuerpo tan bello que el viajero está encantado sólo de poder mirarla. Aunque sea de reojo y fingiendo indiferencia.

—¿Y cuándo vuelves?

—¿Adónde?

—A Canadá.

—Mañana —dice la chica, defraudándole de nuevo sin saberlo.

Las chicas siguen andando en dirección a la iglesia y el viajero se queda solo en la plaza, mirándolas, como también haría el Papa si pudiera. Pero, cuando todavía están cerca, tiene una iluminación. Seguramente, por influencia de éste.

—¡Oye!

—¿Sí? —dice la chica, volviéndose.

—¿Tu pueblo por dónde cae?

—¿Mi pueblo?

—Sí, el de tus padres.

—Hacia Romeu —responde Angie, preguntándole a su vez por qué lo dice.

—Por nada —dice el viajero, alejándose y sabiendo ya el camino que tomará esta mañana. El viajero, cuando no sabe qué hacer, deja que se lo diga el destino.

Museo de curiosidades

A la salida de Mirandela, en lo alto de la ciudad, otra estatua despide al que se va. Al que se va y a los que se quedan. Porque la estatua, que está en un cruce, donde se parten las carreteras, representa a una familia de emigrantes que se echa al mundo a buscar fortuna.

La estatua, también realista, aunque de bronce y con cierta gracia, desentona en el paisaje, pero recuerda a los caminantes que ésta es tierra de emigrantes desde siempre; primero a Brasil y a América, como los padres de Angie, y después también hacia Europa, principalmente a España y a Francia. Hasta doscientos mil transmontanos, casi tantos como quedan, han salido de su tierra en este siglo, según las guías del viajero. Entre ellos, muchos mirandelenses, según le cuenta el señor Américo, el dueño del kiosko de la esquina en el que se detiene a comprar la prensa.

—¿Cuál quiere?

—Me da igual. Es por llevar un recuerdo.

En realidad, lleva tres: el periódico, el folleto del nordeste transmontano y el banderín de la Asociación de Socorros Mutuos de los Artistas Mirandelenses, que desde anoche cuelga en su coche. Y que, unidos a los que ha ido acumulando en estos días, convierten éste en un maletero. Cuando termine el viaje, tendrá que regalarlos o bien poner una tienda.

La carretera que va a Romeu, que es la que eligió el destino, es la vieja carretera de Bragança, antigua ruta hoy casi en desuso por culpa de la autovía. A tramos va al lado de ella, cruzándola y descruzándola, como si fuera una trenza, pero, en otros, se separa hasta perderla de vista. Es mejor. Así no ve la diferencia de trato que las autoridades tienen con ellas. Mientras que aquélla está reluciente y sembrada de señales, la carretera se cae a cachos, y eso que era de piedra. Pero al viajero le gusta más. Aparte de que no hay tráfico, le permite ir más despacio.

Para admirar el paisaje, evidentemente. Un paisaje que, a partir de Mirandela, y quizá a partir de Murça, aunque, como ya era muy tarde, anoche no pudo verlo, se ha hecho más desolado, pero también más auténtico. Aparte de los robles y de los urces, que empiezan ya a propagarse, se ven también olivares y algunos pueblos pequeños. Y, también, entre unos y otros, la vieja vía del tren que antiguamente venía desde Bragança, pero que quedó en desuso hace cuatro o cinco años. Es el signo de los tiempos.

Por fin, a doce kilómetros, el viajero ve el letrero. Está en un pueblo anterior, Jerusalém do Romeu, un villorrio desolado y, a esta hora, vacío, que, aparte de su topónimo, no tiene más interés. Justo al revés que Romeu, que dista un par de kilómetros y que es, según los carteles, una de las tres aldeas que aquí llaman *melhoradas*. ¿Que qué quiere decir eso? En seguida lo sabrá.

Romeu es pueblo pequeño, y antiguo, como Jerusalém, pero está tan restaurado que sus casas parecen recién hechas. Y hay una, además, muy vieja, que atrae turistas al pueblo. Entre otros, al viajero.

El *Museu das Curiosidades,* que así se llama la casa, es un museo especial. Aparte de su intención (seguir recaudando fondos para continuar la *Obra de assistência às crianças nas Aldeias Transmontanas Melhoradas,* según dicen las entradas) y de su insólito emplazamiento, no es local, ni folklorista, como cabría pensar por éste. Al contrario, es tecnológico y, dentro de lo que cabe, moderno.

El museo, que ocupa toda la casa, incluidos los garajes y los patios, está a la entrada del pueblo y su mejor descripción la da su propia leyenda: *Viejas cosas que nunca ha visto.* ¿Que qué cosas? Infinitas. En concreto, y resumiendo, gramolas, caleidoscopios, máquinas de escribir, balanzas de precisión, aparatos médicos, telescopios, tomavistas, tocadiscos, catalejos, relojes, ventiladores, utensilios de farmacia, instrumentos fotográficos y hasta un proyector de cine, todos ellos construidos, la mayoría en materias nobles, hacia el final del siglo anterior o en los inicios de éste. Y rodeados de fotos y objetos de aquella época entre los que ni siquiera falta el billete del tren que trajo a Régua, la estación más cercana de Romeu en aquel tiempo, al fundador del museo. Un tal Clemente Meneres, un vástago adinerado de una familia de Oporto que llegó hasta este lugar hace ahora casi un siglo para comprar el cortijo que aún se ve en la carretera. Y que se estableció ya aquí, embrujado por la fuerza de esta tierra.

Pero la cosa no quedó ahí. El tal Clemente Meneres, cuya fotografía también se expone entre estas viejas paredes, fue también el promotor del plan de restauración que pasaría a la historia de este rincón transmontano con el nombre de *Aldeias Melhoradas.* En concreto, Romeu, Vilaverdinho y Vale do Couço, tres lugares que pasaron, por obra y gracia de él, del atraso secular en que vivían a hacerlo en el siglo XX.

Pero lo mejor del museo no está aquí. Lo mejor del museo está oculto en el garaje, o, mejor, en los garajes, pues son dos, como el viajero verá en seguida y como le anticipa Adélia, la vecina de Romeu encargada de enseñarlo y de cuidar de la casa por el invierno. Al parecer, la familia vive en Oporto y sólo viene de tarde en tarde.

Lo que hay en los garajes es digno de mejor causa. Y eso que falta la joya de la familia Meneres: un coche descapotable de 1909 que ahora está, según Adélia, en una exposición en Caramulo. A cambio, hay otros tres coches: un Ford amarillo y negro; otro granate, anterior; y un Ford T descapotable, el último de la serie (se ve que al bueno de don Clemente le gustaban los coches de esa marca), y en el garaje de al lado, aparte de bicicletas, un velocípedo enorme, como de final de siglo, y lo mejor del museo: un camión de los bomberos tan antiguo y pintoresco que para sí lo quisieran los *bombeiros* de Sabrosa.

El camión, además, tiene su historia. Según se dice en la placa que explica su antigüedad, que se remonta al pasado siglo, fue el primero que hubo en Portugal y lo compró la reina Cristina para uso de sus súbditos. ¿Que cómo llegó hasta aquí? No se sabe, dice Adélia. Pero lo más previsible es que Clemente Meneres, que, aparte de un gran filántropo, era un hombre previsor, se lo comprara a la Reina cuando quedó desfasado para su uso personal. Porque aún siguió funcionando durante bastante tiempo. De hecho, con él se apagó el incendio que se declaró en la quinta, como se ve en una foto que también se muestra aquí.

No es la única, por cierto. Arriba, y entre las máquinas, varias más van ilustrando la historia de la familia, que es la historia, al fin y al cabo, resumida de estos pueblos. Porque, hasta que llegó Meneres, Romeu y sus convecinos ni siquiera venían en los mapas. Ahora tampoco es que vengan mucho, al menos en los más grandes, como ya ha visto el viajero, pero por lo menos tienen servicios (agua y luz, principalmente) y carretera asfaltada para llegar hasta ellos. Cosa que a algunos quizá les parezca poco, habituados a tenerlos desde siempre, pero que a los vecinos de estas aldeas perdidas les parece todavía un privilegio.

—Si va a la raya —le dice Adélia—, encontrará más de uno que no tiene ni camino.

Macedo de Cavaleiros

Hacia la raya va, justamente. Hacia Miranda do Douro, que es la capital de ésta. Aunque antes debe aún hacer un largo camino. El que separa Romeu del cauce del río Sabor, que es donde empieza realmente lo que aquí llaman la raya.

Y ese camino pasa primero por Macedo y por Chacim; dos pueblos de larga historia, pero con distinta suerte. Mientras que aquél ha ido creciendo, amparado en su mejor ubicación, Chacim ha ido languideciendo al mismo ritmo en que aquél crecía. De hecho, hasta no hace mucho, Chacim era el importante y ahora, en cambio, lo es Macedo.

Macedo de Cavaleiros, que tal es su nombre exacto, es una villa moderna. De desconocido origen, quizá romano o celtíbero, se documenta ya por el siglo XII, pero hasta el pasado siglo no empezó a crecer realmente. En 1863, para ser exactos, que fue cuando consiguió la categoría de villa merced a la diligencia de un caballero local que se llamaba Macedo. De ahí su nombre y su apellido.

Pero Macedo, hoy, ya no tiene caballeros. O, mejor, lo son todos sus vecinos, que son casi cuatro mil, dedicados sobre todo a la industria y al comercio. No en vano Macedo es la capital de esta zona alejada por igual de Bragança y de Miranda, las dos ciudades más importantes del nordeste transmontano, y que tiene únicamente, aparte de la autovía, que pasa más hacia el norte, una buena carretera: la que baja hacia Moncorvo y hacia la raya del Duero.

Las demás no son ni eso. La de Romeu, por ejemplo, que es la que trae el viajero, está tan abandonada que parece un camino para burros. Burros es, precisamente, lo único que se ve al circular ahora por ella: los de los pueblos, que son muy pocos, y cada vez más amiserados, y los de una caravana de gitanos que también vienen hacia Macedo. Se los encontró de pronto al dar la vuelta a una curva y a poco choca con ellos.

Pero, por fin, está ya en Macedo. Se lo dicen un cartel de bienvenida (en inglés, en francés y en portugués) y un letrero en la cuneta: MACEDO DE CAVALEIROS. Así, con letras muy grandes, como si fuera una gran ciudad.

Pero todavía es un pueblo. Un pueblo grande, de casas nuevas, pero tan pobre y destartalado como el paisaje que lo rodea. No se ve río por ningún lado, ni nada que se asemeje.

El viajero, ya en el pueblo, aparca el coche en la plaza, al lado de un autobús, y se dispone a ver qué le ofrece. Quizá no le ofrezca nada, como ya empieza a intuir, pero le apetece verlo. Y, sobre todo, y de paso, ver si ya puede comer. Aunque todavía es muy pronto, ya comienza a tener hambre después del sándwich de anoche y de los bollos del Mira-Túa.

Es pronto, efectivamente. A las doce del mediodía, que es la hora a la que llega, la gente está trabajando o comprando todavía por las calles. Los hay también que pasean, jubilados aburridos o emigrantes de la zona que han venido de visita y campesinos que esperan a que llegue su autobús para poder volver a sus pueblos. Todos en un revoltijo amable y muy pintoresco que se congrega en la plaza y en las calles de su entorno, que es donde están los comercios. Hay de todo: de semillas, de ropa, de ultramarinos, de herramientas, de zapatos, de menajes de cocina y del hogar y, sobre todo, de electrodomésticos. Y todos llenos de gente. Se ve que en el mes de agosto los pueblos están repletos.

Pero al viajero, ya se sabe, no le gustan los comercios (le gustan si son antiguos, que no es el caso de éstos). Así que, sin detenerse, sigue paseando sin rumbo hasta que, al cabo de un rato, vuelve a caer a la plaza. Tampoco tiene interés. Si acaso un poco la fuente y la iglesia, que está cerca. Es nueva, como Macedo, aunque en su construcción se usaron, según le dice un vecino, materiales rescatados de algún extinto convento. Lo cual le da una apariencia antigua y de templo noble que en modo alguno responde a su verdadera edad. Aunque parece anterior, es del siglo XIX.

En cualquier caso, al viajero le da lo mismo la iglesia. Al viajero, visto el pueblo, o al menos lo más valioso (que ya ha visto que no es mucho), lo único que le interesa es encontrar un lugar donde poder sentarse a la mesa. Lógicamente, le gustaría que ésta fuera grande y buena, pero, con la hora que es, tampoco le exige mucho. Con tal de que esté dispuesta.

No una, sino cuarenta. Y todas ya preparadas para que elija la que prefiera. La que está al lado de la ventana o esta otra, por ejemplo. Mejor ésta. Está lejos de la puerta y desde ella se ven los hornos en los que chisporrotean las brasas de la Churrasquería Pica-Pau. Extraño nombre para un local que, aparte de ello, es panadería y que le recomendó al viajero un *guardinha* por la calle.

Nunca se lo agradecerá bastante. La comida de Macedo, que ya se está preparando en las parrillas de la cocina, la recordará el viajero durante toda la tarde. Es cierto que tenía hambre, y que desde ayer en Sabrosa no había comido nada caliente, pero el *bife de vitela,* especialidad de la churrasquería, que le sirven en un plato con patatas y ensalada venía directamente del cielo. Como el arroz y las aceitunas que acompañan a la carne y el vino de Mesão Frio. Todo por novecientos escudos, incluidos el café y la conversación del dueño.

—¿Y por qué no hay nadie más? —le pregunta el viajero cuando acaba.

—Ahora vendrán —dice el hombre y, justo cuando lo dice, aparecen los primeros: dos campesinos de aspecto humilde, los dos con traje y sombrero, que saludan descubriéndose al entrar a los pocos que están dentro—. Donde quieran —les dice el dueño del Pica-Pau.

Los campesinos cogen su mesa al lado de la ventana y el viajero aprovecha su llegada para dejar la churrasquería. Le daba pena dejar tan solos a los dueños y a su hija; una niña de dos años que no deja de mirarlo y que, al salir, le acompaña con su padre hasta la puerta.

—Se la vendo —dice el padre.

—No quiere ella —dice el viajero.

Y, sin esperar por ella, se va diciéndole adiós.

La seda de Chacim

Hasta Chacim, el viajero no paró ya en ningún sitio. Ni en Castelaos, para ver la vía, ni en Olmos, a recordarla. La hora, que ya es tardía, y el calor, que va en aumento, han dejado despoblados hasta los bares de la carretera. De hecho, desde Macedo, el viajero no vio más que a los gitanos, que ya estaban bajo un puente, y a un cazador solitario que venía por el campo en bicicleta. Con la escopeta a la espalda, pero andando en bicicleta.

El paisaje, además, no es muy hermoso. Al contrario, es más bien áspero, sobre todo a esta hora del mediodía en la que el sol le pega de lleno. Un olivar, una noria, un campo de calabazas, unos prados y algún huerto es todo lo que se ve, aparte de los viñedos. Todos tan secos y pobres como los pueblos que viven de ellos.

Chacim no es una excepción. Aunque mayor y más noble (fue villa ya en la Edad Media) es tan pobre y tan adusto como el sitio en que se encuentra. Y eso que tuvo una fábrica ya en el siglo XVIII. La de la seda, que aquí se hacía y que era muy famosa en Portugal, según indican las guías, que señalan, además, que aún puede verse.

—¿Adónde?

—Por esa calle —le responde en español el primer niño que encuentra.

El mundo es un gran pañuelo. De tierra, pero un pañuelo. Resulta que el niño es español como el viajero. De Beasain, en el País Vasco, donde nació hace catorce años, aunque sus padres son de Chacim. Campesinos que emigraron, como tantos de esta tierra, y que antes anduvieron por mil sitios diferentes. Aunque, según dice el chico, han vuelto a vivir aquí.

—¿Y qué te gusta más, Beasain o esto?

—Beasain —responde Mikel (o Maikel, como él pronuncia), sin dudarlo ni un momento.

El mundo es un gran pañuelo. De tierra, pero un pañuelo. De Chacim al País Vasco hay todo un mundo por medio, al menos en las costumbres, y también en el paisaje, pero aquí está Mikel ahora para guiar al viajero. Aunque mucha más distancia hay entre Chacim y Angola y aquí están estas dos *pretas* para volver a hacer lo que aquél. Son las únicas personas que ha encontrado por la calle.

—¿La fábrica? ¿Qué fábrica? —le preguntan.

—La de la seda —dice el viajero, extrañado.

—¡Ah! —exclama una, mirando a su compañera—. Deben de ser *os palheiros.*

—No, *os palheiros* no, la fábrica —vuelve a insistir el viajero.

Pero tienen razón ellas. Lo que el viajero llama la fábrica aquí lo llaman *palheiros,* porque es en lo que dio ésta cuando se acabó la seda: pajares para la hierba. Aunque, al parecer, un fuego también acabó con ellos.

—¿Hace mucho?

—¡Uf! No sabemos —dicen Josefina y Rita, que así se llaman las *pretas.*

Josefina y Rita da Pascua son dos *pretas* angoleñas. Las únicas, según dicen, que viven aquí, en Chacim. Pero están muy integradas. No en vano ambas están casadas con dos vecinos del pueblo; dos hermanos, como ellas, a los que conocieron en su país cuando éstos hacían la mili en la ex colonia africana.

—¿Y os gusta vivir aquí?

—¡Qué remedio! —dice Rita, mientras Josefina se ríe a mandíbula batiente. Y no es ninguna expresión, porque tiene una quijada impresionante.

Josefina y Rita da Pascua son amables y risueñas. Y gordas. Y complacientes. Se ríen a cada paso, como si todo las divirtiera. Pero tienen un terrible pasado a sus espaldas. Al parecer, según dicen, no pueden volver a Angola porque correrían peligro. Y, además, ¿a qué volver? Según dice Josefina, que es la que se ríe más, todos sus familiares se han ido o murieron en la guerra.

—¿Todos?

—Todos —responde Rita, muy seria, mientras Josefina se ríe como si la cosa no fuera con ella.

Calle abajo, entre los perros, el viajero va pensando en Josefina, y en Rita, y en sus maridos, y en los padres de Mikel, el de Beasain, y en los de Angie, la canadiense, y en todos los emigrantes que hay por el mundo, incluidos los gitanos de

Macedo, culpables de haber nacido en países torturados por la guerra y por el hambre o en lugares tan perdidos y tan pobres como éste. Ellos sí que son viajeros. Ellos sí que se merecen el nombre de trotamundos, y no él, que está de paso. Si ahora quisiera, podría estar en su casa.

Pero no quiere. Al viajero, como a ellos, le gusta andar por el mundo, y ver nuevos horizontes, y conocer a gente distinta, aunque no lo necesite, al menos para vivir. Lo necesita, en todo caso, para vivir sin sentir que el tiempo todo lo arruina, incluidos las personas y sus sueños.

—Ya lo ve: lo que era esto y lo que ahora es.

La que le da razón sin saber lo que pensaba, aunque seguramente intuyéndolo, es doña Graça da Conçeição, una mujer ya mayor, vestida con bata azul, que está dando de comer a sus gallinas justo al lado de la fábrica. O, mejor, de lo que queda de la vieja factoría de la seda: unos cuantos paredones derruidos y calcinados por un incendio. El que acabó de arruinarla hace ahora medio siglo, según dice la señora, que ya entonces vivía aquí. Aunque, al parecer, la fábrica ya llevaba abandonada muchos años.

—¿Usted llegó a conocerla?

—No —dice la mujer, sonriendo—. ¡Cuántos años hará ya!

Muchos. Quizá noventa. O noventa y cinco, que son los que aquí recuerdan (por lo menos los que tienen, según dice la señora, los más viejos). O quizá no existió nunca y todo fue una leyenda. Una leyenda de seda, como la de los tesoros moros o la del caldero de oro que se repite en tantos lugares, de Portugal y de fuera, que la gente inventó un día para poder soñar un futuro mejor que el que vislumbraban. Una leyenda de seda, como la que aquí se hacía, que se fue desvaneciendo con los años como el fulgor de Chacim. Ahora la seda es la emigración. La seda de ese pañuelo que es tan grande como el mundo y que busca sus gusanos en lugares como éste. Que se lo pregunten, si no, a la gente que lo ha ido abandonando, como los padres de Mikel, o los de Angie, la canadiense, hasta dejarlo casi diezmado. Aunque a veces vengan otros, como Josefina y Rita, a coger lo que dejaron.

—¿Y usted nunca se marchó?

—No, yo no —dice la señora Graça, sin dejar de vigilar a sus gallinas, que, al parecer, son toda su hacienda.

Los monjes de Balsamão

Hacienda, lo que se dice una hacienda, con todo lo que ello implica: casas, tierras y cultivos, en Chacim no hay más que una: la de los monjes de Balsamão. Pero está lejos del pueblo. A tres kilómetros por un camino que tuerce a la salida hacia la izquierda.

El camino no es muy bueno. Al revés, está agrietado y lleno de socavones, pero atraviesa el paisaje más amable de la zona: un valle ancho y también muy árido, pero ribeteado de olivos y algunos campos de coles. Y, también, de muladares, como éste de la izquierda. Al final, tras una curva, aparecen varias casas y, tras ellas, Balsamão: un santuario de piedra, con una iglesia en el centro, que se alza sobre un mogote que domina todo el valle.

Las casas que hay bajo él no llegan a ser un pueblo. Todo lo más un cortijo o unas casas de aparceros. Un tractor viejo, una moto, un pozo y un par de cerdos es todo lo que se ve alrededor de las casas. Seguramente, los dueños están ahora en el campo.

El camino al santuario nace justo detrás de ellas. Es ya de piedra, más corto, y sube sin detenerse. No lo hará ya hasta el final, cuando esté frente a la iglesia. Aunque, entre tanto, va bordeando un viejo muro de piedra tras el que asoma algún cactus y alguna yuca gigante. Parece que aquí, tan alto, no pueden crecer ya árboles.

Pero no es cierto. Cuando el camino llega a la iglesia después de cruzar un arco y una pequeña capilla (con una antigua inscripción: *1777*), el viajero vuelve a ver algunos árboles, principalmente cipreses. Están en torno a la iglesia y al lado de la capilla y alrededor de los edificios que rodean el convento; un cordón de dependencias construidas a su sombra, cada una en distinta época, en las que viven los empleados y sirvientes de los monjes. Al menos, eso parece a juzgar por la apariencia de las casas y por la gente que ahora está sentada a sus puertas. Aunque no todos están ociosos. En el portal de una de ellas, hay dos hombres trabajando y, a su lado, un subnormal está barriendo la calle. Seguramente por hacer algo, pues tiene la escoba rota.

El viajero, ya en la plaza, aparca el coche a la sombra y se dispone a ver lo que es esto. En realidad, todavía no sabe muy bien qué es. ¿Un convento? ¿Un santuario? ¿Una pequeña ciudad? Al viajero, en cierto modo, le recuerda al casco viejo de Bragança, aunque a escala diminuta. Porque tampoco parece que llegue a ser una aldea. Si acaso, otra cortijada como la que había allá abajo, surgida en torno a la iglesia. Y es que lo único claro es que esto es una iglesia. Una iglesia antigua y grande, como la de Mirandela, pero más rica y más suntuosa y abierta a todas las horas. De hecho, ahora lo está, aunque no se ve ni un alma.

Aparte de suntuosa, la iglesia es también muy bella; especialmente los bancos, que son como reclinatorios. El viajero, con respeto, se da una vuelta entre ellos y, luego, se sienta en uno a disfrutar del silencio. Se siente, de tan intenso. Como el olor de las velas que tiemblan en el altar y el aroma de los frescos que adornan toda la nave. Sólo haría falta que el órgano empezase a tocar solo para que todo cobrara vida: el púlpito, que está vacío, los santos, que están inmóviles, la Virgen, que es de alabastro, y la inscripción que recuerda, en un altar lateral, al fundador de la iglesia: el Venerable Siervo de Dios Fray Casimiro de San José Wyszinski, que nació, según la placa, el 19 de agosto de 1700 en Polonia y murió aquí, en Balsamão, el 21 de octubre de 1755. ¿Que cómo llegó hasta aquí? Eso quisiera saber también ahora el viajero.

Pero no hay nadie a quien preguntárselo. Ni dentro, ni en el convento: un claustro en restauración y lleno de árboles viejos al que el viajero llega por fin después de dar muchas vueltas. Se metió por una puerta y, cuando quiso salir, ya estaba en pleno convento.

Suponiendo que sea esto. Porque ni hay nadie, ni se oye a nadie, ni se ven más que pasillos y puertas por todas partes. El viajero, temeroso, va abriéndolas una a una, pero no encuentra un ser vivo a quien preguntar qué es esto. Sus guías tampoco le aclaran mucho. Sólo una, portuguesa, le dice que Balsamão es, en efecto, un convento surgido en el XVII en torno a una vieja ermita, relacionada a su vez con una antigua leyenda: *una lenda de batalha entre mouros e cristãos*. Y añade que hay una fuente —la de Abelheira— de agua termal. Pero el viajero no ve la fuente. Ni a los frailes. Ni a los moros. Ni la señora que al fin encuentra, después de dar muchas vueltas, en una especie de sacristía que en realidad no lo es (es una tienda de *souvenirs*), parece saber gran cosa de este convento fantasma. Sólo que a Fray Casimiro se le apareció la Virgen y que por eso es tan venerado. Y, para demostrárselo, le enseña una estampita en la que el fraile polaco aparece de perfil, dirigiéndose a una Virgen que parece estar flotando sobre el cielo.

Por fortuna para él, cuando el viajero estaba mirándola (y mirando el repertorio de abalorios y recuerdos que llenan este bazar: estampas, libros de santos, escapularios, imágenes de la Virgen y hasta *fray casimiros* de plástico), ha aparecido un muchacho también como por ensalmo: ni hace ruido al caminar, ni lo hizo al abrir la puerta. El muchacho, además, se parece al frailecillo: cara seráfica, aspecto pulcro y ademanes sigilosos y llenos de misticismo. Si no fuera porque viste de calle como el viajero, éste ya habría pensado que es el propio Casimiro reencarnado.

Por su manera de hablar, también podría parecerlo. A preguntas del viajero, que cada vez está más desconcertado, el muchacho le cuenta la historia del santuario, y la del propio Fray Casimiro, pero aquél no entiende nada. Habla tan bajo y tan suave que parece que está muerto.

En cualquier caso, al viajero le interesa más la suya; es decir, quién es y qué hace él aquí, en este extraño lugar. A duras penas entiende, mientras recorre las salas, que el muchacho va enseñándole una a una (aquí la celda de Fray Casimiro, aquí su cama, aquí sus ropas, aquí su primer rosario), que es un seminarista de Fátima que ha venido en auxilio de los monjes. O, mejor dicho, del monje, pues, al parecer, sólo queda uno. El otro se puso enfermo y lo han llevado a Lisboa.

—¿Y qué hacéis aquí los dos? —dice el viajero, asombrado.

—Servir a Dios —dice el muchacho, muy serio.

El muchacho, que es de Guarda, y que ya tiene veintiséis años, pese a que representa bastantes menos, habla tan bajo y tan suave que parece que está muerto. Quizá lo está, a su manera, y por eso es tan discreto. Ni hace ruido al caminar, ni al abrir y cerrar las puertas. Se ve que el hábito sí hace al monje, aunque éste no lo lleve.

—¿Y cuándo cantarás misa?

—Cuando Dios quiera —dice el muchacho, muy místico.

Desconcertado, el viajero se queda un rato mirándolo. Aparentemente es un hombre de carne y hueso, pero hay algo en su mirada que lo hace diferente. Quizá ese brillo especial, o su sonrisa, que es de otro tiempo. Si el viajero no estuviera en sus cabales, pensaría que es la misma que tenía en las estampas el beato Casimiro; o, mejor, el aspirante a beato, pues todavía está en el proceso. Al fin y al cabo, el muchacho se parece un poco a él.

—¿Cómo te llamas?

—Francisco.

—Francisco, ¿qué? —le pregunta, por si acaso.

—Dinís —responde el muchacho, provocando en el viajero un respingo de sorpresa. Quizá no sea Fray Casimiro, pero a lo mejor es el propio rey. Al fin y al cabo, el muchacho, a juzgar por los grabados de los libros, también se parece a él.

Por si acaso, el viajero se despide y, por la puerta por la que entró, vuelve a salir a la plaza, donde su coche sigue esperándolo. El viajero no cree en los fantasmas, pero, por si las moscas, prefiere no hablar con ellos.

Noticias de la radio de Lisboa

De vuelta a la realidad, o sea, a la carretera, el viajero mira al cielo. Está caliente, como el asfalto, y parece una pelota de tan curvo. Seguramente, se curva así para salvar la sierra que tiene enfrente.

El viajero se detiene y mira el mapa. Si sus autores no mienten, y no parece factible, es ya la sierra de Mogadouro, el inhóspito macizo montañoso que bordea Trás-os-Montes por el este, aunque, entre la raya y él, queda aún el altiplano mirandés; el *planalto,* que allí dicen en el viejo dialecto de la tierra. Pero todavía está lejos. Se ve ya nítido, entre la bruma, pero todavía muy lejos. Antes están aún el valle del río Sabor y los montes de Soutelo y Penas Roias.

Y, todavía antes, Peredo. Un pueblo pobre, de casas viejas, que se recuesta junto al camino a seis kilómetros de Chacim. Es el único que el viajero encontrará en casi treinta kilómetros.

Peredo, como Chacim, es pueblo antiguo y de nombre. Durante el pasado siglo, vivió también de la seda y todavía conserva de aquellos años heroicos, alrededor de sus casas, algunas cuantas moreras. Pero el pueblo ha decaído como todos en la zona y ahora apenas se ve a nadie por sus calles:

un viejo en un soportal, otro sentado en un tronco y dos niñas paseando de la mano. Y eso que en el mes de agosto sus emigrantes están aquí. El viajero, pese a ello, lo ve alejarse con pena. Sabe ya que hasta Soutelo no volverá a ver más aldeas.

Porque, desde aquí a Soutelo, no hay más que montes pelados; agrestes montes y barrancadas en los que apenas vive ya nadie. La carretera, además, después de dejar Peredo, se ha vuelto aún más estrecha. Se ha vuelto a partir en dos, en dirección a Alfândega, una, y a Mogadouro, la otra, y al hacerlo ha perdido las cunetas. Apenas es ya un camino como el que parte a Castro Vicente.

El paisaje es tenebroso de tan árido. Olivos y alcornocales es ya lo único que se ve, amén de algún río seco. Este año, la sequía ha quemado hasta las piedras. El viajero, acongojado, mira al cielo y pide suerte. Como tenga una avería, le van a comer los cuervos.

Para animarse, pone la radio. Lo suele hacer a menudo, cuando cruza por lugares como éste. Lo hace para tener compañía y para que los kilómetros pasen antes. Pero no pasan. La carretera, además de estrecha, está cada vez más curva y más llena de remiendos. Se ve que hace ya mil años que no le echan ni brea.

En una curva, un letrero (o lo que queda de él) y un camino a la derecha: *Porrais.* ¿Dónde estará metido?

Y más montes. Y barrancos. Y más canteras de piedra. Son la única riqueza que, al parecer, da esta tierra.

La radio, entre tanto, habla del estado del escudo portugués (de la moneda, no del emblema). Su salud no es preocupante, dice alguien, comparado con las otras monedas europeas. Otro, en cambio, se lamenta de que el escudo no crezca más. Menos mal, piensa el viajero, mirando a su alrededor.

Ahora, la carretera avista un río a lo lejos. Debe de ser el Sabor, aunque no hay ningún cartel. El viajero lo atraviesa sin pararse mientras escucha en la radio hablar a alguien del tráfico. Al parecer, a esta hora, Lisboa está colapsada. Quién lo diría, piensa el viajero.

Pasado el río Sabor, que tal era el que había atrás (al menos, según los mapas), el paisaje se vuelve aún más inhóspito. Por no haber, ya no hay ni olivos. Sólo montañas peladas y alguna encina al abrigo. Y un letrero despintado que anuncia con trazos gruesos: *Vénden-se frangos de campo* (*Se venden pollos de campo*). Debía de ser hace tiempo.

Y un palomar. Y otra cuesta. Y otro barranco a la izquierda. En la distancia, unos robles y, en el cielo, una avutarda. Y el camino, que se alarga como si no fuera a tener fin. Mientras tanto, por la radio, el presidente de la República, Mario Soares, inaugura una autovía (lejos de aquí, por supuesto), la Bolsa sigue subiendo (como el escudo, parece fuerte) y el Sporting de Lisboa, que este año aspira a todo, ha fichado a un yugoslavo por la mitad de lo que valdrían todos estos montes juntos. Se ve que nadie ha cruzado la carretera de Mogadouro.

El viajero, acongojado, vuelve a mirar a lo lejos. No se ven más que montañas, cada vez más solitarias y más secas.

Y más montes. Y más cuestas. Durante varios kilómetros, que no se terminan nunca, la carretera sigue subiendo. Pero no hay nada detrás. Ni coches. Ni colmenares. Ni un simple árbol con sombra donde poder descansar un rato. Sólo los montes y el cielo azul y el sonido de la radio de Lisboa. Si esto es así en el verano, piensa el viajero apagándola, cómo será en el invierno.

Menos mal que ya se ven, allá, sobre una colina, los tejados de las casas de Soutelo.

Las huellas de los templarios

Soutelo es un pueblo grande. Y antiguo, como Chacim. Pero el viajero pasa de largo igual que la carretera. Se ve que le da lo mismo que haya pueblos o que no.

El viajero está cansado. El viajero, a estas alturas, después de tantos kilómetros, está ya tan aburrido que no quiere ver a nadie. Sólo piensa en llegar a Mogadouro, que debe de estar ya cerca. Y, además, ¿a qué parar? Desde la carretera, ya ha visto el pueblo: casas nuevas, de emigrantes, junto a las viejas, que son de piedra. Desde aquí hasta Mogadouro, ya tendrá tiempo de ver muchos pueblos como él.

A la salida del pueblo, que queda allá, en la colina, en medio de unos castaños, los alcornoques vuelven a acompañarlo. Son rojos, como la tierra. Y duros como el paisaje, que ahora se inclina hacia el sur. En Soutelo, al parecer, la carretera llegó a su techo y ya empieza a descender hacia el río Duero. Pero todavía quedan varios kilómetros antes de llegar a él. Kilómetros de dehesas y alcornocales, algunos ya sin corteza, entre los que la carretera pasa como si fuera otro arroyo seco.

Y otro pueblo; de buen nombre (Vale da Madre se llama), muy parecido a Soutelo. Aunque es mucho más pequeño. Un hombre, junto a un camino, está arreglando una cerca. Es la primera persona que el viajero se ha cruzado en mucho tiempo.

—*Boas tardes!*

—*Boas tardes!* —grita el hombre, al que quizá le sucede igual: no parece que circulen muchos coches por aquí.

El saludo, aunque lejano, le devuelve el optimismo. Estaba ya acongojado de ver tanta soledad. Y, además, ya se aproxima al punto de su destino: Mogadouro, el pueblo antiguo y templario en el que la carretera muere antes de coger la ruta que lleva hacia la frontera. Allí podrá hacer un alto y olvidarse de sus penas.

Pero el viajero propone y el camino le dispone. El viajero ya había visto Mogadouro, erguido sobre una loma, en medio de las montañas, pero antes un letrero le hizo desviarse a la izquierda: *Azinhoso*, *Igreja românica (Séc. XII),* indicaba entre los urces.

El viajero no se puede resistir a algunas cosas. Y una de ellas es ésta: una iglesita románica perdida en medio del monte o en los alrededores de cualquier pequeña aldea. El viajero está convencido de que toda la belleza imaginable en este mundo se encuentra en estas iglesias.

Así que allá marcha ahora, con el corazón en vilo, dispuesto a vivir de nuevo esa bendita experiencia. Porque todas las iglesias de este estilo son distintas. Todas tienen en sus piedras la huella de sus autores, aunque parezcan iguales. El viajero lo ha comprobado mil veces a lo largo de sus viajes por Europa y siempre ha sentido en todas la misma intensa emoción: la de sentir el latido del hombre bajo las piedras.

Por eso, ésta de Azinhoso no la olvidará jamás. Pequeña, como la aldea, sencilla hasta el primitivismo y con un atrio en ruinas que es la antesala del cielo; y eso que ya sólo quedan las columnas, y no todas. Sin duda, debió de ser un pórtico impresionante.

—Eso dicen —dice un hombre, que, a lo que se ve, está ya habituado a verlas.

La señora María da Luz, que es la encargada del templo, lo enseña, en cambio, como a una hija. Sabe que tiene una joya bajo su responsabilidad. Incluso sabe algo más. Que es templario, como el pueblo. Se lo dice al viajero con orgullo mientras le enseña los símbolos característicos de la Orden que hay en varias de las piedras.

—Mire, aquí hay más —dice, rodeando la iglesia.

Pero el viajero está emocionado contemplando el *pelourinho* y las columnas. Son tan bellas y sencillas que parecen de mentira. Y todas son diferentes. Como las gárgolas, que están completas y representan cada una de ellas también motivos distintos. Animales, sobre todo, y figuras mitológicas.

—La gente dice que es lo mejor —le explica María da Luz, abriéndole ya la puerta.

La señora María da Luz, que estuvo emigrada en Francia, pero que ha vuelto a Azinhoso, es despierta e inteligente. Morena y de edad mediana (cincuenta y cinco años confiesa), se la ve con más estilo que a sus vecinas del pueblo. Y cuida bien de la iglesia. Ahora está en restauración, pero estuvo, según dice, muchos años olvidada.

—¿Y el cura? —dice el viajero.

—No hay —le dice María da Luz, aunque en seguida corrige, no vaya a ser que se ofenda—. Bueno, hay uno: don Antonio. Pero vive en Mogadouro.

—¿Y no viene a verla nunca?

—Sí, hombre, todos los días —dice la mujer, sonriendo; y añade, llena de orgullo—: Es muy joven. No llegará aún a los treinta.

—Entonces —dice el viajero—, tienen cura para rato...

—Dios le oiga —dice ella.

La iglesita, en su interior, no guarda grandes tesoros; al contrario, es más bien pobre, comparada con otras de su estilo: una pila, algunos frescos, un púlpito y un sepulcro es todo lo que conserva. Eso y la imagen de Santa Bárbara, a cuya advocación se acoge y a la que sacan en procesión cada cuatro de diciembre. Así que, en cuanto la ha visto, el viajero vuelve fuera. Prefiere ver las columnas a la soledad de dentro.

—La pena es que faltan varias —le dice María da Luz, saliendo también con él.

Pero al viajero le basta con las que quedan. Le bastan para mirarlas y para imaginar las otras. Sin duda, debió de ser un pórtico impresionante.

—Pues, si le gusta esto —le dice María da Luz, llegando ya al cementerio—, tiene que ver el castillo de Penas Roias. También es de los templarios.

—¿También?

—También —dice la mujer, que parece que sea hija del Temple. Desde que llegó el viajero, no ha parado de hablar casi de ellos.

—¿Y qué hacían aquí los templarios? —le pregunta el viajero para ver.

—¡Ah, eso ya no lo sé! —exclama María da Luz, cuyo conocimiento de los templarios se limita solamente a su presencia en estos pueblos.

Pero el viajero está tan contento que decide hacerle caso. Al venir hacia Azinhoso, ya vio el letrero de Penas Roias, al lado del de la iglesia, lo que quiere decir que está aquí cerca. Y, además, todavía es pronto para la prisa que tiene él. Mogadouro está ya a un paso y Miranda no muy lejos.

—¿Y qué es mejor, el castillo de Penas Roias o esto?

—¡Esto, hombre! —dice ella, sin dudarlo—. El castillo son tres piedras.

Y no le falta razón. El castillo de Penas Roias, al que el viajero llega en seguida siguiendo la carretera (está apenas a diez minutos de Azinhoso), son ya, en efecto, tres piedras: un torreón desdentado con unos trozos de muro erguido en una colina expuesta a todos los vientos. Pero también merece la pena. Sobre todo por las vistas que desde él se deben de ver y por visitar el pueblo.

—Es pequeño.

—Ya lo veo.

Es una aldea de cuento; la típica aldea rayana perdida entre las montañas y dormida aún en el tiempo, que es como decir la muerte. Casas viejas, de pizarra, y corrales para ovejas se agolpan entre sus calles y en sus estrechas callejas. Y, por ellas, los vecinos, trabajando como siempre. Unos llevando las vacas, otro un brazado de hierba, otros dos en una era (limpiando un montón de trigo) y una mujer con un hierro del que cuelga la placenta de una vaca que ha debido de parir hace muy poco. Estampas de un tiempo antiguo que todavía pervive en estos pueblos perdidos y que desaparecerá muy pronto. Tan pronto como ellos mueran.

—¿Cuántos vecinos quedan?

—Pocos. Ahora, en verano, muchos; pero en el invierno pocos —le responde una señora que está al lado de la fuente.

—Pero usted no vive aquí...

—No, vivo en Francia —le responde la señora, que ya habla con cierto acento.

Su vecina, sin embargo, nunca ha salido del pueblo. Es vieja, como su casa, y, como ésta, viste de negro. Se ve que ni una ni otra han cambiado en todo el siglo.

—¿Cómo se llama?

—¿Quién, yo? Nérida —dice la mujer, riéndose.

—¿Y siempre ha vivido aquí?

—Aquí, en esta casa —le responde con orgullo, aunque fingiendo cierta vergüenza: la casa está ya tan vieja que parece que se va a caer a pedazos.

—Es muy bonita —dice el viajero, halagándola.

—Sí, para verla —responde ella.

Su vecina, la *francesa,* se acerca a donde están ellos. Viene buscando la sombra y, sobre todo, conversación.

—¿De dónde viene? —le pregunta al forastero.

—De Chacim —responde éste.

—¿De Chacim?

—Bueno, de Chacim, de Régua, de Vila Real, de Chaves... Estoy recorriendo esto.

—¿Y le gusta este país?

—Mucho —dice el viajero, sonriendo—. ¿Y a usted?

—¿A mí? —pregunta ella, sorprendida—. Bueno...

—O sea, que no le gusta —dice el viajero, picándola.

—Es muy pobre —dice ella.

—¿Cuántos años lleva en Francia?

—Veintitrés.

—¿Y hay muchos más de aquí allí?

—¡Uf! La mayoría. Más de la mitad del pueblo.

—¿De éste sólo?

—De éste y de los demás. La mitad de la gente de esta zona estamos ya todos fuera. Mi marido, por ejemplo, es de Travanca y de Travanca la mitad están también en Francia.

—¿Y vuelven todos por el verano?

—La mayoría —responde ella.

—La *saudade...* —dice el viajero, sonriendo.

—Claro —responde ella con pena.

Calle arriba, otra señora, ésta ya junto al castillo, también está de paseo. Se ve que unas, por emigrantes, y las otras, por ancianas, no tienen mucho que hacer.

—Buenas tardes.

—Buenas tardes.

—¿Por dónde se sube allí? —le pregunta el viajero, por el castillo.

—Por ahí —responde ella.

—¿Por ahí?

Es una cuesta imponente. Un plano tan inclinado que parece una escalera para el cielo.

—¿Seguro que por ahí?

—Seguro —responde ella.

Y por allí es, ciertamente. Aunque le duela al viajero. Pero tampoco es tanta subida y, además, vale la pena. Desde lo alto del castillo, se ve todo Penas Roias y los montes que rodean sus tejados hasta donde se termina el cielo.

El viajero, impresionado, cuando por fin llega arriba, se sienta junto a la torre y, durante varios minutos, deja que su vista vuele. Se está muy bien allá arriba, lejos del mundo y sus pompas. Y, si se escucha con atención, se puede oír el silencio. Aunque, de vez en cuando, también, se escuchen voces lejanas y sonidos de animales y de carros. Si no fuera por los coches, se diría que este pueblo sigue aún en la Edad Media.

—¿Qué, le gustó el castillo? —le preguntan las señoras cuando vuelve.

—Sí, pero no vi a los templarios —dice el viajero, sonriendo.

—¿A quién?

—A los templarios.

—¿A quién?

—Nada, no importa —dice el viajero, alejándose y despidiéndose a toda prisa no vaya a ser que se ofendan. Con lo gentiles que han sido, no querría que pensasen que se está riendo de ellas.

Pero la duda ya está sembrada:

—¿Por quién preguntaba ése? —oye que pregunta una.

—No sé —le responde otra—. No debían de ser de aquí.

El pintor de Mogadouro

El castillo de Mogadouro, igual que el de Penas Roias, también fue de los templarios (y, antes de éstos, de los árabes y, antes de éstos, de los godos, y, antes, a saber de quién), pero también está ya en ruinas y sumido en el olvido de los siglos. Al castillo de Mogadouro, igual que al de Penas Roias, lo dejaron caerse los vecinos cuando quedó abandonado, cuando no lo tiraron ellos mismos para aprovechar sus piedras.

Pero, aun así, sigue siendo impresionante. Y fiero, como su historia. Basta mirar sus murallas y lo que queda de él (una torre desdentada) para imaginarlo en tiempos: altivo, como la roca, erguido sobre la loma en la que se asienta el pueblo y vigilando los montes que separan este valle del Duero. Que ya era entonces, igual que ahora, la línea de la frontera.

Y es que este viejo castillo que el viajero ya divisa en la distancia, erguido sobre la loma, igual que cuando lo hicieron, fue uno de los mayores que hubo en toda esta región cuando los árabes aún la ocupaban y cuando la reconquistaron luego los ejércitos del Reino de León. Aunque fue un rey portugués, Afonso Enriques, que fue el primero, el que lo fortificó de nuevo y el que se lo dio a la Orden de los templarios para que se encargaran de su defensa. Era aún el siglo XII y los árabes seguían todavía junto al Duero.

Pero pasaron los años y los templarios se fueron. Y el castillo quedó solo, a merced de los saqueos y del viento. Saqueos que prosiguieron durante bastantes siglos hasta que, en el XVIII, el marqués de Pombal mandó tirarlo junto con los palacios que aquí existían. Al parecer, Mogadouro estaba lleno de ellos, a pesar de la pobreza de esta tierra.

Pero es difícil imaginarlos al ver ahora este pueblo. Salvo la plaza y alguna casa, como ésta de la farmacia o la de las antiguas postas ante la que ahora paran los autobuses, Mogadouro es un pueblón destartalado sin más encanto que su castillo. Y más hoy, que está de obras y los camiones y los obreros lo llenan todo de polvo.

Huyendo de él, el viajero, que soñaba con llegar a Mogadouro, pensando en hacer un alto para olvidar el que dejó atrás, se mete por las callejas que van a dar al castillo. Ya tendrá tiempo al volver de parar en algún bar, que es lo que en realidad desea.

Pero tampoco aquéllas están tranquilas. Y no porque estén en obras, pues siguen como hace siglos, alguna incluso sin asfaltar, sino porque los coches y los tractores también circulan por ellas. Apenas caben entre las casas y el viajero se las ve y se las desea para poder pasar entre ellos.

Por fin, después de dar muchas vueltas, llega a lo alto del pueblo y, tras aparcar el coche junto a unos niños que juegan, a la puerta de una iglesia abandonada (sólo queda el campanario y sin campanas), con un balón deshinchado, se dirige hacia la torre del castillo, que está ya detrás de ésta. Sólo hay que subir la cuesta, o, mejor, las escaleras talladas en plena roca que arrancan junto a la iglesia.

La torre del homenaje, que tal es la que aún se ve, está bastante bien conservada para lo que parecía de lejos. Hasta la puerta sigue en su sitio, con su cerradura y todo, sin duda como recuerdo de la enorme consistencia de esta torre que en tiempos fue el corazón de toda la fortaleza. En tiempos, porque ahora ésta es sólo un gran descampado al que ni siquiera el foso o los muros que aún resisten, que son más de la mitad, pueden darle la apariencia de castillo. Al revés, parece un campo de tan grande y despejado como está. Aquí tendrían más sitio para jugar al balón los niños que lo hacían ahí afuera.

Pero no hay nadie. Ni siquiera las parejas habituales o los viejos que pasean por las tardes por este tipo de sitios en las ciudades de todo el mundo. Sólo alguien, a lo lejos, sentado de cara al norte, mirando pasar la tarde o contemplando el paisaje como ahora hace el viajero.

Es un paisaje imponente. Pelado, como la tierra, y resplandeciente ahora bajo el sol de media tarde, que ya empieza a declinar hacia el oeste. Y, al fondo, a los cuatro vientos, las montañas que lo guardan y lo cierran por completo: al norte, las del Sabor, por donde vino el viajero; al este, las de la sierra; al oeste, las de Alfândega (hacia donde se dirige el sol) y, al sur, las de Salamanca y las de Freixo de Espada à Cinta. Todo un cordón montañoso que envuelve todo el paisaje y que hace de este pueblo un oasis imposible. Porque, de oasis, sólo tiene realmente cuatro huertas. El resto son encinares y bancales abrasados por el sol y por el frío de los inviernos. Que, al parecer, son tan largos que a veces duran diez meses.

Pero también es hermoso así. Sobre todo, a esta hora de la tarde en la que el sol ya empieza a caer y el paisaje reverbera en la distancia igual que una transparencia. Que es lo que está pintando el muchacho que estaba sentado al fondo y al que el viajero se acerca ahora buscando conversación. El viajero creía que estaba viendo el paisaje, pero resulta que es un pintor.

Y con oficio, por cierto. Mientras se aproxima a él, el viajero ya ve el cuadro en el que trabaja ahora (un paisaje de la iglesia y del castillo) y comprueba que no pinta nada mal para ser aficionado. Se nota que tiene mano y que maneja bien los pinceles.

El chico, que está aquí solo, sin nadie que le moleste, mira extrañado al viajero. No le había oído llegar, concentrado como estaba en su trabajo.

El viajero se disculpa:

—¿Te molesta que te mire?

—No —dice el muchacho, muy tímido.

—Está muy bien —dice el viajero, halagándolo.

—Bueno... —responde el chico, modesto.

Pero se ve que le gusta que alguien mire su trabajo. Sobre todo si ese alguien, además, es extranjero. No deben de llegar muchos hasta este pueblón perdido.

El chico, que está sentado, y que pinta a tinta china sobre un lienzo, reanuda su trabajo mientras el viajero enciende el cigarro que venía deseando hace ya tiempo. No lo encendió en Azinhoso por respeto a los templarios y en Penas Roias no le dejó hacerlo el fuerte viento que hacía. Así que lo disfruta con placer mientras observa cómo aquél pinta.

—¿Y siempre pintas paisajes?

—Siempre —dice el muchacho, muy serio.

—¿Y siempre de Mogadouro?

—Casi siempre —dice el chico, que es muy tímido o que está tan abstraído en su pintura que le cuesta salir de ella.

—¿Puedo verlos? —le pregunta.

—Por supuesto —dice el chico, pasándole los dibujos que tiene en una carpeta.

Son dibujos a plumilla. Todos paisajes de Mogadouro y de la vida del pueblo, que, al parecer, son los temas que inspiran toda su obra. Se ve que el chico está enamorado del paisaje de su tierra.

—¿Vives aquí?

—No, en Oporto.

—¡Ah, en Oporto! —dice el viajero, mirándolo. Ya le parecía a él que era demasiado fino para vivir en este lugar.

Pero el viajero está equivocado. El muchacho no es más fino por vivir en la ciudad, sino por educación. Incluso, dice, aborrece Oporto y está pensando en volver.

—¿Aquí? —dice el viajero, extrañado.

—Sí.

—¿Pero no es muy solitario?

—A mí me gusta la soledad —le responde el chico, mirando los tejados de las casas de su pueblo.

El viajero le mira con extrañeza. El chico sigue pintando como si estuviera solo y, a lo lejos, en el cielo, se escucha ahora un avión. Va alto, sobre las nubes, en dirección a Oporto o a Galicia, o quién sabe si al Atlántico y, a través de él, hacia América. Es el único sonido que se oye ahora en el pueblo. Ése, y el de los niños que siguen fuera, jugando al fútbol junto a la iglesia. La verdad es que se está bien aquí.

—¿Y en invierno qué se hace? —le pregunta ahora el viajero.

—¿Adónde? —pregunta el chico.

—Aquí, en Mogadouro.

—Nada —responde él.

—¿Y no te aburres?

—A mí me gusta la soledad —le dice el chico de nuevo.

Con su soledad le deja (y con sus pensamientos místicos) y con los suyos regresa hacia su coche el viajero. Justo a tiempo de escuchar las campanadas que ahora suenan a lo lejos. Deben de ser de otra iglesia o de algún pueblo cercano.

Las campanadas le siguen en su regreso hacia el pueblo. Le siguen mientras se escuchan, porque en la plaza siguen las obras. Sólo Trindade Coelho, subido en su pedestal, aguanta, estoico, entre ellas.

—¿Quién era? —les pregunta, por la estatua, el viajero a los obreros.

—Un escritor —dicen éstos.

—Ya. ¿Pero qué escribía?

—¡Ah, no sé! —responden ellos.

La chica del bar de enfrente tampoco sabe decírselo. Sólo sabe que la estatua lleva ahí puesta mucho tiempo.

—¿Y nunca has leído nada?

—No —responde ella, sin inmutarse.

El de la gasolinera, en cambio, sí conoce al escritor. No mucho, pero algo sí. De la escuela, dice el hombre, cuando les leían sus cuentos.

—¿Y eran bonitos?

—Serían —responde el hombre.

—¿Ya no se acuerda?

—Pues no —reconoce el hombre.

¡Pobre Trindade Coelho! Tanto escribir y escribir, tanto pensar y pensar, para que nadie le lea. Ni siquiera sus vecinos, a los que dedicó su obra. Debe de ser el destino de todos los escritores.

—¿Usted escribe también?

—¿Yo? ¡Qué va! —miente el viajero.

A la salida de Mogadouro, que queda ya a sus espaldas, envuelto en su propio polvo, el viajero se detiene. Mira por última vez el castillo y recuerda a su pintor. ¿Le pasará alguna vez a él como a Trindade Coelho?

La parada, otro cigarro, otra parada en el cruce (para contemplar la sierra) y el viajero ya está listo para proseguir su viaje. Son las ocho de la tarde y a Miranda aún queda un trecho.

Exactamente, 47 kilómetros, que son los que aquí se dicen. Aunque, un poco más allá, otro letrero corrige: 46. Y, apenas a otros cien metros, un tercero, más antiguo: 45. Como sigan a este ritmo, piensa el viajero, asombrado, va a llegar a Miranda en diez minutos.

La carretera, además, es ancha y parece en buen estado. Se ve que es nueva o reconstruida a partir de otra más vieja. Y apenas hay ningún tráfico. Desde aquí hasta la frontera, debe de haber pocos pueblos.

Desde la carretera, además, apenas se ven siquiera. Sólo sus campos y sus tractores y los caminos que van a ellos. Aunque también hay alguno que se acerca para verla. Como Variz, el primero, que queda un poco a la izquierda y al que el viajero llega en seguida después de cruzar la sierra. Aunque apenas se dio cuenta de su paso. La tierra está ya tan alta que los montes no parecen tan tremendos.

Pero lo son, como el campo. Y como las carreteras que van al Duero. Que queda allá, a la derecha, apenas a quince kilómetros.

Y más pueblos: Sanhoane. Y Tó, que está al otro lado. Los dos en medio del páramo, a merced de las tormentas y del viento.

El paisaje, sin embargo, se ha ido dulcificando. Es más suave y melancólico que en los alrededores de Mogadouro. Quizá sea por la hora, o por la brisa, que es más amable. Porque el campo es también pobre. Y pardo, como los pueblos. Encinas y robledales se esparcen por las colinas, que cada vez son más suaves y que, a partir de Sanhoane, forman casi una dehesa. Sin duda, en alguna época, toda esta tierra lo fue.

Y otro pueblo: Brunhosinho. Gente que viene del campo y rebaños de vacas y de ovejas. Las vacas, rubias, con grandes ubres, y las ovejas minúsculas y pardas como la tierra. Se las ve allá, hacia Travanca, que queda un poco desviado y que al viajero le suena, aunque no sabe de qué. ¡Ah, ya recuerda! Era el pueblo del marido de la *francesa* de Penas Roias.

En Urros, que está ya cerca, junto al cruce de Bemposta, ni siquiera hay ya rebaños. Sólo la vía del tren y el edificio de la estación, vacío y abandonado. Era la línea del tren que venía de Miranda y que seguía hacia Mogadouro y hacia Torre de

Moncorvo. *La Sabor,* como aún la llaman la gente de estas aldeas. Aunque hoy nadie viaja ya en sus trenes de juguete. La línea cerró hace años y sólo quedan las vías. Y un letrero que aún advierte al pie de la carretera: *Atención a los convoyes. Pare, escuche, mire.*

Pero no hay mucho que ver. Sólo campos despoblados y algún pájaro que cruza. Y tampoco hay qué escuchar. Hasta el viento está parado en esta tarde de agosto. El viajero, desolado, mira al cielo y acelera mientras escucha de nuevo al burro de Lebução:

—*¿Habrá en el mundo una tierra más pobre que ésta?*

—*Sí. Trás-os-Montes, en Portugal.*

Atardecer en Sendim

A la entrada de Sendim, no uno, sino dos burros. Los lleva un niño pequeño, andando por la cuneta. Niño y burros, mientras andan, componen un cuadro antiguo. Tan antiguo como el pueblo.

A la entrada de Sendim, también hay motos paradas. Y coches. Y camionetas. Y huertos en los que aún se ven campesinos trabajando. Es esa hora del día en la que el sol empieza a ponerse, pero en la que, todavía, la noche queda muy lejos. Como Miranda, piensa el viajero.

Aun así, entra en el pueblo. Está pegado al camino, pero de espaldas a él. Pero es grande. Y con sabor. Especialmente a esta hora en la que sus vecinos vuelven del campo o se sientan a la puerta de sus casas a ver pasar a la gente. El viajero lo recorre sin pararse y se queda enamorado de sus calles. Calles viejas, empedradas, como sacadas de un tiempo antiguo. Como la gente que pasa ahora o le ve pasar a él: uno tirando de un burro, otro con un caldero de berzas, unos niños con un carro, una vieja con un cesto a la cabeza... Y perros. Y calabazas. Y niños que van en bici o juegan en las callejas. Escenas de un tiempo antiguo que todavía pervive en este rincón del mundo y que forman un mosaico de la tierra mirandesa. Que es la más vieja de este país, al decir de los propios portugueses.

En la plaza, sin embargo, hay ya algunas casas nuevas. Es donde están los cafés y los comercios del pueblo. Y, a la puerta, algunos hombres, que ya han vuelto del trabajo. O que están de vacaciones, pues Sendim es también tierra de emigrantes. Se les conoce por sus atuendos y por sus coches de importación. Aunque, ahora, cruza entre ellos un muchacho en una moto (de las de siempre, de los sesenta), devolviéndole a la plaza todo el sabor del pasado. El sabor de la pobreza.

Aunque, para sabor, los huertos. Están ya fuera del pueblo, en torno a la carretera, y la mayoría de ellos todavía se riegan sin motor. Con pozos, como en la Biblia, de los que se saca el agua con ayuda de un caldero. Margarida Flores Afonso lo está haciendo en este instante.

La mujer, en realidad, lleva ya años haciéndolo. Unos cincuenta, que tendrá ahora, aunque se conserva en forma. Incluso deja, al moverse, sensación de ser aún joven. Es de Bemposta, junto a la raya, pero se casó en Sendim.

—¿Y su marido?

—Con el ganado —responde ella.

La mujer, mientras trabaja, le va contando al viajero. Ahora ya hay pozos con bomba, pero el de ella no la tiene. Así que tiene que trabajar igual que hace dos mil años: bajar el cubo, llenarlo de agua, levantarlo con ayuda de dos palos engarzados que hacen de balancín y de poste y vaciarlo en la arqueta que la reparte por cada surco.

Y, así, durante varias horas, hasta que los riegue todos.

El viajero, mientras habla, la ve hacerlo con respeto. Hacia la mujer, primero: por su trabajo y su soledad. Y, luego, hacia los tomates, que es lo que está regando esta tarde. Están ya rojos, entre las hojas, a punto casi para comer.

—Coja uno, si le gustan —le invita ella, sonriendo.

Los tomates, los pimientos, el aroma de los huertos... Con la tarde ya cayendo y el agua empapando el aire, Sendim es ahora un vergel. Y más con esta mujer que, al trabajar, le enseña sus pechos. Pechos blancos, mantecosos, como los de una nodriza, que sin duda es lo que ha sido desde que se casó en Sendim. Aunque, entre medias, haya tenido sin duda que alternar el cuidado de los hijos con el trabajo en el campo, como todas las mujeres de esta tierra. Que son las que de verdad trabajan, como ya ha visto el viajero.

—¿Me deja que lo haga yo?

—Si quiere... —le dice ella.

El viajero coge el cubo y lo deja caer al pozo. Y, luego, cuando está lleno, intenta tirar de él. Pero no es fácil, aunque parece. Aun con los palos y todo, el caldero pesa mucho y cuesta sacarlo arriba. Incluso tiene que arrodillarse para poder tirar con más fuerza. Cuando lo logra, el viajero sopla y le dice a la mujer:

—Tenga, tenga, para usted.

Margarida le sonríe. Ella ya sabe lo que es el pozo. Y lo que cuesta subir el cubo. Y lo que cuesta volver a hacerlo. Lleva ya años haciéndolo, como todos los vecinos de Sendim.

—¿Y, cuando se va, lo tapa? —le pregunta el viajero, por el pozo.

—No —dice ella.

—¿Y si se cae alguien a él?

—No se cae nadie —sonríe.

—Pues yo no me fiaría —dice el viajero, asomándose para tratar de ver lo que cubre.

Pero no puede, porque es muy hondo; tan hondo que da hasta miedo. Y sin brocal, ni escalera. Un simple pozo excavado a plomo bajo la tierra. Igual que los que se ven en el resto de los huertos.

—¿Y nunca se ha caído nadie? —vuelve a insistir el viajero.

—Bueno, una vez —dice Margarida ahora—. En éste, precisamente —y añade, como si nada—: Una señora, que se tiró.

—¿Se suicidó?

—Sí —dice ella.

—¿Hace mucho?

—Sí. Todavía no vivía yo en Sendim.

El viajero, impresionado, se vuelve a asomar al pozo. Apenas se intuye el fondo de tan hondo como es. Además, la oscuridad acentúa su misterio: sólo se adivina el agua por el sonido que hace el caldero.

—¿Y no lo taparon luego? —le pregunta a Margarida.

—¿Taparlo? ¿Cómo taparlo?

—Cegarlo —dice el viajero.

—¿Por qué? —dice Margarida, sacando el último cubo, al parecer, ya por hoy; son las nueve de la noche y ya es hora de marchar—. ¿Qué culpa tenía el pozo? —le pregunta, convencida.

—Ya. Pues también tiene razón —dice el viajero, ayudándola, no vaya a ser que tropiece.

El *planalto* mirandés

De vuelta a la carretera, donde le espera su coche, el viajero mira al cielo. Está oscuro, como un pozo, y quieto como los huertos. Definitivamente, la noche está a punto de llegar.

Pero todavía se ve. Entre dos luces, como en Sendim, que queda allá, a la derecha, pero lo suficiente aún para distinguir aquéllos. Todavía se ven, incluso, campesinos trabajando entre las cercas. En este tiempo, hay que aprovechar.

Y, la verdad, aprovechan las gentes de estos lugares. En dirección a Miranda, que cada vez está ya más cerca, el viajero se cruza aún con bastantes hombres que aprovechan hasta el último momento; unos regando los huertos, otros trillando en las eras, otros cuidando sus vacas y otros, como éste de aquí, acarreando centeno. Aunque la mayoría están recogiendo.

Recogiendo, aunque a su modo, va ahora también el viajero: recogiendo sus recuerdos. Cae la noche en Portugal y, con ella, un día más: el cuarto, ya, de su viaje y el penúltimo quizá. Si todo va como piensa, mañana, a estas mismas horas, habrá llegado a Bragança.

Pero aún le queda Miranda. Y, antes, cruzar el *planalto*. Esta meseta pelada y llena de pueblos viejos que se mete como un lóbulo en España y que cortan por el norte las montañas de Alcañices, ya en Zamora, y, por el sur, el tajo del Duero. Que es el río que aquí marca la raya desde hace siglos.

En realidad, el *planalto* empezó ya más atrás (en Sanhoane, o en Brunhosinho, o, antes aún, en Variz), pero se acentúa ahora, entre Sendim y Fonte d'Aldéia. El pueblo, que es muy pequeño, como los huertos que tiene al lado, apenas se ve al pasar, pero, a su alrededor, el campo se extiende hasta el infinito. Hasta Picote, por la derecha, y hasta Silva y Vilar Seco, por la izquierda. Campos de robles y de alcornoques, plantados hace ya siglos, que se extienden a lo largo del camino y de kilómetros de dehesas. Al final, está Miranda, colgada sobre el río Duero como si fuera la proa de una gran nave de piedra.

Pero, antes, hay más pueblos. Duas Igrejas, por ejemplo. Un pueblo grande y famoso, y típico de esta tierra (el más típico quizá: de aquí son los *pauliteiros*), pero que, ahora, al anochecer, parece una aldea más. Un cementerio de coches, algunos hombres con burros, otro subido en un carro y varios veraneantes que pasean aburridos por las calles serán, pasados los días, lo único que recuerde. Eso y los arcos de bienvenida que señalan que el lugar ha estado en fiestas (las de *Nossa Senhora do Monte*, que es la patrona local, según dicen los carteles) y, por supuesto, las dos iglesias (una románica, pura, y la otra más moderna) que dominan el paisaje desde un monte —¿de ahí el nombre de la Virgen?—

y que, al parecer al menos, le han dado el suyo a este pueblo.

A Cercho, que está seguido, a saber quién se lo dio. Como a Picote, o a Vila Chã, que quedan a la derecha. Los dos ya al pie de la raya, asomados al pantano del primero; que es ya el segundo, no obstante, que le han hecho en Portugal al río Duero. El primero está en Miranda y es todavía mayor.

En el siguiente pueblo, Vale de Mira, Miranda ya hace su aparición. Primero, a través de anuncios (los de sus restaurantes y sus hoteles) y, luego, ya, de verdad: con sus torres y sus luces recortándose en el cielo de repente. Pero todavía está lejos. Antes, hay que atravesar dos valles, con sus correspondientes campos y granjas, y, luego, tomar el cruce que lleva hacia la ciudad. Un puente, el del río Fresno, que vierte al Duero ahí abajo —y que aún conserva a la entrada una antigua caseta de aduaneros (de *cantoneiros,* dice la placa)— y el viajero ya está en ella. En la nueva, que la vieja queda a un lado, oculta tras sus murallas.

Miranda, a primera vista, es ya una ciudad auténtica. No por lo grande, que no lo es (al revés, es muy pequeña: unas dos mil personas la habitan, según las guías del viajero), pero sí por su apariencia. No en vano Miranda es la capital de esta zona perdida al norte de Portugal y la puerta de salida y de entrada para España. Y no es ninguna metáfora, pues la raya está aquí ya.

Pero Miranda, hoy, está en fiestas. Se lo dicen al viajero los arcos de bienvenida, que están todos ya encendidos, y la gente que pasea por la calle principal, que es la propia carretera. Lo cual, en vez de alegrarlo, hace temblar al viajero. Si la ciudad está en fiestas, como sin duda parece, quizá no encuentre donde dormir. Y eso, con el día que lleva, no lo quiere ni pensar.

Pero su alarma estaba infundada. La ciudad está en fiestas, en efecto, y además son vacaciones, o sea, temporada alta, pero en la Pousada de Santa Catarina hay aún habitaciones libres. Es cara, sin duda alguna, pero merece la pena. Lo primero, por no andar buscando otra y, lo segundo, por los servicios que ofrece. Sobre todo, por las vistas que permite del río Duero.

Es un paisaje imponente. Desde la terraza de su habitación, por la que se esparcen ya amontonadas las maletas y las guías del viajero, éste contempla extasiado la caída de la noche sobre el río. El Duero, que va allá abajo, encajado en un cañón de roca viva, parece un juego de luces de tantas como ahora mismo van a morir en sus aguas. Unas son las de Miranda, que está colgada sobre él (a un lado, la ciudad nueva y, al otro, la amurallada), y las otras las farolas de la presa, por la que la carretera que va hacia España cruza la raya y el río. Aunque, desde hace ya unos años, la frontera sólo existe en los carteles.

Desnudo, como la noche, y apoyado en la baranda del hotel, el viajero mira el río y se deja llevar por sus recuerdos. Los grillos, que llenan todo, y el reflejo de las luces sobre el agua le transportan poco a poco hacia Zamora, y hacia Toro, y hacia Aranda, y hacia todas las ciudades de Castilla por las que lo vio pasar un día, y, luego, en sentido opuesto, hacia Pinhão y hacia Régua. ¿Qué será ahora de ellas? ¿Cuánta gente estará ahora mirando el río como hace él? Seguramente, en Duruelo, donde el Duero se hace río entre pinares, estará lleno de juncos, igual que cuando él lo vio, y en Soria olerá a tomillo, y en Almazán a romero. Y, en Berlanga, más abajo, saltarán truchas de musgo, lo mismo que en San Esteban. En Roa olerá ya a vino, lo mismo que en Peñafiel. Y en Pesquera, y en Valbuena, y en Tudela, y en Sardón, y en todas las poblaciones que va dejando tras él, la gente estará mirándolo, igual que todas las noches, mientras en las bodegas arden las brasas en las que las chuletillas se hacen, como el vino, a fuego lento...

De sus recuerdos le saca un gran fuego artificial: una gran barra de luces que revienta de repente sobre el río igual que el día de Régua. Y, luego, un par de cohetes que retumban en las hoces como truenos. Son las fiestas, que ya empiezan y que llaman a la gente a participar en ellas.

Pero el viajero aún debe cenar. Desde que comió en Macedo, han pasado ya diez horas y el estómago le grita igual que una gata en celo. Así que se viste rápido y se va a aplacar sus gritos a O Mirandés, a cien metros, una casa de comidas antigua y de gran solera que está enfrente del hotel y que, según un vecino, es la mejor de Miranda; o, por lo menos, la más auténtica (*Cozinha típica mirandesa,* dice un cartel a la puerta). Lo sea o no, el bacalao y la *posta de vitela á mirandesa* que le sirven, junto con un *vinho verde* de Penafiel y una tarta de naranja recién hecha, le resarcen de las penas del camino y de las hambres que, anoche, le obligaron a pasar en Mirandela. Lo único malo del sitio es que, al estar en la raya, está lleno de españoles. Hasta la dueña habla en español de tanto tratar con ellos.

—¿Quiere un orujo? —le dice, al traerle la cuenta.

—Bueno. Si se empeña... —concede, amable, el viajero.

Con el estómago en paz y el alma ya más tranquila, el viajero se va luego a ver Miranda. La vieja. La amurallada. La del rosario de calles y casas llenas de escudos que se arraciman entre el castillo y la vieja catedral. Tanto uno como otra están ya fuera de uso (uno porque está en ruinas y la otra porque ya no tiene obispo; se lo arrebató Bragança, igual que su episcopado), pero, entre ellos, viejas mansiones y blasones y panoplias solariegas hablan de la grandeza que tuvo Miranda cuando aún lo era. Exactamente, entre 1545, fecha de fundación de la diócesis (y de la concesión a Miranda del título de ciudad), y 1780, cuando su último obispo se fue.

La plaza, las viejas casas, los comercios donde compran los turistas españoles los manteles y las colchas cuando vienen de visita (en autobuses, como rebaños), miran pasar al viajero igual que en el siglo XV, que fue cuando las construyeron. Todas con piedra de Caçarelhos, que es la mejor del país, y todas siguiendo el estilo característico de la época: con grandes arcos y cresterías y con enormes rejas de hierro. Algunas, como en la plaza, están cuajadas de flores, signo evidente de que siguen habitadas, pero otras están desnudas y con las puertas y las ventanas cerradas a cal y canto. Deben de ser oficinas o edificios oficiales y museos.

La noche, los soportales, las callejas solitarias y sombrías, el soportal del Ayuntamiento, todo remite a los viejos tiempos. Sobre todo, ahora, que están vacíos, pues la gente está en el baile del paseo. El viajero, paso a paso, atraviesa la ciudad sin cruzarse apenas nadie en su camino. Sólo los perros y algún *guardinha* que vigila en solitario los portales de las casas mientras sus habitantes están de fiesta.

—*Boas noites!*

—*Boas noites!* —le responden al viajero, cuando pasa, los dos del Ayuntamiento.

La catedral de Miranda está al final de la cuesta. Erguida como un castillo en medio de sus jardines y toda entera de piedra. Como la plaza, está muy cuidada y, como toda Miranda, iluminada de arriba abajo. No en vano aquí está la presa que da energía a la zona y que, de paso, y al tiempo, la sacó de su aislamiento: como la carretera pasa por ella, la gente ya no tiene que viajar hasta Bragança como antes para poder cruzar hacia España.

Pero no hay nadie. Sólo los pájaros en la arboleda y una pareja de novios a la que el viajero espanta también, como a los pájaros, sin pretenderlo. Estaban a contraluz, arrimados al pretil de la muralla, y a poco choca con ellos. Así que se da la vuelta y, por el mismo camino, regresa sobre sus pasos en dirección a la fiesta. Ya tendrá tiempo mañana de admirar la catedral a plena luz sin espantar a los pájaros ni a las parejas de enamorados.

En el paseo, por contra, la fiesta está en su apogeo. No hay mucha gente, pues no es día grande (lo será el domingo próximo, parece), pero la orquesta toca con brío. Son músicos de la tierra. Siete músicos locales, con instrumentos también de aquí (acordeones y triángulos, aparte de las trompetas), que tocan en un templete levantado en el paseo que comunica las dos ciudades, la nueva y la amurallada, y que ahora, según parece, es el centro de las dos.

Pero la orquesta no es la atracción. La atracción en este instante, cuando el viajero llega a la fiesta, es un borracho que baila, con la camisa en la mano, en medio de las parejas. Debe de ser muy famoso porque todos le jalean. El problema es que el borracho se anima tanto con ello que comienza a desvestirse (primero la camiseta, más tarde las zapatillas y después los pantalones), sin dejar de bailar mientras lo hace. Menos mal que, en este punto, cuando empezaba ya con los calzoncillos, aparece su mujer en el paseo. Le cuesta hacerle entrar en razón. Pero, entre ella y los dos *guardinhas* que contemplaban el baile mezclados entre la gente, lo visten y se lo llevan como si fuera un cordero. Pobre hombre, dice alguien, pensando en la que le espera.

El viajero, divertido (como el resto de la gente), le ve partir hacia casa y, luego, se va él también. Son las doce de la noche y hoy ha sido un día muy largo.

Quinta jornada:
LA RAYA SECA

O Menino Jesus da Cartolinha

El último día del viaje, el viajero se despierta muy temprano. La luz del amanecer, que entra por la ventana, le trae recuerdos de España, que es lo que tiene ahora enfrente: una sucesión de rocas peladas y amarillentas que se reflejan como en la noche en el espejo del Duero.

El del baño no es tan grande, pero sí es igual de fiel. Le muestra un rostro cansado y lleno de telarañas. Pero no es sueño, sino pasión. Es su última jornada en Trás-os-Montes y se le nota cierta tristeza.

La tristeza se le espanta en cuanto toma un café. O, mejor dicho, dos; con pan y leche de vaca y mermelada y miel de Mateus. Y con la hoz del río Duero de nuevo tras los cristales. Le echará mucho de menos cuando se aleje de él.

De momento, no se aleja, sin embargo. Al revés, lo va bordeando, como anoche ya lo hizo, mientras se interna de nuevo, después de desayunar, por las viejas callejuelas de Miranda, que continúan desiertas como ayer noche, aunque por razón distinta: son las nueve todavía y la gente está durmiendo la resaca de la fiesta. Por cierto, piensa el viajero, ¿qué habrá sido del borracho al que la mujer truncó su afán exhibicionista? Y, sobre todo: ¿cómo estará el hombre cuando despierte?

Los que ya se han despertado, y están abriendo sus tiendas, igual que cada mañana, son los viejos comerciantes de Miranda. Los viejos y los modernos. Pues la ciudad es ahora un gran bazar portugués dedicado en exclusiva prácticamente a los españoles. Mantas, colchas, muebles viejos, cerámica, mantelerías, toda la producción del país, desde aquí a Vila Real, se agolpa en estos comercios, y en muchos incluso fuera, a la espera de los coches y autobuses que cada día llegan aquí del otro lado del Duero. Todos dispuestos a comprar todo y la mayoría de ellos con aires de superiores. Pero a los mirandeses eso no les importa. Los mirandeses son pueblo viejo, forjado en el contrabando y en la dura resistencia de la raya, y, como viven de ellos, fingen que no se dan cuenta, sabiendo que al final aquí quedan las pesetas. Que es lo que de verdad importa y no el aire o la apariencia.

Tiempos hubo, sin embargo, en los que esta vieja ciudad no tenía relación con sus vecinos. Al contrario, estaba aislada y armada como un ejército. Su avanzada posición junto a la raya y su aislamiento de Portugal la convirtieron en objetivo de todos los invasores; primero, los castellanos (cuando aún existía Castilla) y, luego, los españoles. De ahí sus fuertes murallas, tantas veces destruidas y rehechas, y de ahí el feroz castillo que Don Dinís la erigió, como a tantas ciudades a lo largo de la raya, para que se encargara de su defensa. Aunque, hoy, el visitante sólo puede admirar ya los restos que resistieron a la tremenda explosión que se produjo en 1762, cuando, en medio de otro asedio de las tropas españolas (el enésimo de su historia), reventó un barril de pólvora, y, por simpatía, el resto (unos quinientos había, según relatan las crónicas), provocando la muerte de cuatrocientas personas y la destrucción total de más de doscientas casas.

Fue el comienzo del declive de la plaza mirandesa. Pues, poco tiempo después, el obispo de Miranda, bien por la peligrosidad del lugar o bien porque así lo quiso, se trasladó a vivir a Bragança, provocando un cisma en la diócesis y dejando la ciudad abandonada a su suerte. Aún tendría, sin embargo, Miranda otros dos obispos, coexistentes con los de Bragança, pero, en 1780, la diócesis mirandesa desapareció definitivamente del mapa en favor de la bragantina y la ciudad del *planalto* entró en un largo período de abandono y soledad que no concluiría ya hasta la construcción de la presa sobre el río Duero en 1955 y la apertura de la frontera algunos años más tarde. En medio, y sin remisión, dos largos siglos de olvido, de aislamiento y de pobreza progresivos, que no impidieron, no obstante, que la ciudad conservara sus viejas casas de piedra (las que sobrevivieron a la explosión) y su miedo y su rencor a sus vecinos de enfrente. Cosa que aún se comprueba, como ahora hace el viajero, contemplando las dos nalgas esculpidas en la esquina de una casa, y que apuntan hacia España, y la gran veneración que los mirandeses sienten por el célebre y curioso *Menino da Cartolinha,* la imagen que representa en un altar de la Sé a un Niño Jesús de cuento que los llevó a la victoria en medio de un nuevo asedio, según dice la mejor de sus múltiples leyendas.

Al parecer, un día más, allá por 1700, la ciudad estaba cercada por las tropas españolas, que habían vuelto a invadir el nordeste transmontano, y los vecinos estaban acorralados y sin consuelo. La ayuda del interior no acababa de llegar y Miranda no podía resistir ya mucho tiempo. Fue en ese instante, cuando los mirandeses estaban a punto ya de firmar la rendición, con lo que ello suponía, cuando de pronto apareció un niño vestido de caballero animándoles a la lucha y a abalanzarse contra el enemigo. Como por arte de ensalmo, de todas partes empezó a aparecer gente que le siguió y se lanzó a la lucha armada con cualquier cosa: hoces, horcas, espingardas, escopetas... Al frente de ellos, el niño tan pronto se aparecía como volvía a desaparecer hasta que, al final del día, con los españoles en fuga y la ciudad liberada, se fue sin dejar ni rastro. En vano los mirandeses lo buscaron por todas partes. *O Menino* había desaparecido. Había sido un milagro. Y *O Menino*, que no era otro, por tanto, que el propio Niño Jesús, fue esculpido en una imagen y puesto en la catedral para que les preservase a partir de allí de nuevas guerras y pestes. Y allí sigue desde entonces, vestido de caballero, igual que se apareció, cumpliendo su cometido, hasta el momento, parece, con bastante miramiento.

Pero, en esta mañana del mes de agosto, el *Menino* está tranquilo. Tan tranquilo por lo menos como sus compañeros de culto: Santa Bárbara, San Pedro, San Amaro, San Jerónimo, San Antonio y varias vírgenes (algunas con pelo auténtico), cuyas imágenes están ahora alineadas en el suelo de la nave, entre los bancos, como si fueran un nuevo ejército. No es que vayan a huir del templo. Es que las están limpiando para la procesión del domingo, según le explica al viajero una de las dos señoras que, al parecer, se encargan de hacerlo. Son las únicas personas que se ven ahora en la iglesia.

Pero *O Menino* no está entre ellas. *O Menino* continúa en su vitrina, en un altar lateral, esperando a que lo vistan cuando terminen con sus compañeros. Para algo es, y con gran distancia, la estrella de este lugar y la atracción de la catedral, incluso por encima de su gran retablo gótico.

Es una imagen de ensueño. Tan rara y extravagante que cuesta casi creerla. El viajero, por lo menos, cuando por fin la descubre, se queda tan impactado que tarda un rato en hacerlo. No es extraño que le pase. Imagínese un muñeco como los de los anticuarios, vestido de mariscal y con sombrero de copa, y se tendrá ya una idea de *O Menino Jesus da Cartolinha,* pero no la suficiente. Hay que imaginar también la urna en que está metido, que es tan pequeña como él, pero igual de estrafalaria (tiene arabescos por todas partes), y la completa guardarropía que le han ido completando a lo largo de los siglos las devotas de Miranda para que se le cambie de ropa todos los días del año: zapatitos, camisitas, pantalones, casaquitas, sombreritos (las famosas *cartolinhas* de su nombre), hasta jerseys de lana y abrigos, y todo a escala minúscula como la espada que lleva al cinto. Y, por supuesto, todo bien limpio y planchado cada poco como corresponde a un niño.

Hoy, *O Menino,* como aquí todos le llaman con confianza, quizá por su pequeñez, está vestido de blanco (camisa blanca, pantalón blanco, casaca blanca bordada en oro y hasta pajarita blanca), aunque lleva botas rojas y sombrero de color y una cinta azul al pecho con una medalla de oro de la República Portuguesa. Y es que *O Menino* es muy patriota. No sólo por lo que hizo, si es verdad lo que de él cuentan, sino por la protección que ejerce sobre Miranda y, especialmente, sobre sus niños. Por eso, son estos mismos los que le sacan en procesión (en Año Nuevo y en Reyes) y, por eso, cada año, en el tercer domingo de agosto, que es la fiesta de Miranda, le bailan los *pauliteiros;* esos famosos danzantes vestidos también de blanco, aunque sin banda y *cartola,* que interpretan desde antiguo una danza popular que evoca con sus *paulitos* (bastones, en mirandés) las viejas armas guerreras.

Al viajero, por supuesto, puesto que faltan dos días, le gustaría quedarse a verlos. Pero el camino, que es implacable, le reclama ya a lo lejos (es el sino de su vida, pero también su grandeza: pasar por todos los sitios y no quedarse en ninguno). Así que, tras ver la Sé, que sigue sola y vacía (sólo con las señoras limpiando los santos para la fiesta), se despide de *O Menino* y de la vieja catedral y se va a buscar su coche, que quedó esperando fuera. Aunque, eso sí, a la salida, y por primera vez en su vida, pues no es hombre consumista ni devoto, compra un *Menino* de yeso —éste sí a escala minúscula— para que le acompañe hoy en su ruta a través de la raya seca.

La piedra de Caçarelhos

La raya seca le llaman (por oposición sin duda a la húmeda del Duero) los mirandeses a la frontera que queda al norte de ésta; es decir, entre Miranda y el paso de Quintanilha. Según las guías, la más remota y la más desconocida del país.

Pero al viajero no le preocupa. Al viajero, a estas alturas, después de lo que ya ha visto, ya nada puede asustarle, y menos esta mañana. Es la última del viaje y Bragança ya está cerca.

El viajero, además, está contento. La mañana está limpia, resplandeciente (signo claro de que hoy hará calor), pero, como todavía es temprano, el aire corre muy fresco. El aire y la carretera. Es más vieja y solitaria que la que le trajo ayer, pero, quizá por ese motivo, parece un poco más verde. Deben de ser las encinas o las vacas que ahora pastan entre ellas.

Hay muchas por esta zona. Vacas rubias, mirandesas, con grandes cuernos de lira (como decía Saramago describiendo este lugar) y con el pelo a flequillo como si fueran muñecas. Y algo tienen, ciertamente, de muñecas estas vacas de Miranda, no sólo por sus flequillos, sino por sus grandes ojos y por su aspecto indefenso. Sobre todo, cuando cruzan los caminos azuzadas por los gritos de sus dueños.

Entre vacas y encinares, la carretera va deslizándose (atrás ya el cruce del Fresno), dejando a un lado la raya y, al otro, viejas colinas. La raya va a la derecha, girando hacia el interior, y las colinas van bordeándola como si fueran sus guardaespaldas. Hay también campos de olivos, y huertos, y praderías, y hasta algún charco de ranas como éste de la izquierda, pero, por lo general, el campo parece pobre y reseco. Quizá no mentían las guías cuando decían que Trás-os-Montes es más pobre todavía por aquí.

Pero el viajero, ya lo dijo, va contento, quizá porque es aún temprano, y lo que ve le llena de gozo en lugar de deprimirle como ayer. Vacas, ranas, mariposas, campesinos, todos parecen felices a los ojos del viajero esta mañana. Hasta la carretera parece estarlo mientras busca entre los montes las siluetas de los pueblos.

Malhadas, que es el primero, está un poco a la derecha. Es grande y parece antiguo a juzgar por el aspecto de sus casas. Y en verdad debe de serlo, pues su iglesia sí lo es (del siglo XIII, en concreto, según las guías del viajero). Pero la iglesia, que no es gran cosa, al menos vista por fuera, parece que está cerrada y el viajero, por si acaso, no se acerca a comprobarlo. Está ya harto de ver iglesias y prefiere pasear por las callejas, viendo la vida del pueblo; sobre todo, a esta hora de la mañana en la que todo el mundo está trabajando: los hombres con los tractores, los niños con las ovejas y las mujeres lavando ropa o comprándole en la plaza al pescadero del *fresco: Francisco Bento. Vimioso. Co-*

merço Géral de Peixe. ¿Cuánto tiempo habrá pasado, piensa el viajero, mirándolas, antes de que en estos pueblos pudieran comer pescado?

A la salida del pueblo, que no es demasiado grande (al menos visto por dentro), al viajero lo detienen. No las mujeres (¡qué más quisiera!), sino un grupo de *guardinhas* que aparece de repente en una curva, en el cruce del camino que lleva a Póvoa y a Constantim.

—Buenos días.

—Buenos días.

—¿Puede abrir el maletero?

Por supuesto. Y lo que quieran. Los *guardinhas* de la raya, con sus botas y sus gorras cuarteleras, parecen de la Gestapo o de un retrato ya ajado del tiempo de Salazar. Pero son de carne y hueso. Más carne, en verdad, que hueso, pues en seguida le dejan irse después de ver que no lleva nada. O, al contrario: al ver todo lo que lleva. Menos armas y comida, hay de todo en los asientos.

—¿De dónde viene? —le dice uno.

—De Bragança.

—¿De dónde?

—De Bragança.

—Dirá que va hacia Bragança —le corrigen los *guardinhas,* extrañados.

—No, que vengo —vuelve a insistir el viajero.

—Pero si Bragança está para allá... —le dice el que manda el grupo.

—Ya lo sé —dice el viajero.

—¿Entonces...?

—Entonces, nada, que vuelvo —dice el viajero, sonriendo.

—¿Que vuelve adónde?

—A Bragança.

—¿Pero no venía usted de allí?

—Sí, pero vuelvo —vuelve a decir el viajero.

—Bueno, bueno —le dice, absorto, el *guardinha,* indicándole con la mano que puede seguir si quiere. Seguramente, pensando que el viajero no le entiende.

De Malhadas hacia el norte, camino de Caçarelhos, la carretera tuerce al oeste. Lo hace siguiendo la raya, que sigue yendo muy cerca. No se separará ya nunca, salvo que lo haga el viajero.

Pero el viajero no se separa. El viajero está encantado sintiendo cerca la raya, quizá porque así percibe la compañía de España. No es que la eche de menos (al revés, ya ni se acuerda), pero le gusta llevarla al lado para sentirla a la vez muy lejos. Tan lejos como estos pueblos están ahora de ella.

Y, sin embargo, son parecidos. Parecidos a los pueblos de Zamora, con los que comparten montes y lindes y, también, siglos de historia. No en vano unos y otros son hijos del mismo padre; aquel Reino de León, hoy ya desaparecido, pero que dejó su impronta en todas estas aldeas. No sólo en el mirandés, descendiente según dicen del antiguo dialecto leonés, sino en su aspecto y su arquitectura y en la forma de vida de sus gentes.

En Genisio, por ejemplo, que está pasado Malhadas, se conserva todavía la costumbre del concejo como forma de gobierno vecinal, igual que en el Viejo Reino, y, en Caçarelhos, que es el siguiente, la gente guarda aún memoria de que sus antepasados fueron leoneses. Lo cual no deja de sorprender, teniendo en cuenta los siglos y las cosas que han pasado desde entonces.

Caçarelhos no es muy grande. Quizá algo más que Genisio, pero no más que Malhadas, pero, al contrario que ellos, es mucho más conocido. Y no por ser el lugar en el que nació un gran héroe (el literario Calisto del loco de don Camilo), sino por sus yacimientos de mármol y de granito. Que son los que aún abastecen de piedra a toda la zona.

El viajero, ya en el pueblo, le pregunta a una señora:

—¿Adónde están las canteras?

—¿Las canteras? —dice ella.

—Sí, *as pedreiras* —improvisa el viajero en portugués.

Pero tampoco así le comprende. Y no porque no acertase, que lo hizo, ciertamente, sino porque la señora resulta que no es de aquí. Es de una aldea cercana y está de paso en el pueblo. Así que ha de esperar a otra para que ésta le indique.

—Allá arriba —le señala, sin bajarse del burrillo en el que va; mujer y burro embozados tras un gran fajo de hierba.

La cantera (o la *pedreira,* como efectivamente se dice, según comprueba el viajero: por el letrero que hay a la entrada) está en lo alto del pueblo; en una loma que cierra el valle y desde la que se divisa otro que es todavía mayor. Pero hoy parece parada. Al menos, no se oyen máquinas ni personas trabajando. Sólo un perro que le ladra como si fuera a comerlo.

A los ladridos del perro, aparece, sin embargo, el vigilante. O, mejor, el sustituto, pues el titular no está. Por eso, el perro no atiende ni sus voces ni sus órdenes.

—Es muy malo —se disculpa, asomándose a la verja.

El hombre, que es de Miranda, está solo en la *pedreira*. Es la única, le dice, que sigue en explotación. Las demás ya están cerradas desde hace mucho tiempo.

—¿Y eso? —dice el viajero, extrañado.

—Cosas —responde el hombre, sonriendo y encogiéndose de hombros como si fuera un misterio.

Pero, en realidad, las cosas no tienen ningún misterio. Al revés, son muy sencillas. Al parecer, las canteras, según reconoce él mismo, ya no rinden como antes, agotadas por el uso y el expolio de los siglos. Sobre todo, de Miranda, que fue hecha entera con ellas.

—¿Ve usted el valle de allí? —le dice el hombre, indicándoselo.

—Sí.

—De allí la sacaron toda.

—¿De allí?

—Sí, de allí.

—¿Y qué queda?

—Los recuerdos.

—¿Los recuerdos?

—Bueno... Y la carretera.

No es ni siquiera un camino. Todo lo más una senda de carros o de camiones, pero el viajero se va por ella. Entre tojos y perdices, que son las que ahora la usan. Se ve que hace mucho tiempo que nadie las importuna.

El camino se retuerce bajando por la ladera. Es bonito, ciertamente, pero solitario y largo. Lleva ya un rato por él, pero aún no ha visto nada. Sólo los montes, que se suceden como tortugas hacia el poniente. Pero, al final, aparecen. Al fondo, tras uno de ellos, como si fuera un paisaje de una película del Oeste.

Es realmente espectacular. En medio de una explanada, entre montañas de piedras, un nido de barracones se oxida en medio del polvo. Hay también máquinas viejas, y coches, y furgonetas, todos tan viejos y abandonados como el cartel de este barracón: *Terra de Miranda. Calcareos, Limitada. Minas de Santo Adrião. Tfno: 55112. Miranda do Douro.* Y, tras ellos, en la roca, los desgarrones que el hombre ha dejado al descubierto. El viajero, impresionado (por lo que ve y por lo que imagina), se sienta sobre una piedra y, mientras fuma un cigarro, piensa cómo sería este sitio cuando aún estaba en explotación. Y, sobre todo, cuál de estos huecos ocuparía en sus tiempos la catedral de Miranda, y cuál sus viejas casonas, y cuál el puente del Fresno. Pero no hay nadie que le responda. Sólo el polvo del silencio.

Vimioso (y Campo de Víboras)

De vuelta a la carretera (la buena, la de verdad) el viajero mira el coche. ¿Lleva todo? ¿Falta algo? Parece que sí está todo. Así que puede seguir.

En dirección a Vimioso, que es su siguiente destino, la carretera sigue entre encinas. Son viejas, como el paisaje, pero cada vez más bajas. Se ve que la raya seca va ganando en altitud.

Pero no cambia, ni se acelera, sino que sigue tranquila. Cruzando montes y bosques y caminos que conducen a los pueblos. A Uva y Mora, por ejemplo. ¿Serán de verdad sus nombres?

Y más montes. Y más pueblos. Y nubes hacia la raya. La mañana, que ya avanza, empieza a dorar los campos, que cada vez son más diminutos; la mayoría ya abandonados y sin nadie alrededor. Deben de ser de los pueblos que están detrás de los montes, si es que existen todavía realmente. Los letreros sólo indican la distancia y el camino, pero no si siguen vivos. Y el viajero tiene ya dudas fundadas de que realmente lo estén. Aparte de que no hay nadie, al menos por el camino, éste está lleno de cruces que recuerdan a la gente que circula a la que aquí dejó su existencia. Algo que ya había visto otros días, pero no en tal abundancia.

En una curva, no obstante, junto al puente de Angueira, aparecen dos personas. Dos hombres de carne y hueso. Son peones camineros que están limpiando una presa. O estaban, pues ahora mismo lo que hacen es comer.

—Buenos días.

—Buenos días.

—¿Voy bien para Quintanilha?

—Bien va —le responden ellos—. Pero pregunte en Vimioso, que hay un desvío por obras.

Los hombres, que están sentados, tomándose el bocadillo, ni siquiera se levantan. Están sentados bajo unos árboles y parecen felicísimos. Al menos, nadie les dice lo que tienen que hacer y lo que no.

—Somos los jefes —sonríen ellos.

Como el viajero, aunque éste lo es solamente de sí mismo; lo cual tiene sus ventajas, pero también sus inconvenientes. Por ejemplo, el no tener a quien mandarle a comprar un bocadillo como el de ellos. Son más largos que las palas que tienen entre las piernas.

—Que aproveche —les desea con envidia el viajero, despidiéndose.

—Muchas gracias —dicen ellos.

Por fortuna para él, Vimioso está ya muy cerca. Detrás del monte de al lado, que es el que esconde sus casas. Aunque aún queda otro kilómetro desde el desvío que va hacia el pueblo.

Vimioso es ya un pueblo grande, mayor que los anteriores, y parece más antiguo y más moderno a la vez. Antiguo por sus casonas, que son de piedra labrada, igual que las de Miranda, y moderno por las fábricas que se ven en torno a ellas. De cerámica y madera, sobre todo, aunque también las hay de otras cosas. Se ve que el pueblo es más próspero que sus vecinos de alrededor.

Y es que Vimioso, desde hace siglos, es la capital del Maças, el afluente del río Sabor que viene de Quintanilha y que marca hasta aquí cerca la frontera con España; concretamente, hasta Paradinha, que está apenas diez kilómetros. Por eso, durante siglos, Vimioso fue plaza fuerte (lo era ya cuando los árabes) y por eso fue arrasado, a lo largo de su historia, varias veces; la última, y definitiva, durante la Guerra de los Seis Años. Lo cual explica, sin duda, que el cartel de bienvenida que saluda al visitante en el desvío esté escrito en cuatro idiomas, pero no en el del viajero. Que debería ser el primero, puesto que España está ya aquí al lado.

Pero al viajero no le molesta. El viajero está habituado a estos desplantes y, en el fondo, los comprende; sobre todo, después de ver en Miranda el comportamiento de sus compatriotas. Así que entra en el pueblo paseando tranquilamente, sabedor de que aquí, como en todas partes, a cada uno lo tratan como merece.

La calle por la que entra, que es la principal del pueblo, no tiene mucho que ver. Un par de tiendas antiguas, un puesto de ultramarinos y algunas zapaterías (una de ellas antiquísima) es todo lo que hay en ella. Pero lleva hacia la plaza, que es donde están los cafés. Y a la iglesia, que es tan grande que parece un panteón.

Es, además, muy hermosa. Enorme, toda de piedra, con dos torres-campanarios y con una escalinata que parece un graderío; tan largos son sus peldaños y tantos son los que tiene. Tiene también un reloj (de piedra, como la torre) y una gran puerta de entrada y, en la parte delantera, justo enfrente de la puerta, un viejo pozo de piedra, que es lo más bello de todo. Aunque, ahora, tristemente, lo usen de papelera. Se ve que el Ayuntamiento no ha puesto las que debía.

En el Café Girassol, que está al lado de la iglesia, no hay, en cambio, quien la mire. Están ya hartos de verla o prefieren, simplemente, estar al fresco. En la terraza, ya pega el sol y se está mejor adentro.

El viajero busca un sitio y observa a la concurrencia. Está lleno, y animado, sobre todo por la parte de la barra que ocupan unos gitanos. Son por lo menos catorce: padres, hijos, churumbeles, abuelos y hasta dos perros. Todos pidiendo cervezas y todos gritando al tiempo. Así que al viajero tardan en atenderlo más de la cuenta.

Mientras espera, el viajero se entretiene en ver el bar. Es grande, como la iglesia, y está lleno de abalorios y de distintos carteles: tres de fútbol (del Sporting, del Benfica y del Oporto; se ve que el dueño es neutral), uno de la lotería, otro del propio Vimioso y varios que comunican las fiestas que se celebran: en Caçarelhos, el 2 y 3 de septiembre (en honor de Santa Lucía); en Avelanoso, el 19 y 20 de agosto (en honor de San Bernabé); en Carção, que ya ha pasado (en honor de *Nossa Senhora das*

Graças), y en un pueblo que estremece solamente con su nombre; al viajero por lo menos: Campo de Víboras.

—¿Se llama así de verdad? —le dice al dueño cuando aparece.

—Sí, señor: Campo de Víboras.

—¿Y eso por qué?

—Pues porque debía de haber muchas víboras —le dice el hombre, sonriendo.

—¿Y sigue habiéndolas? —dice el viajero.

—No, ahora ya no —responde el hombre marchándose a ponerle la cerveza que ha pedido.

Mientras regresa, el viajero vuelve a leer el cartel. No termina de creerlo. Pero no hay duda de que es así. Y de que debe de estar muy cerca.

—Aquí al lado, a seis kilómetros —le dice el dueño al volver.

¡Qué más quería el viajero! En cuanto toma el aperitivo, que es lo que estaba esperando, sale de nuevo a la plaza y se va en busca del pueblo. Ya tendrá tiempo al volver de ver Vimioso si quiere.

Campo de Víboras, en efecto, está al lado de Vimioso. A seis o siete kilómetros por el camino que va hacia Algoso. Y lo primero que se ve de él es una cruz gigantesca. La cruz que le dijo el dueño del café cuando salía. Una cruz blanca, horrorosa, que se ve desde un kilómetro.

Vista de cerca, la cruz es todavía más fea. No es de piedra, es de cemento. Como las víboras que hay pintadas en sus dos enormes brazos. ¿Quién sería el escultor?

Pero no hay nadie que se lo explique. El pueblo está trabajando, cada uno en su ocupación, y el viejo al que le pregunta está sordo como un muro. Así que el viajero vuelve y se acerca a ver la cruz.

Contra lo que suponía, la cruz no está sola ahora. Detrás de ella, en una campa que el viajero no veía desde abajo (la cruz está en un montículo), una chica la vigila mientras cuida sus ovejas. Se llama Lourdes y se parece a las pastoras de los milagros.

Pero la chica no sabe éste. Ni parece interesarle. Sólo sabe, según dice, lo que cuentan los mayores: que hace ya mucho, en este lugar, había un nido de víboras que tenían aterrado a todo el pueblo. De hecho, dice la chica, nadie subía hasta aquí ni se atrevía a salir de noche. Hasta que, un día, el cura subió, bendijo el monte y se fueron.

—¿Quiénes?

—Las víboras.

—¿Así, sin más?

—Eso dicen —dice ella.

Pues será, piensa el viajero. En cualquier caso, no le parece una leyenda tan bella. Y menos para erigirle una cruz tan gigantesca. Aunque sea de cemento y tan falta de buen gusto.

—¿Y ya no hay víboras?

—Yo no las vi —dice la chica, sonriendo.

Pero el viajero no está seguro. El lugar tiene algo extraño, algo turbio y misterioso que le hace estar intranquilo, pese a que él no cree en los cuentos. Y ello a pesar del buen día que ahora alumbra este lugar. Así que, en cuanto lo ve (cosa que hace en seguida: apenas mide cien metros), se despide de la chica y regresa hacia su coche para volver a Vimioso. Es la una menos cuarto y a Bragança aún queda un trecho.

Los herreros de Carção

A la entrada de Vimioso, volviendo por el camino, el viajero ve ahora algo que no había visto antes: una fábrica de fuegos de artificio que se llama *Bota Fogo*. Toda una hermosa descripción de lo que cae ahora en el pueblo.

Y es que, desde hace ya un rato, el cielo está echando fuego. Como ayer, y antes de ayer, y todos los días del viaje. Así que, en Vimioso, ahora, no hay ni gente por las calles. Entre el calor y la hora, que aquí es ya la de comer, el pueblo ofrece una imagen tan solitaria como inclemente. El viajero lo atraviesa como antes, al llegar, pero las tiendas ya están cerradas y todo el mundo comiendo. Así que da un par de vueltas, compra tabaco en un bar y, sin esperar por más, se va en busca del desvío. No es que Vimioso haya sido un lugar apasionante que se diga.

Pero no importa, otros vendrán, mejores o diferentes. Es el sino del que viaja sin buscar nada en concreto: pasar y pasar mirando lo que el camino quiera ofrecerle. Que al final es lo que importa, al menos para el viajero.

Lo que el camino le ofrece ahora es lo mismo que ya ha visto: colinas y barrancadas en las que apenas crece ya nada. Hacia Carção, el viajero, que ya empieza a tener hambre (al final, no comió nada en Vimioso), mira pasar el paisaje como el que ve una película que ya ha visto muchas veces.

Y la ha visto, ciertamente. En Mogadouro, en Miranda, en Mirandela, en Romeu... Pero no siempre es igual. Aunque parezcan idénticos, e incluso a veces lo sean, todos tienen siempre algo que los hace diferentes. En éste, sin ir más lejos, esas coronas rocosas que recorren las colinas y los montes, otorgándoles un aire más severo. Como si fueran reyes prehistóricos.

Pero el rey de este paisaje (o el príncipe, si se quiere; el rey es el río Sabor) es el Maças (o Maçãs, según qué mapas). Aparece de repente en una curva y lo rompe bruscamente por el medio. Se ve que el paso por la frontera le ha dado fuerzas y arrojo.

Pero no agua, que apenas lleva (quizá la lleve en invierno, o en primavera, con el deshielo). Pese a lo cual, el viajero lo atraviesa con unción. Sabe que en estas colinas murieron muchas personas cuando la historia aún ardía en batallas y la raya retumbaba cada poco bajo el paso de los hombres de la guerra.

Pero, hoy, la raya está muy tranquila. Tan tranquila como el cielo. Ni siquiera se ven pájaros de tanto calor que hace. Y hace ya bastante rato que tampoco se ven coches. Seguramente, ya no los vea hasta que llegue a algún pueblo.

—¿Queda mucho?

—Tres kilómetros —le dice un hombre que viene en burro, por Carção, que es el primero.

Es el pueblo del que viene. El único, según dice, que queda en la carretera. Aunque, para llegar a él, ésta tarda todavía. Parece como si el pueblo no quisiera salirle al paso.

La carretera, además, se parte al llegar a él. En dos, como las horquetas. Una continúa hacia el sur, en dirección hacia Santulhão, y la otra entra en el pueblo. Pero la principal es ésta. Aunque, a primera vista, nadie podría decirlo de no ser por los letreros. Al entrar entre las casas, la carretera se estrecha aún más y se convierte en un empedrado. Como Carção, cuyas casas son todas de piedra negra.

Es un pueblo muy antiguo. Y grande, a lo que parece. Aunque, a esta hora del mediodía, las calles están desiertas. Como sucedía en Vimioso, la gente debe de estar comiendo.

En la plaza, sin embargo, el viajero se detiene. Es muy vieja, y pintoresca, toda en cuesta como el pueblo. A un lado, tiene un café y, al otro, varias callejas (una de ellas la que sube en dirección a la iglesia). Pero en el café del pueblo, que no tiene ni cartel, no se puede comer nada y el viajero vuelve al coche dispuesto a seguir camino. Quizá en el pueblo siguiente encuentre donde le den.

—¿Cómo se llama?

—Argozelo.

—¿Y está lejos?

—Diez minutos —dice el dueño.

Pero Argozelo puede esperar. El viajero tiene hambre, y más desde hace una hora, cuando vio a los camineros, pero, cuando ya se iba, ve algo que le detiene: dos hombres que están herrando a un burro en un callejón. Y eso le interesa más, de momento por lo menos. Lo primero es lo primero.

Los hombres, que están de espaldas, no le ven hasta que llega. Están tan atareados que ni siquiera escuchan sus pasos. Pero, en cuanto le ven, se paran para ver qué es lo que quiere.

—Buenos días.

—Buenos días.

—¿Cómo se llama el burro?

—La burra —le dice el dueño; y añade, mirando al otro, que es el que la estaba herrando—: *Rusa.*

—Parece buena —dice el viajero.

Y lo es, sin duda alguna. La pobre *Rusa,* que es blanca, y tan alta como un mulo, soporta sin rechistar todo lo que le hace el herrero. Y ello a pesar de que está atada solamente del ronzal.

Pero el herrero es todo un artista. Por su oficio, por lo menos. No en vano lo viene haciendo desde que tenía catorce años, cuando lo aprendió del padre, que a su vez lo había aprendido de su abuelo. Y tiene ya, según dice, sesenta y siete años cumplidos.

—Más que la burra —dice, sonriendo.

El otro, que no es tan viejo, se ríe sin decir nada. Es grande, como la burra, y parece tan curtido por el campo como ella. Aunque estuvo, según dice, veinte años en París antes de volver al pueblo.

—¿Adónde? —dice el viajero.

—En París —repite él, sin ningún rastro de acento.

Manuel dos Santos, en cambio, que así se llama el herrero, nunca ha salido de aquí. Sólo para ir a Bragança o a las ferias de los pueblos de la zona. Aunque, en tiempos, también iba a Zamora al contrabando. A comprar clavos, principalmente.

—Aquí no había ni herraduras. Las tenía que hacer yo —dice ahora, recordándolo—. Y los clavos los compraba en Alcañices, de noche y al contrabando. Iba andando y volvía andando, ¿se imagina?

—¿Por dónde? —le dice el otro.

—Por Pinelo —dice él.

—¿Y si le cogían los guardias? —pregunta, torpe, el viajero.

—Pues nada, me los quitaban —dice el herrero, sonriendo.

No para de sonreír. Ni cuando pone los clavos, que es lo que ahora está haciendo. Ni siquiera cuando *Rusa* los acusa y retrocede.

—¡Sooo! —le grita con gran respeto. Se ve que sabe tratar a sus sumisos *pacientes*.

Y es que Manuel dos Santos, el herrero de Carção, es feliz con su trabajo. Es lo que ha hecho toda su vida y lo que le gusta hacer. Aunque últimamente, dice, apenas tiene trabajo. Cada vez hay menos burros y menos gente en los pueblos.

—Antes —dice, terminando ya con *Rusa*—, había herrero en cada pueblo. Aquí, en Carção, incluso dos: uno de burros y otro de carros. Ahora sólo quedo yo en toda la raya.

—Pero burros sí se ven —dice el viajero, extrañado.

—Nada, muy pocos —exclama él, recogiendo; ya ha acabado su trabajo y se dispone a ir a comer—. Cuando yo empecé a trabajar —recuerda con ilusión—, tuve días de herrar treinta animales. Había burro en cada casa. Y mulos, y de todo. Ahora, si hierro quince en un mes... —dice, mirando al viajero.

—¿Y no hace otros trabajos? —le dice éste, animándolo.

—¡Claro, qué remedio! —dice él—. Como estoy ya sólo yo...

Pero hoy ya ha terminado su trabajo. *Rusa* tiene ya sus cascos nuevos y el dueño suelta la cuerda. Los dos parecen contentos. Aunque el que más contento está es, sin duda, el herrador. Por haber hecho el trabajo y por poder irse ya a comer. Son las dos del mediodía y la comida le está esperando.

—Le invito —dice al viajero.

—Muchas gracias —dice éste.

Pero, cuando ya se van, cada uno hacia su casa y el viajero hacia su coche, para seguir camino a Argozelo (aunque la invitación iba en serio, no se ha atrevido a aceptarla), Manuel dos Santos lo llama.

—Mire —le dice, señalándole un anciano que cruza ahora la plaza—. Aquél era el otro herrero. El de los carros —le aclara, para distinguirle de él.

—¿Aquél? —dice el viajero, asombrado.

—Aquél, aquél —le repite él, mirándolo con tristeza.

El asombro del viajero tiene justificación. El herrero (el de los carros, que éste es el herrador) parece un pobre mendigo: viejo, con los pantalones rotos y un calcetín de cada color. Y un cinto de cuero basto que le da casi dos vueltas. Dan ganas de darle algo.

—Da pena —dice el colega. Y añade, con amargura—: Toda la vida trabajando para esto, ya ve usted.

—¿No tiene a nadie? —dice el viajero, asombrado.

—Sí, pero como si no —responde Manuel dos Santos, mirándolo y despidiéndose del viajero—: Dé recuerdos a Argozelo.

—Se los daré —dice éste. Y, sin esperar por más, se aleja en busca del coche para seguir su camino.

Pero, cuando ya se va, le pregunta al de la burra, que viene andando tras él:

—¿Cómo se llama?

—¿Quién?

—El herrero.

—Manuel.

—No, el de los carros —le corrige, por el viejo.

—Francisco. Francisco *O Ferreiro* —responde el de la burra, doblando ya la esquina y alejándose tras él. El de la burra con paso rápido y fácil (se ve que va muy contento) y el herrero caminando tan despacio como si llevara a cuestas todos los carros que hizo.

¿Judíos en Argozelo?

Argozelo, a ocho kilómetros (como entre Carção y Vimioso, por un paisaje de monte), recibe al viajero en fiestas. Al menos, eso parece a juzgar por las banderas que hay colgadas de sus casas y de las rejas de sus balcones; viejas banderas de trapo que cubren toda la calle y que le dan al conjunto un cierto aire extranjero. Menos de Portugal y de España, hay banderas de todos los países.

Pero, como sucedía en Carção, el pueblo parece muerto. Sólo un enano, a la entrada, anda ahora por la calle. Un enano diminuto, pero vestido muy elegante.

—Buenas tardes.

—Buenas tardes.

—¿Dónde podría comer? —dice, parando, el viajero.

—En el bar —dice el enano.

—¿Dónde está?

—En el centro —le señala—, siguiendo la carretera.

—¿Se ve bien?

—Mejor que a mí —bromea el liliputiense.

Pero el viajero no se conforma. El viajero está encantado con su guía, que se parece a *O Menino,* y quiere seguir hablando, aunque no sabe de qué. Nunca había visto un enano tan feliz y tan contento.

—¿Qué hora tiene? —le pregunta.

—Las dos —le dice el enano, sacando con elegancia su reloj de la chaqueta.

—¿Y me darán aún de comer?

—Supongo —responde él.

—¿Supone? —dice el viajero.

—Supongo —dice el enano; y añade, con arrogancia, como si fuera el dueño del pueblo—: Diga que va de mi parte.

—Lo diré —dice el viajero.

Pero ni así le dan de comer. Ni con la recomendación del enano ni con la del mismísimo alcalde, si la tuviera. En el bar no queda nada de comer, quizá a causa de las fiestas. Deben de durar ya días, al decir de los carteles.

—¿Ni un bocadillo? —suplica casi el viajero.

—Es que no nos queda pan —responde el dueño, excusándose.

—¿Y dónde puedo comer?

—Aquí mal —le dice él—. Como no encuentre en Outeiro...

—¿En Outeiro?

—Sí, aquí cerca, a seis kilómetros. ¿No va usted para Bragança?

—Sí —confiesa el pobre viajero.

—Pues mire allí —le aconseja.

—¿Y si allí tampoco encuentro? —le pregunta con angustia.

—Si no le dan en Outeiro —le dice el hombre, muy serio—, tendrá que ir ya hasta Bragança.

¡Hasta Bragança! ¿Cuánto queda hasta Bragança? El viajero, acongojado, consulta el dato en sus mapas. Hasta Bragança quedan aún casi cuarenta kilómetros. Y, si son como sospecha, cuarenta de los de antes. Va a tener razón la guía que advertía del olvido de estos pueblos.

Pero la guía también le advierte de algo mucho más curioso; algo que no leyó antes, quizá porque estaba aún lejos: *Argozelo. Viejo poblado medievo. En el barrio de Latedo, se establecieron en los siglos* XV *y* XVI *judíos huidos de la vecina España que durante siglos vivieron separados del resto de la población.* Y, luego, a continuación: *Capilla de San Bartolomé. Próximo, el promontorio de Terra do Castelo, con vestigios de explotaciones mineras romanas y los castros de Terronha y del Cerro Grande,* etcétera. Pero esto ya no le importa. Lo que le interesa ahora, al menos cuando lo lee, es sólo lo del principio: ¿judíos en Argozelo?

—¿Cómo dice?

—Que si todavía hay aquí judíos —le dice el viajero al dueño.

—¿Judíos? ¿Cómo judíos? —le pregunta éste, extrañado.

—Judíos —vuelve a decirle el viajero.

—No. Aquí no —responde el dueño.

Pero el viajero no está seguro. Ni de él ni de su pueblo.

Hay algo extraño en los dos que le anima a preguntarle todavía:

—¿Dónde está el barrio Latedo?

—A la salida, yendo hacia Outeiro... ¿Conoce a alguien allí? —le dice el hombre, mirándole.

—No. Bueno, no sé —miente el viajero, sonriendo.

—Pues lo encontrará muy fácil. A la salida, según va para Bragança. Pregunte a alguien allí.

Pero, a apenas veinte metros, le pregunta a una señora. Más que nada por probarla:

—¿Dónde viven los judíos?

—¿Quién? —le pregunta ella.

—Los judíos —vuelve a decir el viajero.

—Aquí no hay ningún judío —responde ella, muy seria.

—Pues aquí pone que sí —le enseña el viajero el libro para que vea que no lo inventa.

—¡Ah, yo de esas cosas no sé! —se disculpa la señora entrando en casa justo cuando un vecino se acerca.

—¿Por quién pregunta?

—Por Latedo.

—¿Conoce a alguien allí? —le dice el hombre, muy serio.

—No —vuelve a decir el viajero.

—Entonces, ¿por qué pregunta?

—Por nada —dice el viajero—. Por conocerlo —le tranquiliza.

Pero el hombre no le cree. El hombre, que ya es mayor, aunque aún se conserva bien, le mira con desconfianza. Se ve que no le convencen ni su cara ni su aspecto.

—¿Usted es judío? —le pregunta sin ambages.

—No, yo no —dice el viajero.

—Entonces, ¿por qué pregunta por ellos?

—Por nada —dice el viajero—. Lo he leído en este libro y preguntaba, simplemente —le repite.

—Por algo preguntará —insiste el hombre, no obstante.

—Bueno, si no me cree... —dice el viajero, cansado. Parece que ha preguntado, en lugar de por un barrio, por las putas de Argozelo.

Pero el hombre le repite:

—¿Seguro que no es judío?

—Que no —le dice el viajero.

—Pues yo sí —le dice él. Y se le queda mirando para ver qué cara pone.

—¿Usted? —se extraña el viajero.

—Sí —le repite el hombre; y añade, ya puesto a ello—: Y aquí hay varias familias de judíos. Lo que pasa es que nadie lo confiesa.

—¿Por qué?

—Por miedo, ¿por qué va a ser?

—¿Por miedo? —dice el viajero, asombrado—. No sabía que aún los persiguieran.

—Ahora ya no —dice el hombre—, pero, durante la época de Salazar, sí.

—¿Todavía?

—Todavía —le dice João Carvalho, que así le dice llamarse para que no queden dudas de su ascendencia; Carvalho, dice, es apellido judío, muy común, por otra parte, en estos pueblos—. Pregunte y ya lo verá —le aconseja, con orgullo.

Pero en Latedo, el barrio judío, al que el viajero llega por fin cuando consigue escapar de él (Carvalho, amén de judío, tenía ganas de palique), el viajero no halla a nadie, ni judío ni cristiano. Como en el resto del pueblo, la gente debe de estar comiendo (o durmiendo, pues apenas se oyen voces en las casas). Así que el viajero pasa como si fuera una sombra, vigilado solamente por los ojos de los perros. Son los únicos que guardan este barrio prohibido, y separado durante siglos, pero que ahora es sólo un apéndice, y pequeño, de Argozelo. Un apéndice, por cierto, muy humilde, comparado con el pueblo. Se ve que aquí los judíos no hicieron grandes fortunas.

—¿Y eso por qué? —le pregunta a Carvalho cuando vuelve.

—No podían —dice éste—. ¡Y gracias que nos dejaron quedarnos por estos pueblos!

—¡Ah! ¿Pero hay más?

—Sí, hombre, sí —dice Carvalho, mirándole de reojo para ver qué cara pone—. Desde Bragança a Miranda, toda la raya está llena.

Y añade, con gran confianza, signo claro de que sigue sin creerle:

—¿De verdad que no es judío?

—Que no —le dice el viajero.

La cigüeña de Gimonde

En Outeiro no hay comida.

En Outeiro, a mediodía (mediodía largo ya, y más para Portugal, donde se come a la una), no hay ni comida ni gente. Sólo un bar, Cervecería Bento, con una hermosa terraza llena de plantas y flores, pero donde, como su letrero indica, sólo se sirve cerveza. Cerveza o vino o café, pero nada consistente.

—Pues cerveza, qué remedio —dice el viajero, sentándose y aceptando de ese modo, ya sin fuerzas, su destino. Como *O Menino* no haga un milagro, hoy se queda sin comer.

Pero *O Menino* está ahora muy lejos. Como Miranda, donde esta mañana el viajero comió por última vez (mantequilla y mermelada con pan tierno), sin saber que tardaría en poder volverlo a hacer. Son ya las tres menos veinte y a Bragança queda un trecho todavía.

—¿Y no hay ningún restaurante?

—Había —le dice el dueño.

—¿Había? —dice el viajero.

—Sí, pero lo cerraron —le dice el dueño, marchándose y dejándole más solo que el *pelourinho* del pueblo; un *pelourinho* de piedra que se alza enfrente del bar (y de la iglesia matriz) y que es, según los vecinos, la joya de la comarca. Sin contar, claro está, el viejo castillo que domina desde un alto todo el pueblo.

—De los *mouros* —dijo el dueño.

Pero el viajero ya ni los mira. El viajero está tan harto de ver piedras y castillos que ni siquiera se ha aproximado a contemplarlos de cerca. Al contrario, se conforma con mirarlos desde el bar, mientras espera a que vuelva el dueño con la cerveza.

—Aquí tiene —dice éste.

—¿Qué le debo?

—Cien escudos.

—Tenga, y la voluntad —dice, dándole otros diez escudos para que vea que algo le queda.

No mucha, la verdad sea dicha. Entre el calor que hace ahora y el hambre, que ya es un cáncer, el viajero está tan flojo que apenas puede con la cerveza. Así, en cuanto la toma (cosa que hace deprisa, para no perder más tiempo), se despide del bar Bento y de su dueño y regresa hacia su coche para seguir camino a Bragança. Con suerte llegará allí a tiempo de comer algo.

—Adiós, Outeiro —murmura, mientras se aleja del pueblo.

El camino hacia Bragança es largo como las penas. Se retuerce por los montes y las cuestas del Sabor, que cada vez son más solitarios. Urces, brezos, tomillares, algún olivo entre medias y castaños que ya asoman entre aquéllos anunciando la presencia de la sierra, es todo lo que se ve, aparte de algunos pueblos: Paçõ, Rio Frio, Milhão, todos desiertos ahora; y todos achicharrados como el viajero y la carretera. Aunque, por ésta, se ven también, en las cunetas o junto a un árbol, flores que guardan el alma de la gente que murió al atravesarla. En accidente, según las placas, aunque el viajero sospecha si no habrá sido de hambre. Ni en Paçõ, ni en Rio Frio, ni en Milhão, que ya es más grande, hay una simple taberna donde poder reponer las fuerzas.

Antes de Milhão, no obstante, con Bragança ya asomando en la distancia (aunque todavía muy lejos), la carretera se une de pronto a la que viene de la frontera. *A Espanha 8,* dice el letrero, provocando en el viajero la nostalgia de las ollas y los platos de su tierra. Si no fuera porque tiene prometido a Manuel Costa otro afeitado, se marcharía ahora por ella.

Pero la carretera no cambia. Al revés, se hace más curva y más llena de pendientes. Con el Sabor ya allá abajo, al fondo del precipicio, tiene que descender poco a poco para poder llegar hasta él. Lo hace en Gimonde, entre amenos prados, en el soto donde un puente de seis ojos, romano según las guías, sirve a la gente para cruzarlo desde hace tantos siglos como tiene. Aunque el puente tiene ahora un compañero. Un puente nuevo, más ancho, por el que pasan los coches dejando para el antiguo el tráfico de la gente.

Junto a ellos, el viajero se detiene. Para sentir el frescor del río y para contemplar el chopo que se alza entre los dos puentes. Un chopo largo y pelado, como si fuera el mástil de un barco, pero en cuya guía más alta hay un nido de cigüeña. Es el único vecino de Gimonde que saluda su presencia cuando llega.

—¿Podré comer? —le pregunta, mientras contempla en el río su silueta reflejada entre los juncos.

La cigüeña no responde, ni se inmuta (también duerme ahora la siesta), pero, a cambio, le encamina con su pico hacia el corazón del pueblo; que no es el puente, aunque lo parezca, sino una casa muy vieja que se alza junto al camino, al lado mismo de aquél. Desde fuera, sólo ofrece su típica arquitectura, bien que arreglada y muy limpia (en contraste, sobre todo, con el resto de las casas de Gimonde), pero, cuando el viajero se acerca a verla, está a punto de sufrir casi un desmayo. La casa es un restaurante y, además, está aún abierto.

No sólo es un restaurante; es el mejor de la zona. Por lo menos, el mejor que el viajero ha conocido hasta este día. Antiguo, y rehabilitado (y con gusto, ciertamente: todo de piedra y madera y cubiertas sus paredes de azulejos), ocupa la antigua tienda que, durante varios siglos, se alzó a la sombra del puente. La tienda de Don Roberto, como se llamaba el dueño y como se llama aún el restaurante que ahora la ocupa. Pero lo mejor no es eso. Lo mejor, sin duda alguna, son las truchas del Sabor y la fuente de embutidos que le sirven al viajero cuando, después de mover el rabo, pues ya iban a cerrar, le permiten acceder al restaurante. Sin duda alguna *O Menino,* desde su urna en Miranda, ha intercedido por él. *O Menino* o la cigüeña.

Las truchas, los embutidos, los platos, que son bellísimos, el frescor, que se agradece, e Isabel, la camarera (de Milhão, según le dice) que le atiende con dulzura —la misma que emana ella—, le dejan tan encantado que está a punto de llorar. No lo hace por vergüenza. Pero, a cambio, le da a ésta una propina tan grande que la chica hasta se turba cuando viene a recogerla.

—Cógela —dice el viajero—. Es de *O Menino*, ¿sabes quién es?

—Claro —le dice ella, sonriendo, mientras le sirve un orujo transparente como el río—. Orujo de Trás-os-Montes —le advierte al verle sonreír.

Pero el viajero no le hace caso y se lo bebe de un trago. Incluso repite el pulso. Así que, cuando se aleja, ya no sabe ni quién es. Menos mal que la cigüeña, que sigue quieta en su nido, le acoge cuando aparece y le guía hasta el Sabor. Hasta la orilla llena de juncos y sombras de truchas negras donde el viajero se desmorona como si fuera una más de ellas. Que *O Menino* o la cigüeña le despierten cuando quieran.

El viajero se despide

Cuando despierta, son ya las seis. Las seis de este día de agosto, que es el último del viaje. ¿El último?, se pregunta. Entre el orujo y la siesta, ya no tiene ni memoria.

Pero en seguida la recupera. La cigüeña ya no está (por lo menos en su nido), pero Gimonde sigue mirándolo desde los ojos de sus dos puentes. Uno esperando su paso y el otro el de su coche, cuando vuelva.

—Adiós —les dice, cruzándolos, como si fueran ya sus amigos. Y lo son, sin duda alguna, lo mismo que la cigüeña.

Hasta Bragança, el camino (apenas cinco kilómetros) es ya un suspiro de asfalto. Un suspiro ardiente y seco, pues el calor aún lo azota. Pero Bragança ya está aquí al lado, oculta tras las colinas que la guardan de la raya y del Sabor, y el viajero, que lo sabe, mira al cielo y acelera. Quiere llegar aún a tiempo de que le afeite el barbero.

Y llega, sin mucho apuro, incluso con tiempo aún de pararse un par de veces; una para mirar la ciudad (desde lo alto, cuando aparece) y la otra para ver el letrero que señala el desvío a Rio de Onor. De buena gana, lo cogería, si no estuviera tan lejos. Aunque fuera solamente para ver la cadena que divide (o dividía), según le dijo Isabel, la chica de Don Roberto, la mítica aldea rayana; un pueblo partido en dos, durante siglos, por la frontera. Aunque, ahora, al parecer, Rio de Onor y Rio de Honor, los dos pueblos separados, son ya un todo indiferente.

Bragança mira al viajero como si ya no lo recordara. Han pasado cinco días y parece otra persona. Pero él sí la recuerda.

Recuerda cada calleja y cada casa que cruza, lo mismo que podría hacer con Chaves o Mogadouro. O con Miranda. O con Mirandela. El viajero es hombre torpe y despistado, sobre todo cuando quiere, pero tiene una virtud que le hace más inútil todavía: es capaz de recitar, pueblo a pueblo y de memoria, todo un viaje; el que ahora acaba, sin ir más lejos: Bragança, Grandais, Vinhais, Espinhosela, Fontes, Castrelos... Y, de la misma forma, es capaz de recordarlos perfectamente. Incluidos sus cafés y la gente con que habló, aunque fuera de pasada.

De Bragança, por ejemplo, recuerda hasta las esquelas. Incluso las que han quitado, como la de don João Alberto Días. Estaba en A Chave d'Ouro, pegada junto a la puerta.

—Un café —pide, sentándose en la mesa que hay al lado.

—En seguida —dice el mozo, que tampoco le recuerda.

Pero el que sí le recuerda, y se extraña al verlo entrar (con barba de cinco días, los que han pasado entre tanto), es Manuel Costa, el barbero. Está solo en el local, esperando algún cliente.

—Aquí estoy —dice el viajero.

—¿Ya dio la vuelta? —le dice el hombre, extrañado.

—Pues sí —sonríe el viajero.

El barbero Manuel Costa lleva la misma camisa. Y suda, como hace días. A pesar de ser ya tarde, el calor es aún intenso. Seguramente, no bajará hasta que caiga la noche.

—¿A qué hora cierra?

—A las siete.

—O sea, que me da tiempo a afeitarme —dice el viajero, ofreciéndose.

—Por supuesto —dice el hombre, levantándose y cediéndole el asiento.

El agua, la barbería, la espuma, que es blanca y fresca, hasta el asiento, que ya conoce, le hacen sentirse en su casa. De alguna forma lo es, pues hasta éste lo reconoce. Como el espejo, que le saluda con su bruma temblorosa y azulada. El viajero, que está muerto, pero feliz por estar ya aquí, se recuesta en el respaldo y se deja invadir por los recuerdos. Y, mientras se va durmiendo, como antes, en el río, o como el lunes, aquí, sin darse cuenta siquiera, comienza a ver junto al suyo los rostros de otras personas: otras personas que forman parte ya de su propia existencia: María Fernanda, la de la tienda, Clotilde, la de Vinhais, Emilio Artur Queiroz, el guarda del castillo de Monforte, María Helena, la encargada de las termas de Vidago, los fruteros de la Vila, Salvador Pinto (en su Café Excelsior), Enriqueta y Herculano, los guías de Vila Real, los *bombeiros voluntairos* de Sabrosa, el barquero de Pinhão, Zé Carlos, el de la *porca,* Angie, la canadiense, Francisco, el seminarista, María da Luz, la *francesa,* Margarida, de Sendim, el guarda de Caçarelhos, los herreros de Carção, el judío de Argozelo y *O Menino,* el famoso *Menino Jesus da Cartolinha* que, desde que lo vio en Miranda, se le ha vuelto aparecer a cada paso, ahora en forma de un enano, ahora en forma de cigüeña, ahora en forma de barbero, sustituyendo a don Manuel Costa sin que el viajero se diera cuenta...

—Bueno, ya está —le sobresalta éste otra vez, como la otra mañana, concluyendo el afeitado.

—¿Ya? —dice el viajero, traspuesto. Ni siquiera había notado que han llegado más clientes: el *quasimodo* del otro día y dos hombres ya mayores.

—Ya —le dice el barbero.

Como la vez anterior, el viajero se levanta y se mira en el espejo. Tiene las mismas patillas, pero un poco más iguales. Se ve que don Manuel Costa ha afinado esta vez con la navaja.

—Perfecto —dice el viajero.

—¿Y, ahora, hacia dónde? —dice el barbero, cobrándole (los trescientos escudos de rigor, más los cien de la propina).

—Ahora quién sabe —dice el viajero, sonriendo—. Pero tranquilo, que volveré.

—Aquí estaré, si Dios quiere —dice el barbero, mirándole cuando le estrecha la mano. Al revés que el otro día, esta vez le ha acompañado hasta la puerta.

—Hasta siempre —le agradece el viajero la atención.

—Hasta siempre —dice el barbero, sonriendo.

Pero, cuando ya se va, aún le escucha desde lejos:

—¿Quién va ahora?

Por supuesto, ya no es a él.

Este libro
se terminó de imprimir
en los Talleres Gráficos
de Mateu-Cromo, S. A.
Pinto, Madrid (España)
en el mes de marzo de 1998